« PAVILLONS »

Collection dirigée par Claire Do Sêrro

FRÍÐA ÍSBERG

LA MARQUE

roman

Traduit de l'islandais
par Hadrien Chalard

Robert Laffont

Ce livre a été traduit avec le concours financier de :

ICELANDIC LITERATURE CENTER
MIÐSTÖÐ ÍSLENSKRA BÓKMENNTA

Titre original : MERKING

ISBN : 978-2-221-26285-6
(édition originale : ISBN 978-9979-3-4271-7, Mál og menning, Reykjavík, 2021)
Dépôt légal : avril 2023
Éditions Robert Laffont – 92, avenue de France, 75013 Paris

Laíla,

Pourquoi nos conversations doivent-elles toujours finir ainsi ? Nous serait-il impossible de débattre sans nous sentir obligées de justifier nos propos à grand renfort de « ce n'est que mon point de vue » ? Je ne suis sûre de rien. J'examinais simplement un contre-argument pour alimenter notre débat afin d'en éprouver la pertinence. Je ne supporte pas ce genre de no man's land qui s'est établi entre nous. Je ne supporte pas que la société ressente le besoin constant de se diviser en deux camps, chacun défendant sa propre forteresse tout en méprisant ceux qui refuseraient de prendre parti pour l'un ou pour l'autre. D'ailleurs, pendant que j'y pense : que cela te plaise ou non, « politique » ne veut pas dire « pôles contraires ». Le mot « politique » tire sa source du concept grec de politika, *qui signifie « les affaires de l'État ».*

Il n'est pas question, à juste titre, d'être pour ou contre. Pôle Nord ou pôle Sud.

Je n'essayais pas de justifier un argument en particulier. J'expliquais simplement qu'une formation en V minimise la résistance à l'air, facilitant ainsi le vol des oiseaux au-dessus de l'océan. Lorsqu'un oiseau bat des ailes, il produit un courant ascendant qui se propage jusqu'à celui qui le suit. Dès qu'un oiseau quitte le train, il subit les vents contraires de plein fouet et se replace immédiatement derrière l'un de ses congénères. En réalité, le groupe voyage ensemble par souci d'efficacité, car la communauté augmente les chances de succès. De fait, la formation en V n'est pas destinée à définir le placement social des oiseaux en fonction de leur force ; les plus forts volent en tête, fendent le vent. Plus tu es à l'arrière, plus ton vol est aisé. Il serait plus facile encore de voler au centre même du V, mais les oiseaux ne l'autorisent pas, car cela ne contribuerait pas à l'effort collectif. Si l'un d'entre eux avait l'audace de s'y glisser, les autres ne manqueraient pas de criailler leur agacement sur-le-champ.

Par cet exemple, je ne sous-entendais pas que les psychopathes – et non, je refuse de m'incliner face à cette exigence absurde du politiquement correct qui préfère parler de « personnes perturbées moralement » – seraient, dans notre cas, les oiseaux les plus forts. Le psychopathe aurait plutôt tendance à voler en plein milieu du V, tout en donnant l'impression de voler en première ligne. En réalité, il n'est pas l'oiseau le plus fort, mais plutôt le maillon faible du groupe. Note bien l'ambiguïté du mot « faible » ici, car les éléments les plus faibles de nos sociétés humaines – c'est-à-dire les individus qui n'œuvrent pas au profit du groupe – sont littéralement traités comme des malades. Ce faisant, nous amalgamons les deux paires suivantes : sain et fort, faible et malade.

Naturellement, on ne peut s'empêcher de penser à Nietzsche. La différence entre le bien et le mal, entre le bon et le mauvais. Tu es probablement en train de lever les yeux au ciel, mais je t'assure que c'est important. Selon nos valeurs morales, les qualités utiles à la communauté (la solidarité, la serviabilité) sont « bonnes », tandis que celles qui la menacent (l'égocentrisme, la psychopathie) sont « mauvaises ». Ceci entre évidemment en contradiction avec notre intuition sous-jacente : « Ce qui est bon pour moi est bon, ce qui est mauvais pour moi est mauvais. »

Mais aujourd'hui, notre groupe (notre troupeau, notre société) se ligue fermement contre la psychopathie. Certaines caractéristiques humaines autrefois associées à la force, telles que la testostérone ou l'agressivité, ne sont plus seulement considérées comme des vices, mais comme les symptômes d'une véritable maladie. À ce compte-là, autant considérer l'usage d'un couteau comme un signe d'immoralité. Certes, cela peut être dangereux – combien de gens en sont morts ? Pourtant, on en utilise tous les jours, et dans toutes les cuisines du monde.

Je sais pertinemment comment nous en sommes arrivés là – nous avons négligé l'importance du dialogue et de l'humilité pendant si longtemps. Mais qu'en est-il alors des oiseaux vraiment forts, qui fendent réellement le vent en première ligne pour protéger le reste du groupe ? Prenons comme exemple l'Alþing, notre parlement, et ce qu'il est devenu depuis l'entrée en vigueur de la marque obligatoire pour tous les députés. Désormais, le pays tout entier sait de source sûre que l'Alþing n'abrite aucun psychopathe ; nous ne pouvons donc plus jeter les politiciens dans la benne à ordures immorales à notre convenance. Pourtant, ils continuent d'articuler leurs discours autour de questions sirupeuses. Plus personne n'ose parler franchement, car l'agressivité est perçue comme une forme de violence.

Ainsi vont les choses. Le sens des mots s'élargit et rétrécit, se ramifie et s'entrelace. Les outils deviennent des armes, et les forces des faiblesses. À chaque fois, tout dépend du contexte.

Cela étant dit, je voudrais prendre un peu de recul et m'excuser d'être partie brusquement hier. Mais tu devrais aussi savoir combien je me sens oppressée lorsque je me retrouve acculée de la sorte : soit je suis d'accord avec la doxa, soit je suis une mauvaise personne. Laisse-moi un peu respirer, Laíla. Laisse-moi réfléchir à la question avant de me traiter de « loup déguisé en agneau ». Je trouve cela malhonnête de transformer des spéculations idéologiques en accusations personnelles. Si nous voulons préserver notre amitié encore vingt ans de plus, nous devrons apprendre à débattre ensemble sans mettre le feu aux poudres.

Tea

1.

Sur le chemin de l'école, Vetur aperçoit un homme aux cheveux bruns dans le café du quartier ; à la seule vision de ses épaules raides, tout bascule. Elle parvient à atteindre le coin de la rue, hors de vue du café, avant que ses jambes ne chancellent et que ses bras ne s'engourdissent ; aussitôt la lumière l'éblouit, les couleurs deviennent trop vives, les détails trop criants. Zoé sifflote : *Fréquence cardiaque à 181 battements par minute.* Un sentiment familier d'oppression l'envahit – il la suit, il sait où elle travaille, il recommence, elle doit se cacher. Un passant s'approche d'elle et lui demande si tout va bien, mais sa voix ne lui parvient que bien plus tard, à moins que sa tête n'ait tardé à déchiffrer le sens des mots ; elle lui répond Oui, tout va bien, qu'elle a ses règles, elle ordonne à Zoé de ne pas se déclencher, elle ne veut surtout pas entendre les sirènes hurler comme la dernière fois, elle expire, inspire, expire – il ne peut pas venir ici. Il ne peut pas rentrer dans ce quartier. Ce n'était pas lui, impossible. Et quand elle y pense, il ne ressemblait pas du tout à Daníel ; en plus d'avoir les cheveux courts, cet homme portait une veste bien taillée, comme quelqu'un qui aurait sa place dans ce quartier, qui y aurait accès.

Elle s'est recroquevillée sur elle-même, les mains sur les genoux. Elle se relève lentement avant de se remettre en route en direction de l'école aussi vite que possible. Elle se précipite dans sa salle de classe et s'efforce de retrouver son calme. Lorsque le premier élève arrive, elle a cessé de trembler. Après le déjeuner, elle a plus ou moins oublié cette mésaventure.

Après les cours, un représentant de l'API, l'Association des Psychologues Islandais, vient expliquer aux enseignants comment préparer les enfants à l'examen. L'expérience montre qu'il vaut mieux en minimiser l'importance, dit-il, qu'il faut leur assurer qu'ils n'ont rien à craindre. Les enfants ont tendance à être extrêmement pessimistes, à se faire une montagne de rien du tout.

« Comment devrait-on le leur présenter ? Comme un cadeau ? » demande Húnbogi en ouvrant grand les paumes – un geste quasi religieux, pense Vetur.

Le représentant incline la tête et réfléchit.

« Non, dit-il d'un ton calme. Pas comme un cadeau. Mais à mesure que le référendum approche, nous recevons de plus en plus d'enfants qui souffrent d'anxiété au point d'en perdre le sommeil. Peut-être ont-ils entendu leurs parents tenter de se forger une opinion sur le marquage obligatoire, au point d'absorber, telles des éponges, l'incertitude et la tension sécrétées par ces bribes d'informations. C'est pourquoi il nous paraît important de parler d'*évaluation* de l'*acuité* lorsque les individus concernés sont âgés de moins de dix-huit ans. Et non de *test* d'*empathie*. Les mots que nous employons ont un sens. Nous ne voulons pas que les enfants aient l'impression qu'ils pourraient échouer. Nous n'allons marquer personne. »

Le représentant, Ólafur Tandri, a l'air plus âgé qu'elle ; il doit avoir entre trente et quarante ans. Il joue régulièrement les porte-parole pour l'API dans les médias. Du reste, la directrice avait expressément sollicité sa venue. Vetur comprend désormais les raisons de son succès dans son domaine. Il y a chez lui quelque chose de modeste, d'évident. S'il était une maison, celle-ci aurait des fondations solides. À l'inverse des autres, construites sur du sable.

« Nous espérons que ces initiatives sauront prévenir les crises d'angoisse, les malaises, le sentiment de honte, ou bien le harcèlement scolaire. Vous savez mieux que personne combien cet âge est fragile, lorsque la meute l'emporte sur l'individu et que la plupart des jeunes veulent appartenir à un groupe. Les enfants ne connaîtront jamais les résultats de l'évaluation. Si besoin est, nous contacterons les professeurs principaux. De plus, rares sont les cas détectés dans les écoles marquées. En règle générale, il s'agit d'enfants rencontrant des difficultés extérieures, victimes de traumatisme ou de négligences.

— Excusez-moi, pardon », dit quelqu'un depuis le fond de la salle. Vetur réalise qu'il s'agit d'une mère, représentante des parents d'élèves. « Nous autres parents, n'avons-nous pas le droit de savoir quels enfants ont échoué et lesquels ont réussi ?

— C'est à la direction de l'école d'en décider, répond le représentant. Mais c'est un sujet délicat. Lorsqu'un enfant est évalué en-deçà du seuil de référence, il faut doublement le chérir. Il serait donc potentiellement déraisonnable d'en informer les autres parents. Comme vous le savez, un enfant ne peut grandir en autarcie. Seulement, il y a un risque que les parents empêchent inconsciemment leurs propres enfants de fréquenter les individus malades, ce qui serait en totale contradiction avec l'objectif du test d'empathie. Il faut combattre les comportements antisociaux par l'intégration sociale. Un enfant mis à l'écart à cause de notre test tomberait de Charybde en Scylla.

— Ce genre de chose n'arriverait pas dans notre quartier, répond la mère.

— Espérons que non, dit Ólafur Tandri.

— Que se passerait-il si un enfant était évalué en-deçà du seuil de référence ?

— Si les évaluateurs estiment qu'il est nécessaire d'intervenir, ils contacteront le proviseur et le professeur principal, qui, ensemble, proposeront aux parents les traitements adéquats. »

Vetur se dépêche de sortir avant ses collègues. Des collégiens traînent devant la salle ; deux d'entre eux mangent une pomme, adossés au mur, une attitude apparemment à la mode auprès de cette génération et dont Vetur ignore l'origine. Elle traverse la cour de récréation et passe devant le terrain de football, recouvert par un dôme de plexiglas transparent. Elle marche d'un pas leste, prétendant se rendre à une pièce de théâtre quand on lui rappelle la sortie au 104,5 – ce café où elle pense avoir vu Daníel ce matin. Mais pourquoi ? Pourquoi s'inflige-t-elle cela ? On lui demande alors le titre de la pièce qu'elle va voir, et elle rétorque qu'elle n'en sait rien, que sa mère lui fait la surprise. Mais les mensonges nourrissent l'anxiété. Il faudra qu'elle pense à vérifier le programme de la soirée si elle veut pouvoir répondre aux inévitables questions qu'on lui posera lundi.

De toute manière, ces sorties entre collègues aboutissent toujours à des discussions auxquelles elle n'a pas envie de participer. Elle n'a pas le courage de les voir s'accorder sur le fond, mais pas sur la forme, ni d'écouter en silence des arguments cent mille fois éculés aussitôt réfutés cent mille fois de plus ; pas le courage non plus d'affronter ce conflit permanent entre son envie de parler à Húnbogi et celle de ne rien lui dire, puis de lui parler de nouveau, à lui, Húnbogi, pour qui elle ne peut s'empêcher d'avoir le béguin tant il est adorable, mais dont la conscience de son propre charme, tour à tour absolue et inexistante, constitue un mélange fatal ; Vetur n'a que faire de cet agrégat d'assurance et d'insécurité qui la submerge dès qu'elle pense à lui de manière abstraite – pourtant, l'idée abstraite qu'on se fait d'un homme n'est aucunement comparable à ce frisson, cette tension qui parcourent son corps sans qu'elle n'y puisse rien, à sa propre conscience de soi, à sa maladresse, ou encore à ses blagues qui parfois tombent à l'eau.

Les pleurs d'un enfant résonnent dans la rue. Vetur hume une bonne odeur de cuisine en provenance des appartements au-dessus d'elle, d'où l'on entend l'eau s'écouler des robinets et la vaisselle s'entrechoquer. La rue est immaculée – ici, pas de mauvaises herbes ni de fissures dans le sol, et les arbres sont encore jeunes et frêles. La partie est du quartier, celle qui jouxte le port Sundahöfn, est toujours en reconstruction ; du reste, le bruit des machines parvient jusque dans les salles de cours. En revanche, la partie ouest, couverte de grandes rues blanches dans un style continental classique et aux immeubles droits comme des dents, est pratiquement terminée. C'est le seul quartier marqué du centre-ville. Les autres sont au même stade de développement ; l'un se trouve au nord, près du lac Hafravatn, et l'autre à Straumsvík.

Si son contrat est renouvelé à la fin de l'année, Vetur devra vendre son appartement rue Kleppsvegur pour s'en racheter un dans le quartier. C'est la seule solution.

Bientôt, un mur de verre translucide et argenté de dix mètres de haut apparaît, enserrant le quartier comme un dragon son trésor. Il s'élève au bout de la rue, au niveau de la voie rapide Sæbraut, et forme une porte voûtée qui mène à la rue Laugarnesvegur. Il s'agit de la deuxième entrée ; l'autre se situe plus haut, en face de la route Dalbraut. Lorsque Vetur était encore adolescente, l'endroit était recouvert de grands entrepôts ; mais à mesure qu'ils se décrépissaient, on a décidé d'élever le terrain, et d'enclore toute la ville de l'océan avec ce même plexiglas, depuis le mont Esja jusqu'à

Straumsvík. Les médias le surnomment « la Verrière », mais le reste de la population préfère parler de digue.

Alors que Vetur s'approche de la sortie, la première porte coulisse automatiquement devant elle et se referme à son passage ; Vetur patiente une seconde dans un sas à plafond haut, le temps que la caméra retrouve son visage dans le Registre, puis la seconde porte coulisse à son tour pour la laisser sortir.

La peur est un mouvement descendant, comme le sable d'un sablier. Vetur vérifie que sa Sentinelle est bien active, ce qui est le cas, évidemment ; le bruit de ses talons résonne dans la rue, sur une cadence inégale, de plus en plus rapide. Cela ne lui ressemble pas. Elle qui est d'ordinaire plus insouciante, plus extravagante. Elle qui est de ces gens capables de tuer une araignée dans leur baignoire ou de cuisiner de la nourriture périmée depuis longtemps. Et non pas de ceux qui se sentent angoissés en marchant dans la rue et se fient aveuglément au sentiment de sécurité que l'on trouve derrière des murs, de ces gens qui ont peur de marcher le long de Sæbraut et qui vérifient à deux, voire trois reprises, avant d'aller dormir, que leur porte d'entrée est bien verrouillée.

Sa psychologue lui a dit qu'elle était chanceuse. Qu'elle avait grandi dans une famille stable, qu'elle possédait un bon réseau social, et qu'en joignant leurs efforts, elles devraient pouvoir aider Vetur à se remettre au plus vite du choc qu'elle avait subi. Elle lui a conseillé d'en parler à ses proches : à sa famille, à ses amis ainsi qu'à ses collègues de travail, afin de lutter contre l'isolement social, une conséquence fréquente des syndromes post-traumatiques ; Vetur lui a consciencieusement obéi, en omettant toutefois d'en parler avec ses nouveaux collègues de l'école de Viðey, car le syndrome post-traumatique peut parfois provoquer une perte temporaire d'empathie, ce qui, dans ce genre de quartier, pourrait avoir un impact sur la réputation, voire même les moyens de subsistance d'un individu.

Quelques semaines plus tôt, quelqu'un a essayé d'ouvrir sa porte, tard le soir. Tout a basculé dans l'instant, le sablier retourné de nouveau ; Vetur a vérifié que les rideaux de chaque fenêtre étaient tirés et a inspecté chaque mètre carré de son appartement, afin de s'assurer qu'il n'avait pas réussi à entrer, épiant la rue régulièrement à travers les épais stores vénitiens pour s'assurer de l'absence de la Mercedes noire. Elle savait pourtant bien que l'injonction d'éloignement et l'Empreinte l'empêchaient de s'approcher à moins de deux cents mètres d'elle. La police en aurait été avertie sur-le-champ.

La cage d'escalier est-elle marquée ? ont demandé les policiers en premier. Elle leur a répondu par la négative, et ils ont envoyé une voiture.

Ce n'était probablement qu'un simple cambrioleur, mais à chaque fois qu'elle pense au grincement de la poignée, elle s'imagine que Daníel se trouve derrière la porte. Vêtu de son pull noir, ses mains roses glacées. Elle imagine qu'il cherche à se rappeler à elle. À lui faire savoir qu'elle n'est pas débarrassée de lui.

Elle a suggéré une fois de plus au représentant du syndicat de copropriété d'organiser une pétition, mais celui-ci lui a répondu en soupirant que le résident du troisième étage s'opposait toujours au marquage de la cage d'escalier. La dernière fois, il s'était même mis à hurler qu'on n'avait qu'à attendre tranquillement le legs de son appartement, ce que Vetur ne peut se permettre : l'homme n'a guère plus de soixante-dix ans, il lui reste donc facilement dix, quinze ans à vivre, peut-être plus. Et même si l'on réussissait à marquer la cage d'escalier, ni l'immeuble ni la rue ne seraient clôturés pour autant. Ces changements demanderaient plusieurs années, voire des décennies, si tant est qu'ils arrivent un jour. Le marquage d'une cage d'escalier empêche simplement les non-marqués d'aller au-delà du lecteur de reconnaissance faciale du vestibule. À la rigueur, les cambrioleurs seraient peut-être moins nombreux à s'acharner sur sa poignée de porte.

Elle traverse l'espace privé de l'immeuble et insère sa clé dans la serrure de la porte de son appartement. Une fois rentrée, elle désactive sa Sentinelle. Après s'être laissé choir sur le canapé, elle demande à Zoé d'appeler sa psychologue. La voix pateline de l'intelligence artificielle l'informe d'un délai d'attente de deux semaines, car sa praticienne est clouée chez elle avec un enfant malade et a dû décaler tous ses rendez-vous. Vetur réserve un créneau deux semaines plus tard et raccroche avec un soupir de désespoir, avant de jeter un œil aux réseaux sociaux. Ses collègues sont attablés au 104,5. L'espace d'un instant, elle meurt d'envie de courir les rejoindre pour empêcher Húnbogi et sa collègue professeur d'islandais d'échanger quelque propos brillant qui pourrait les mener à former un couple tout aussi brillant ; puis elle s'imagine elle-même dans ce genre de relation avec Húnbogi et se sent bête rien que d'y penser.

Quelle vaine complication que d'entamer, à l'aube de ses trente-deux ans, une histoire d'amour qui ne pourrait rester insouciante bien longtemps et serait vouée à s'effondrer sous le poids des questions inévitables des enfants, du mariage et des choix politiques. Mais avec Húnbogi, elle n'a peur de rien. Elle lui fait confiance. C'est encore l'une des conséquences de l'incident avec Daníel : elle a désormais peur des hommes, et décèle aussitôt la moindre dureté en eux. Et cette peur ne se limite pas aux hommes : elle s'étend aux crises cardiaques et au cancer, aux voitures et aux avions, aux membres de sa famille et à ses amis – chaque sonnerie de téléphone lui fait craindre le pire, elle redoute d'apprendre que quelqu'un est tombé malade ou a eu un accident. Elle n'est plus celle qu'elle était. Elle devrait se sentir plus insouciante, plus extravagante.

Elle regarde autour d'elle. Jusqu'à l'année dernière, cette même pièce était baignée de soleil. À présent, la lumière de l'après-midi filtre à travers les rideaux jaunes. Vetur a mal à la gorge. Elle ferme les yeux et pleure sa vie passée, quand elle n'avait pas l'impression d'être suivie en permanence ; mais si elle se concentre, la sensation lui revient – la liberté, cette infinie liberté de l'enfance. Récemment, une femme superbe qu'elle fréquentait l'a quittée, à son plus grand soulagement – Vetur savait dès le début que cette relation ne mènerait nulle part, elle s'était employée à montrer le pire d'elle-même afin de lasser la jolie femme, ce qui, dieu soit loué, a fini par arriver ; puis, dès le premier jour à son nouveau travail, elle s'est immédiatement lancée à la recherche de son prochain partenaire. Ce nouvel emploi était un intérim d'un an, le temps que la professeur titulaire de sciences sociales puisse donner naissance à son enfant et l'allaiter ; Vetur, qui n'avait jamais enseigné auparavant ni côtoyé d'adolescents de près ou de loin, essayait de vivre de son master d'éthique depuis un an déjà, mais il lui manquait pour cela un doctorat, qui lui permettrait d'obtenir une bourse, un projet de recherches, ainsi qu'un poste d'enseignant-chercheur ; ceci dit, elle n'avait aucune envie de poursuivre un doctorat ou une carrière académique, elle souhaitait simplement se rendre utile. Participer à des colloques, écrire des articles, partager ses idées et avoir un impact concret sur la société nouvelle. Et même si on lui confiait quelques missions ici et là, et que son curriculum s'étoffait, elle se retrouvait souvent fauchée ; ainsi, lorsque l'école avait annoncé rechercher un intérimaire, l'occasion lui avait paru idéale. Elle pourrait économiser un peu d'argent pendant un an, et quitter la grand route pour une voie adjacente, sereine et agréable – au moins provisoirement.

Quelques jours plus tard, le professeur d'informatique lui tapait dans l'œil. C'était un homme silencieux et svelte, sans style vestimentaire particulier, à la barbe clairsemée et à la chevelure sur le déclin. Il ne s'est pas présenté à elle, n'assistait jamais aux réunions ou aux sorties entre collègues et se faisait régulièrement porter pâle trois jours par mois. Elle en avait déjà croisé des semblables en cours de philosophie, de pauvres garçons repliés sur eux-mêmes, et elle sentait qu'en cet instant précis, quelque chose dans son subconscient la poussait vers ce genre d'homme, un désir d'attention totale et d'admiration sincère né de sa relation avec cette femme superbe, qui, comme toujours, une fois la victoire acquise, s'était inéluctablement enlisée dans un quotidien trop confortable et plat, après l'ivresse retombée et le fantasme de la découverte rongé jusqu'à la moelle.

Elle n'a pas eu besoin de s'y employer ; quelques regards ont suffi à le troubler, une question par-ci, une autre par-là quelques semaines durant pour l'amener à parler, puis de courtes discussions près de la machine à café, jusqu'à la fameuse invitation à prendre un verre après les cours. Il avait les yeux noirs et de solides connaissances en politique, en cinéma et en musique. Parfois, son sourire se muait soudain en un petit rire timide, puis semblait hésiter entre les deux, en faisant apparaître de jolies fossettes aux coins de ses yeux et de sa bouche. Lorsqu'ils dormaient chez elle, il se montrait excessivement passif et réservé, c'était à elle de l'embrasser, de l'emmener jusqu'à sa chambre, de le déshabiller, puis de se déshabiller à son tour avant de lui enfiler le préservatif et de lui demander Tu veux te mettre comment ? Au matin, elle pouvait contempler ce dont elle avait toujours rêvé. Face à elle était un homme qui n'en revenait pas, qui n'en croyait pas ses yeux, et qui lui procurait ce sentiment d'ivresse inégalable qu'elle n'avait pas ressenti depuis très, très longtemps.

2.

Il prononce son nom. Deux fois.

Sa voix est rassérénante. Basse et déterminée. Cocasse, quand on pense au nombre de fois où cette même détermination a essayé de la piétiner.

Essayé ! Sans y parvenir.

« Tu peux venir ? » demande-t-elle.

Il lui sort une excuse bidon.

« Je ne t'ai pas demandé si tu devais te lever tôt. Je t'ai demandé si tu pouvais venir », dit-elle.

Impossible d'allumer la caméra. Elle réessaie. Il lui demande un truc.

Allô, l'entend-elle dire. Il répète son nom pour la troisième fois.

« Oui, oui, oui, oui, oui. Je suis là. Pourquoi tu ne veux pas me voir ? » dit-elle.

Il dit qu'ils étaient sur le point d'aller dormir, dans un murmure profond et sérieux, comme pour lui faire comprendre qu'elle a fait quelque chose de mal.

Il dit que ça ne peut plus durer.

« Je sais bien », souffle-t-elle.

Il dit qu'il va la bloquer.

« Breki. Non. Je ne le supporterai pas », dit-elle.

« Je t'aime », dit-elle encore.

Eyja, dit-il alors.

Et d'ajouter : Bordel de merde, Eyja.

Qu'il refuse de jouer à ce petit jeu.

« S'il te plaît. Je n'y arrive pas », dit-elle.

Il fait le moralisateur. Il parle d'un truc qu'on sème et qu'on récolte. Et dit ce qu'il pense d'elle.

« Et toi, tu sais ce que t'es ? » dit-elle.

« Tu n'es qu'une paire de bottes, Breki. »

« Des bottes qui ne savent que piétiner », renchérit-elle.

« Piétiner encore, encore et encore. »

Elle entend sa chienne dans le fond lui demander de raccrocher.

« C'est l'autre chienne ? » dit-elle en riant.

« SALE CHIENNE, dit-elle en rapprochant le micro de sa bouche. TU N'ES QU'UNE CHIENNE. »

Breki dit un truc puis un autre avant de raccrocher.

Elle essaie de le rappeler. Il ne répond pas. Elle retourne son poignet et enregistre un holo : « N'oublie pas, Breki chéri ; elle ne te donnera pas de beaux enfants. Les chiennes ne font pas des chats. »

Elle ordonne à Zoé d'appeler Þórir.

Pas de réponse. Il n'est pourtant pas si tard.

Quelle heure est-il ?

Seulement onze heures. Et quarante-cinq minutes.

Elle lui laisse un holo également.

Elle savait précisément ce qu'il arriverait à l'instant même où elle l'a vu dans son bureau aujourd'hui.

Elle n'a eu besoin que d'une fraction de seconde pour discerner la culpabilité sur son visage, presque grimaçant, et l'hésitation dans le ton de sa voix.

Qu'il allait lui falloir du cran, pour la regarder dans les yeux.

Il lui a dit qu'elle recevrait un licenciement conditionnel de six mois. Elle pourrait ensuite repasser le test, mais d'ici là, elle serait sous contrôle.

Sous contrôle.

Elle.

Mais non, elle devait comprendre combien la situation était difficile pour *lui*.

Combien ça *lui* était pénible.

Il lui a promis de s'assurer qu'elle reçoive la meilleure psychothérapie possible.

Qu'il était certain que le traitement serait un succès. Qu'il pourrait alors révoquer son licenciement.

Que si elle ne réussissait pas le test, on pourrait prétendre qu'elle avait démissionné de son plein gré.

Cette façon qu'il a eue de se frotter les mains en disant que si ça ne tenait qu'à lui, on laisserait aux gens le bénéfice du doute. Mais qu'elle avait vu les chiffres. On ne pouvait pas échapper au marquage.

Elle s'est contentée de le fixer, lui et son coin de bouche faiblard, ses paupières tombantes, le reflet gris dans ses cheveux bruns.

Elle l'imaginait au lit avec sa bonne femme, en train de penser à elle.

Elle savait qu'il la voulait ainsi. Qu'il n'osait pas le lui avouer.

Enfin pas tout à fait. À l'étranger, et complètement torché, ce n'était pas la même histoire.

C'était le point de non-retour. Dès qu'elle l'avait repoussé pour de bon, il avait commandé le test.

Dès qu'elle lui avait demandé de la laisser tranquille, à travers la porte de sa chambre d'hôtel, il avait commandé le test.

Lorsqu'elle le lui a rappelé, il a semblé mal à l'aise.

Il s'est levé de son siège et a prononcé son nom, puis lui a dit qu'elle ne devrait pas jouer à ce petit jeu, qu'elle savait bien que la réalité était tout autre. Il l'a regardée d'un air implorant. Un air qui signifiait sûrement qu'il ne voulait pas entrer en conflit avec elle.

« Il n'y a rien d'anormal dans le fait de rater ce test, surtout après avoir travaillé avec toi pendant des années et subi un tel abus émotionnel », a-t-elle dit.

« Ce n'est rien d'autre qu'un syndrome de stress post-traumatique », a-t-elle dit ensuite.

« La faute à toute cette violence psychologique », a-t-elle dit enfin.

« De la part du patron. »

C'est alors que Þórir a mis les mains en avant, comme s'il faisait face à un taureau enragé.

Il a dit qu'ils étaient dans la même équipe.

Qu'il l'aiderait comme il pouvait.

À surmonter cette maladie.

À chaque fois qu'il employait ce mot, *maladie*, elle mourait d'envie de lui écorcher le visage.

Elle lui a dit ses quatre vérités.

Lui a fait part de ses intentions.

Et lorsqu'il s'est à nouveau rétracté, comme si Eyja était une guêpe sur le point de le piquer, elle s'est aperçue qu'elle s'était levée de sa chaise. Il a parlé d'une entreprise soi-disant exceptionnelle, en ajoutant qu'elle devrait bien réfléchir avant de s'en prendre à sa propre équipe, avant d'empirer les choses et d'user de représailles.

« Des représailles », a-t-elle dit.

« Des représailles », a-t-elle répété.

« Tu ne penses qu'à la vengeance, à la trahison et au mensonge, Þórir, a-t-elle dit. Mais n'essaie pas de projeter ta sale nature sur les autres. »

Þórir a baissé les yeux, et pendant un instant, elle crut avoir gagné. Jusqu'à ce que sa tête se mette à trembler, et qu'elle réalise qu'il riait. Il riait comme si elle était drôle, hilarante même. Elle s'est alors saisie d'un cylindre doré qu'elle a lancé contre le mur, puis Þórir lui a crié quelque chose tandis qu'elle sortait de la pièce, la tête haute.

Elle fait défiler sa liste d'amis. Et s'arrête sur le nom d'un homme qui a essayé un jour de la ramener dans sa chambre d'hôtel.

Gylfi.

C'est bien ça.

Elle lui écrit.

Zoé signale l'envoi du message par un petit bruit joyeux.

Eyja scrute sa photo de profil. Elle ferme un œil pour y voir mieux. La photo a été prise en noir et blanc dans un studio de photographie, il porte un costume et la barbe courte, *très courte*.

On pourrait facilement la lécher, cette barbe. Très facilement.

« Suivante. »

Sur la photo d'après, il est avec sa famille.

Trois enfants !

Blonds, comme leur mère. Lui a les cheveux bruns.

Elle se lève et se ressert un verre. Puis se rassoit. Zoé fait un petit bruit plaisant.

Il dit qu'il fête les cinquante ans d'un ami. Qu'il pourra être là dans une heure.

Elle enfile de plus jolis sous-vêtements, une robe bleu nuit, et se remaquille. Elle flirte avec son propre reflet dans le miroir.

Elle est toujours sexy. On ne pourra jamais le lui retirer.

Elle cache la bouteille vide, mais laisse celle qui est à moitié pleine sur la table.

Il entre dans le vestibule, le regard vitreux. Une douce odeur d'après-rasage, quelques boutons de chemise détachés, elle les compte, un, deux, trois, avant de déboutonner le quatrième, puis le cinquième.

Sa langue est bien trop humide.

Comme un poulpe baveux.

Elle éloigne sa tête de la sienne et se laisse embrasser ailleurs.

Il est trop bruyant, respire lourdement, gémit et papote entre chaque baiser. Elle ne parvient pas à se laisser aller.

Par exemple, elle n'avait pas complètement saisi qu'ils étaient sur le canapé jusqu'à maintenant.

« Chut », dit-elle. Il éclate de rire. Elle lui couvre la bouche avec la main.

Ça ne l'empêche pas de parler, et son souffle humidifie la paume d'Eyja.

Elle s'essuie sur sa chemise. Puis se lève et entre dans sa chambre.

Il la suit et s'assied sur le lit.

« Déshabille-toi », dit-elle en essayant de dégrafer sa robe, se cognant au passage par mégarde contre le chambranle.

Il a ôté ses vêtements et patiente. Elle lui demande son aide.

Il dégrafe sa robe, et la fait glisser. Elle se retourne et l'observe, assis sur le lit.

Sa silhouette ramassée, son sexe rouge et gonflé, écrasé contre sa panse.

Rien à voir avec la vision si prometteuse des poils de son torse émergeant de sa chemise déboutonnée. Il agrippe l'un de ses seins comme un jouet. Gauchement. Sûr de lui. Sa langue s'agite dans tous les sens.

« Calme-toi. Mon Dieu. » Elle le repousse et se demande s'il ne vaudrait pas mieux l'attacher, mais elle ne veut pas l'y obliger.

Elle s'assied sur lui à califourchon et écarte sa culotte.

Et les voilà partis.

Au bout d'une minute, il se met à respirer un peu trop profondément.

« Attends. Arrête. Arrête, je te dis. » Elle se rassied sur le lit et le rejette lorsqu'il essaie de s'allonger sur elle.

Il rit. Il lui retire sa culotte. Et lui demande ce qui ne va pas quand elle le repousse avec ses pieds.

« Tu dois tenir plus longtemps », dit-elle.

Il fait semblant d'être vexé. À moins qu'il ne le soit pour de bon. Une fois qu'il s'est un peu calmé, elle le tire à nouveau vers elle, et il la pénètre en soufflant et haletant.

Elle l'abandonne dans la pièce moite.

La nuit est vide. Elle ordonne à sa voiture de conduire vers l'est sur Sæbraut, le long de la digue. Elle tourne et entre dans le quartier de Laugarnes.

Elle ne porte pas de chaussettes dans ses chaussures.

Elle serre la bouteille de parfum et les clés dans sa main tout en titubant en direction de l'immeuble.

Le nom de l'autre chienne est désormais inscrit sur la boîte aux lettres. Comme s'ils formaient une famille.

Comme si Breki ne venait pas *tout juste* de la quitter.

Le divorce à peine prononcé.

L'encre encore fraîche sur le foutu papier.

Elle ne se souvient jamais de l'étage auquel il habite.

Premier étage, deuxième étage, premier étage, deuxième étage.

Premier étage.

Elle fait tomber les clés dans l'escalier. Les ramasse sur le tapis. Plisse les yeux pour trouver la bonne clé. Puis l'enfonce dans la serrure.

Elle ne tourne pas. Deuxième étage.

Elle monte d'un étage dans l'obscurité, et cette fois-ci la clé épouse parfaitement la forme de la serrure.

C'est une poignée de porte à l'ancienne. Un pommeau doré qu'il faut tourner.

Elle ouvre la porte lentement. Très lentement.

Et pénètre dans le vestibule, où sont accrochés les manteaux.

Elle approche le flacon de parfum du col du pardessus de Breki et l'asperge. Elle referme la porte. Très lentement. Et s'en va sur la pointe des pieds.

Sur le chemin du retour, elle demande à sa voiture de se garer près de la sculpture du Sólfar, le Voyageur du soleil, et quitte son véhicule.

On entend le bruit de la mer agitée de l'autre côté du mur. La marée haute lui arrive aux genoux. Le plexiglas ploie au-dessus du trottoir comme une déferlante.

Þórir. Þórir le foutu directeur de merde.

Þórir le bon à rien. Þórir le coulis de bave.

Qui l'a zieutée.

Comme une récompense.

Comme un bonbon.

Avec une gourmandise puérile et la langue pendante.

Lui qui rit à tout ce qu'elle dit.

Qui l'a recommandée, l'a aidée à monter les échelons.

L'a invitée à déjeuner.

À dîner.

Un verre de plus.

Lui qui s'est penché au-dessus de l'accoudoir en cuir du canapé et lui a dit : J'aurais voulu ne pas être marié.

Elle l'a supplié de ne pas les marquer.

Alli et Fjölnir aussi. Ils ne voulaient pas de la marque.

Mais non. Les entreprises vertes n'acceptent que les investisseurs marqués.

Foutaises. Jusqu'alors, seule une entreprise avait privilégié des investisseurs marqués à leurs dépens.

Une seule.

Mais c'était suffisant pour que Þórir panique. Et persuade le reste du conseil d'administration.

Impossible alors d'échapper au test.

Il aurait été stupide d'essayer.

Et maintenant, elle doit être exécutée.

Il faut enfumer le renard dans son terrier.

Elle regarde droit dans la caméra de son poignet droit et enregistre un nouvel holo qu'elle envoie à Þórir.

Elle contemple cette masse enveloppée de ténèbres de l'autre côté de la baie et qu'elle connaît bien, le mont Esja. Elle espère qu'à son retour le poulpe sera parti. Son regard se pose ensuite sur un gribouillis noir griffonné sur la digue, juste en face d'elle. Elle avance d'un pas en direction du verre transparent et plisse les yeux.

MARQUONS-LES

3.

Jeudi encore, un jeune homme se suicide. Vingt-deux ans. Vendredi, rien ne va plus. Ses proches racontent qu'il avait perdu totalement foi en son avenir. Il avait raté le test à l'âge de dix-huit ans, et depuis lors sa vie n'avait été rythmée que par la drogue et la dépression. Samedi, les pires émeutes qu'on ait connues jusqu'alors éclatent. Environ cinquante mille personnes se réunissent devant le Parlement et scandent le nom du garçon. La majorité d'entre elles est pacifique, mais des jeunes hommes se tiennent en première ligne, certains cachés derrière des holo-masques. Quelques-uns sont armés de cocktails Molotov, d'autres de feux d'artifice. Ils commencent par frapper et cracher sur les boucliers anti-émeute des forces de sécurité, avant d'essayer de se frayer un chemin à l'intérieur du Parlement. Lorsqu'ils réalisent qu'ils ne passeront pas, on assiste à une escalade de la violence, les vitres des maisons alentour sont brisées, des voitures incendiées. On aperçoit l'un d'eux traverser la place à bord d'un énorme pick-up transportant un réservoir de carburant d'une centaine de litres et des bouteilles en verre vides. La police l'interpelle immédiatement. Au total, un peu plus d'une cinquantaine d'individus sont arrêtés. On compte six blessés graves, dont un policier, envoyé en soins intensifs avec une fracture du crâne.

Dimanche, la nation tout entière est sous le choc. Le Premier ministre condamne les émeutes. Lundi, l'agent de police décède de ses blessures. Le commissaire national de police lui rend hommage en observant une minute de silence en direct à la télévision. Mardi matin, Óli est dans sa voiture lorsqu'il passe devant un panneau publicitaire le représentant et sur lequel on a griffonné deux X par-dessus ses yeux. Jeudi matin, on a crevé ses pneus. Debout devant sa voiture, il passe un coup de fil à Himnar et attend que celui-ci vienne le chercher. Il ne ressent rien, sinon une tension froide le long de son corps. Il pense : La voiture n'est pas abîmée. Puis : Ce ne sont que des pneus. Mais quelques minutes plus tard, il découvre une menace de mort qu'il a reçue pendant la nuit :

la prochaine fois je foutrai un putain de sac sur la tete de vos putain de gosse et je vous laisserez les regarder s'étouffés et après je baiserais ta femme et je l'étranglerais et je te balancerais une putain de bastos dans la gueule !!

Ce faux profil lui a déjà envoyé toutes sortes de saletés, mais cette fois-ci, le message est accompagné de photos de sa voiture et de ses pneus. À ce moment-là, il éprouve un véritable sentiment d'intrusion. Il en parle à Salóme, qui en parle à son tour à la police. Celle-ci s'engage à tous les inscrire au service Sentinelle Plus jusqu'au référendum. Il ne sait pas exactement ce que cela signifie, excepté que s'il énonce trois fois le chiffre neuf – neuf neuf neuf –, la police le contactera. En outre, on leur recommande de privilégier le covoiturage pour aller travailler, et de ne jamais sortir seuls.

Le soir même, Sólveig ne dit pas un mot tandis que le technicien les aide à installer le système. Óli sent sa colère bouillir dans chacune de ses cellules. Une fois le technicien parti, il lui demande pardon. Elle part s'occuper de Dagný, comme elle en a l'habitude lorsqu'elle ne veut pas le regarder en face.

Les bureaux de l'API se trouvent dans la rue Borgartún, qui n'est bien évidemment pas marquée et ne dispose pas non plus d'un parking souterrain, ce qui signifie que, dès l'instant où ils quittent leur voiture pour rejoindre l'immeuble, les employés de l'API sont totalement vulnérables. Il en va de même pour sa maison. Sólveig refuse de déménager dans le quartier de Viðey ; quoi qu'il dise, ses arguments tombent toujours dans l'oreille d'une sourde. Aussi, lorsque Himnar lui propose de faire dorénavant du covoiturage, il lui en est reconnaissant.

Hormis les quelques visites qu'il rend pour le compte de l'association, il ne se mêle plus à la population. Il essaie surtout d'éviter aussi souvent que possible les magasins. Lorsqu'il récupère Dagný à l'école maternelle, les autres parents lui sourient d'un air encourageant. Une fois, on a essayé de le frapper. C'était un grand-père qu'on ne voyait pas souvent. Un parent s'est aussitôt levé pour protéger Óli, qui s'est enfui aussi vite que possible avec Dagný dans les bras, en oubliant sur place les bottes de la petite fille.

Vendredi matin, Himnar vient le chercher ; tout en conduisant, il se ronge les ongles et les recrache sur son siège. Óli ferme les yeux et tente de se détendre, mais chaque crachat lui fait l'effet d'une attaque sur son système nerveux. Comme tous les jours, le comité électoral commence la journée par une réunion. Ils sont six ; Salóme se tient à l'autre bout de la table, tandis qu'Óli compte cinq têtes. Il demande qui manque à l'appel. Himnar le regarde, d'un air amusé.

« Toi ? »

Óli se frotte les yeux, secoue la tête et rit avec ses collègues. Ce genre de chose lui arrive souvent ces temps-ci. Il cherche un objet qu'il tient dans ses mains, oublie les mots et les noms, dit *figuier* au lieu de *figé*, perd le fil de sa pensée en plein milieu d'une phrase et note tout ce qu'il fait dans la journée pour s'épargner l'effort de mémoire le lendemain. Il est épuisé.

« Toutefois, cette tragédie nous aura servi sur un point, dit Salóme. D'après les derniers sondages, le Oui est à soixante-cinq pour cent, contre vingt et un pour cent pour le Non. Soit une augmentation de neuf points en une semaine. Les gens ouvrent enfin les yeux. Ils se rendent à l'évidence. À ce propos, Magnús Geirsson s'est exprimé ce matin. »

Elle projette le communiqué de presse en face d'elle. Le dirigeant de MÂLARME, un mouvement d'opposition à la marque, se tient au pied d'une immense tour dans le quartier de Skuggahverfi, l'air triste et inquiet.

La mort du policier a pris tout le monde au dépourvu, et les partisans de MÂLARME sont complètement dévastés.

« Une telle violence n'est pas fortuite, dit-il en s'adressant à un journaliste hors champ. La société n'entend plus la voix de ces jeunes hommes. Voilà leur façon de prendre le contrôle et de se venger. C'est malheureux. Mais si les trafics de stupéfiants et les cambriolages se multiplient chaque jour jusqu'à battre des records, ce n'est pas une coïncidence. Notre société prend peu à peu conscience du danger qu'elle prétend écarter. »

Il cite un nouveau sondage selon lequel deux tiers des jeunes hommes se diraient victimes de préjudices moraux. Les opportunités se font rares pour ces garçons, envoyés en psychothérapie dès la sortie du collège et moins représentés dans les postes à responsabilités que les jeunes filles, qui bénéficient ainsi d'un avantage considérable sur le marché du travail. Ce n'est que vers l'âge de vingt-cinq ans que la différence salariale entre les sexes s'atténue – lorsque les garçons manifestent une plus grande intelligence émotionnelle et que les filles atteignent l'âge de la maternité. Environ un cinquième des garçons de moins de vingt-cinq ans ne sont ni scolarisés, ni salariés. Les émeutes de samedi dernier sont la conséquence évidente de cette discrimination systémique.

Ils passent le reste de la matinée à préparer leur réponse aux médias. Tout d'abord, ils ne parleront pas de *décès*. Ils nommeront les choses par leur nom : il s'agit d'un *meurtre*. Samedi, un agent de police a été assassiné. Ensuite, ils diront que ces émeutes révèlent que ces garçons ont besoin d'aide et que la marque obligatoire est une solution nécessaire. Enfin, ils préciseront que le taux de criminalité n'a pas augmenté, mais diminué. Qu'ils n'ont pas non plus connaissance de ces prétendus cambriolages, et que le taux d'effractions n'a pas évolué depuis plusieurs années. Et que d'autre part, les crimes se sont déplacés. Il y a cinq ans, on enregistrait des effractions un peu partout dans la région de la capitale, mais depuis l'augmentation progressive du nombre de quartiers et de cages d'escalier marqués, les cambriolages se sont naturellement multipliés dans les quartiers non marqués, dans lesquels habitent les partisans de MÂLARME.

« Himnar, tu t'occupes des statistiques des effractions, et Óli, tu te charges de répondre ? dit Salóme.

— Oui », répondent-ils en chœur.

Deux heures plus tard, Himnar lui envoie la version finale de la réponse, accompagnée des statistiques exactes de la police.

« Tu l'as reçue ? » demande-t-il. Ils sont assis dos à dos.

« Oui », répond Óli sans quitter son écran des yeux. Il entend le bruissement régulier produit par la jambe tremblante de Himnar. Ce qui signifie que ce dernier a bu trop de café. Et qu'il va donc bâcler son travail. Óli s'efforce de l'ignorer, mais il n'y parvient pas. Himnar empiète toujours sur l'espace des autres. Óli attend avec impatience de pouvoir enfin prendre ses distances avec lui, après le référendum. Ils ont tellement travaillé ensemble que le moindre travers de son meilleur ami lui met les nerfs à vif : son manque de concentration, son désordre et ses sifflotements. Mais ces jours-ci, les nerfs d'Óli ressemblent davantage à un ancien système d'eaux usées. Un rien suffit à le boucher, et tout remonte à la surface.

Il essaie de ne pas prêter attention au vacarme suscité par la publication de sa réponse dans les médias. De ne pas regarder ce que les gens écrivent. Mais en rentrant chez lui, il craque, et se met à lire tout ce qui lui passe sous les yeux. Louanges, contre-arguments et calomnies. On lui a dit qu'il finirait par s'habituer à ce tohu-bohu, mais il n'en est rien. À chaque nouveau message envoyé par une voix suppliante lui implorant de bien vouloir se mettre à la place de son fils, il doit se persuader à nouveau. Se rappeler pourquoi il fait ce qu'il fait.

Adolescent déjà, il était convaincu qu'ils pouvaient mieux faire. Il regardait ses amis serrer les poings et frapper dans les murs. Il voyait les muscles de leur mâchoire se crisper tandis qu'ils s'efforçaient de garder leur sang-froid. Il savait ce qu'ils ressentaient. Cette même rage grondait en lui. Sa cage thoracique pouvait gonfler comme une poche de magma sur le point d'exploser. C'était une sensation familière ; l'impression que sa poitrine ne pourrait contenir sa colère. Parfois, il serrait les dents et se mordait les lèvres pour réprimer ce qu'il avait en lui, car il savait qu'une fois libérée, une telle fureur serait incontrôlablc. Impossible de revenir en arrière.

Il observait son père débattre avec sa mère. Il la voyait se taire et secouer la tête lorsque les arguments lui manquaient. Il demandait à son père de ne pas lui parler ainsi, et l'intéressé lui disait : Parler comment ? On ne fait que discuter. Son père ne serrait pas les dents ni ne claquait les portes ; mais il interrompait ses interlocuteurs, dodelinait du chef avec lassitude tout en affirmant que quelque chose ne collait pas – les choses ne fonctionnaient pas Comme ci, mais Comme ça, et puis c'est tout. Il faisait de ses suppositions des affirmations, sortait ses explications de son chapeau, et transformait son incertitude en détermination.

Dans une société démocratique, la révolution n'est pas un corps gigantesque qui retourne tout sur son passage. Elle avance et se retire par vagues, s'écoule de la population et suinte jusqu'au Parlement, comme de l'eau de pluie au travers d'un toit. Le plus important n'est pas la pluie, mais le toit. À moins d'être abîmé, il n'est pas censé fuir. Ici, en l'occurrence, le vieux toit fuyait de partout. Au cours du premier semestre d'Óli au lycée, la société a subi un changement majeur lorsque le gouvernement a pris la décision d'intégrer un service de soutien psychologique au système national de santé mentale. Tous les mardis, entre les cours de français et de biologie, Óli devait aller chez le psychologue, qui lui a appris à discerner les émotions. En guise de devoirs, le psychologue lui demandait de discuter avec son père, afin de lui expliquer les conséquences de son impertinence sur sa famille. *Quand tu parles ainsi, nous nous sentons ainsi. Et quand tu prends ce ton-là, nous nous mettons sur la défensive.*

Il observait son père déplorer toutes ces jérémiades émotionnelles en ronchonnant. Il se faisait réprimander par sa fille, la sœur d'Óli, qui lui demandait d'arrêter d'être aussi agressif, et lui disait que s'il voulait participer à leurs discussions, il devrait se comporter en personne civilisée. Ce n'était pas un concours de tir à la corde. Leur père éructait alors qu'ils pouvaient bien user de tact, de respect, de ce qui leur chantait à vrai dire, peu importe le nom qu'ils voulaient bien donner à ces dialogues de sourds, à ces hypocrites caresses dans le sens du poil à base de Je comprends ton point de vue, toutefois je ne suis pas d'accord, mais que lui ne s'y résoudrait jamais. Il resterait un fervent partisan de la liberté d'expression et du conflit salutaire.

Óli a appris à lire les émotions des hommes politiques de la même manière qu'il lisait celles de son père, à se montrer poli et pondéré. Il s'est impliqué dans la politique universitaire et a réussi à nuancer les manières de son géniteur. Tu as tort, un point c'est tout est devenu Oui, je comprends ce que tu veux dire, mais ne pourrait-on pas plutôt voir les choses ainsi ? Il a ensuite rejoint le mouvement de jeunesse API, qui se battait pour que l'empathie – le fait de se mettre dans la peau d'autrui – soit enseignée aux enfants à l'école dès l'âge de six ans. À cette époque, le test d'empathie n'était proposé qu'à une portion bien délimitée de la société ; le système national de santé mentale l'utilisait pour mesurer le taux de réinsertion des délinquants condamnés et autres individus malades ayant réussi à surmonter leurs perturbations morales.

C'est alors que la grande fuite de données a eu lieu. Óli avait vingt-deux ans, et venait de tomber amoureux de Sólveig. On leur a donné l'autorisation de sortir de cours plus tôt pour se rendre sur la place Austurvöllur rejoindre les milliers d'autres manifestants qui, jour après jour, réclamaient la démission des parlementaires. Il se souvient encore des froides journées de novembre, tour à tour nuageuses et ensoleillées ; de s'être pavané devant Sólveig à grand renfort de mots savants tels que narration, critérium ou post-structuralisme, et du sourire qu'elle avait esquissé en comprenant son petit jeu ; il se souvient de s'être tenu en plein milieu de la foule et d'avoir pensé que, si l'histoire de l'humanité avait un cœur, ils en étaient aujourd'hui le battement. Cet endroit où le pendule s'arrête un instant dans les airs avant d'osciller à nouveau, dans un sens puis dans l'autre.

Quant à l'origine de l'idée, les récits divergent. D'aucuns racontent qu'elle aurait été suggérée par le politicien le plus durement touché par la fuite, qui, espérant redorer son blason, serait allé passer le test d'empathie pour réfuter les accusations de psychopathie clinique à son encontre. D'autres affirment au contraire qu'elle aurait émergé au sein de la population. Quelle que soit la vérité, l'idée a fini par faire boule de neige. Une première politicienne a publié ses résultats dans le journal, puis une autre a suivi. Un parti politique a déclaré que tous ses membres iraient passer le test, et un deuxième l'a imité. Trois semaines plus tard, la majorité de l'Alþing votait un texte de loi faisant du test un prérequis obligatoire pour tous les députés, dans l'espoir de regagner la confiance de la population. En apprenant que sept personnes avaient été obligées de démissionner, Óli, comme tous ses compatriotes, a ressenti un profond soulagement. Le jour de la publication des résultats et de la fuite des députés du Parlement a marqué un véritable tournant dans l'histoire du pays.

Au cours des années suivantes, les infrastructures du système national de santé mentale ont été renforcées. Suivant l'exemple des pays voisins, le nouveau gouvernement a encouragé la population à passer le test gratuitement, et mis en place des traitements pour les individus n'ayant pas atteint le seuil de référence. « Nous investissons dans la santé mentale », a déclaré la ministre de la Santé, une infirmière de soixante-trois ans qui avait travaillé trois décennies et demie durant au Landspítali, l'Hôpital national d'Islande. « Notre économie nationale en récoltera les fruits. » À l'occasion d'une relève, elle avait mentionné ses résultats à ses collègues sur le ton de la plaisanterie. Lorsque son succès s'était ébruité, on lui avait presque aussitôt proposé un poste ministériel, sans autre forme de procès.

La population a demandé que le test devienne obligatoire pour tous les représentants des pouvoirs législatif, judiciaire et exécutif, et le gouvernement l'a entendue. Peu de temps après, la municipalité de Reykjavík a décidé que toute personne œuvrant dans le domaine médical devrait désormais présenter un certificat d'examen, et que cette aptitude serait valorisée. Un mandat et demi plus tard, l'idée d'un registre publique auquel n'importe quel individu ayant passé le test pourrait s'inscrire librement a commencé à bouillonner au sein de la société. Les faux certificats pullulaient comme de la mauvaise herbe, surtout chez les gens à la recherche d'un emploi ou d'un logement. Les premières occurrences de *marque*, ou de *marquage*, ne sont apparues qu'il y a quatre ans, lorsque l'API a rendu publique l'accès au Registre. Tout le monde pouvait désormais savoir qui avait réellement réussi le test.

Óli observait son père se faire de plus en plus silencieux en dehors de la maison. Lui qui au début se vantait de ne pas être marqué a cessé de le claironner à tout-va. De temps en temps, Óli le surprenait au téléphone, évoquant à voix basse la situation avec ses amis. Qu'est-ce qu'elle s'était détériorée. Gravement détériorée.

À tel point que désormais, pas un jour ne passe sans que les médias racontent comment la marque a protégé les honnêtes gens de leurs concitoyens brisés, et comment ces derniers ont quitté le pays ou ont finalement suivi une thérapie, qui leur a permis de guérir. À chaque fois, Óli ressent le même soulagement ; encore un petit nœud de démêlé dans l'immense crinière de la société.

Alors qu'il s'apprête à éteindre Zoé pour se mettre à cuisiner, son regard s'arrête sur sa messagerie, qui clignote.

putain de salopes émotionnelles que vous êtes, on va tous vous faire la peau

4.

Putain de bordel de merde. Tristan essaie de la passer. Il essaie de faire pause. Mais c'est encore une de ces putains de vidéos que Zoé t'oblige à regarder. Il essaie de se calmer en respirant profondément, mais les mots se précipitent dans sa tête, lui violent ses putains d'oreilles, lui disent que la vie n'est pas forcément difficile, qu'il n'a pas besoin de porter ce fardeau tout seul, alors que ce sont *eux* qui lui mènent la vie dure, *eux* qui ont monté ce fardeau de toutes pièces. T'es là en train de jouer à CityScrapers sur la ligne S, quand tout d'un coup, ton jeu s'arrête pour te montrer une publicité ; leurs voix font un boucan de tous les diables dans tes oreilles, tu te mets à bouillir de rage et ta journée est foirée.

Comme l'autre jour. Il rentrait chez lui après le travail et avait reçu un refus de plus de la part d'une entreprise qui ne lui avait même pas accordé la moindre putain de chance de passer un entretien, quand la tête d'Ólafur Tandri est apparue pour lui dire d'allcr passer le test, lui faisant carrément péter les plombs ; il est rentré chez lui en trombe, a écrit tout ce qui lui passait par la tête, absolument *tout*, au mot près, a envoyé son message, puis a attendu qu'il soit minuit pour sortir, muni d'un petit couteau de cuisine.

La ligne S s'arrête près de la place Lækjartorg. Il s'empresse de sortir. Tout est en ruine depuis la manifestation, le sol est jonché de déchets, de pétards et de verre brisé. Il entend le cliquetis d'une paire de talons non loin de lui. Une femme portant un genre de – comment ça s'appelle déjà ? –, une espèce de chapeau de fourrure sur la tête, croise son regard, ses yeux le fuient aussitôt, beaucoup trop vite à son goût, bordel, elle s'enveloppe dans son manteau et est-ce qu'il se fait des films ou elle a accéléré le pas ? Évidemment que oui. Il effraie encore plus les bonnes femmes depuis qu'il s'est rasé le crâne en mode kiwi. Elles allument leur montre au cas où il s'approcherait d'un peu trop près, des sirènes assourdissantes se mettraient alors à hurler, une antenne satellite le filmerait et une espèce d'IA le suivrait à la trace avant de transmettre son dossier à la police. En tous cas, c'est ce qu'a dit Eldór. Peut-être que c'est faux. Comment est-ce qu'une intelligence artificielle pourrait le voir à travers le brouillard ? Avec un détecteur de chaleur ? Des affirmations sans preuve, c'est du Eldór tout craché, lui qui colporterait la moindre théorie SF à la con qui lui semblerait crédible.

Comme la fois où il a dit que les flics pouvaient savoir si tu avais abusé de l'accélérateur grâce à ces nouvelles voitures qui conservent un enregistrement de ta vitesse pour l'envoyer aux poulets. Même qu'ils paieraient les constructeurs automobiles pour ça.

Lui s'est contenté de dire Ah bon ? avant d'aller le répéter à travers la ville. Après tout, ils entendent sans arrêt des histoires de mecs poursuivis par des flics sortis d'on ne sait où pour les cueillir en voiture. Mais évidemment, Viktor et les autres lui ont ri au nez comme s'il était un idiot fini, il a donc rétorqué Mais si, sans déconner, c'est la vrairité, et lorsqu'il a demandé à Eldór la source de ses informations, celui-ci a répondu qu'il ne voyait pas d'autre explication à cette amende qu'il avait reçue l'autre jour, dans sa boîte aux lettres, car il était quasi certain de ne pas avoir croisé le moindre radar sur sa route.

Tristan a tenté de trouver des réponses sur Internet, de comprendre le fonctionnement des lois sur la protection des données personnelles, il a demandé à Zoé de les lui expliquer, mais les flics font exprès de les rendre incompréhensibles, parfois la consultation de ces putains d'images enregistrées par une antenne satellite est légale, parfois non ; voilà pourquoi son estomac le torture depuis qu'il a schlassé ces pneus de merde, lui qui passe tous les jours devant la maison d'Ólafur Tandri devrait être ravi de voir cette voiture charcutée dans l'allée, mais elle lui donne l'impression qu'on lui bouffe l'estomac à la petite cuillère, comme s'il était une coquille d'œuf dur ou un truc du genre, et il ne peut s'empêcher de penser en permanence qu'il suffirait de retrouver une simple vidéo, cachée dans la base de données, pour constater qu'il habite à deux minutes d'ici.

Lui qui, depuis plus d'un an, trime sans relâche, serre les dents, économise jusqu'à compter la moindre couronne, lui qui n'a de cesse de travailler sur le port comme un putain de forcené, sept jours sur sept et de neuf à cinq, qui bouffe des surgelés et dort sur un matelas à même le sol, lui qui consulte son application bancaire tous les jours, souffre de crises d'angoisse et entre par effraction chez des inconnus pour les cambrioler afin de gagner de quoi s'acheter de la vraie nourriture, une fois de temps en temps, et du trex aussi, et parfois d'autres pilules qui ne font qu'aggraver son ulcère à l'estomac, sûrement parce qu'il est rongé par le stress à l'idée que les flics soient sur sa trace ; dans ces moments-là il se promet de ne plus jamais, jamais rincer la moindre maison, resserre sa ceinture d'un cran et continue de bouffer des surgelés, obsédé par son appli bancaire, jusqu'à ce qu'une énième crise d'angoisse le pousse à rincer une maison de plus.

Et un beau jour, alors qu'il était sur le point d'abandonner, qu'il était presque certain qu'il ne s'en sortirait jamais : de l'argent. Après avoir passé la pire année de sa vie, quitté le lycée pour pouvoir travailler et s'acheter un appartement pour être enfin sécure, après avoir vu tout ce qui pouvait advenir, comment sa vie pouvait tourner, tout d'un coup : de l'argent.

Il aperçoit l'enseigne du magasin en haut de la rue Hverfisgata. La boutique se trouve au rez-de-chaussée de l'immeuble d'Eldór.

« Pour Eldór, dit-il. Je suis là. Descends. »

Sa putain de bouche est sèche. Il décide de s'acheter un truc à boire avant d'aller au rendez-vous. Dès qu'il s'approche de la porte coulissante, on entend un MIIP MIIP MIIP. Il lève les yeux vers la vitrine et remarque un autocollant de l'API.

« C'est quoi ce bordel ? » En plissant les yeux, il aperçoit la caissière qui le regarde d'un air impassible. « Sans déconner », dit-il, bien que la fille ne puisse évidemment pas l'entendre. La semaine dernière encore, ce magasin n'était pas marqué. Une seconde porte a été installée derrière l'entrée coulissante, formant un petit compartiment de verre au niveau du paillasson. Un homme d'âge moyen arrive soudain à sa hauteur, et la porte coulissante s'ouvre devant lui. Tristan ressent soudainement l'envie terrible de bondir avec lui dans le compartiment en guise de protestation et d'y attendre la police, car la porte intérieure ne s'ouvrira que si cet homme est seul, mais il s'abstient, et l'observe se faire avaler par la porte coulissante, rester deux secondes immobile jusqu'à ce que la porte intérieure l'autorise enfin à pénétrer dans le magasin. Tristan recule de quelques pas. Plusieurs personnes le croisent sans paraître remarquer sa présence. Un léger claquement de porte résonne derrière lui, et Eldór sort de l'immeuble.

« Putain mec, t'as pris le temps.

— Déso', répond Eldór, en lui serrant la main dans une brève accolade.

— Je me les gèle.

— Ouais désolé, j'avais des trucs à faire.

— C'est quoi leur problème ? dit Tristan en pointant le magasin du doigt.

— Une histoire de couteaux et de proprios marqués. Ils ont ouvert un guichet, regarde, dit Eldór en désignant le comptoir derrière de la fenêtre. Ils y servent les non-marqués. »

Ils arrivent aux abords des grands hôtels de Sæbraut. La jeune fille à l'accueil les observe avec suspicion, Tristan aimerait lui crier d'arrêter de les regarder et de les juger ainsi, de bien vouloir leur accorder une putain de chance. Elle est blonde, ses cheveux sont noués en une queue de cheval très serrée et ses joues couvertes de boutons.

« Salut, dit Eldór. On a rendez-vous avec Magnús Geirsson. Tu peux nous laisser monter ? »

Elle les dévisage tour à tour, comme s'ils avaient dit quelque chose d'affreux, pendant que Tristan lorgne son cou, ce cou lui rappelle celui de Sunneva, qui ne lui répond plus depuis au moins trois mois, et l'envie lui prend soudain d'aider cette jeune fille à se sentir à l'aise en leur présence, si bien qu'il chuchote à Eldór Mignonne celle-là, tandis qu'elle téléphone à l'étage ; il a pris soin de parler suffisamment fort, pour être sûr qu'elle l'entende.

« Il est au sixième étage », dit-elle, avant de retourner à ses occupations derrière le guichet, sans leur prêter davantage d'attention.

« Toutes des salopes, hein, dit Eldór alors que les portes de l'ascenseur se referment.

— Tu l'as dit.

— C'est le genre de nana super canon qui doit détester les mecs, t'as capté ? Elle les *déteste*. Mais elle a kiffé quand même. Je l'ai vu.

— Ce que j'ai dit ?

— Ouais, elle essayait de ne pas sourire.

— Mouais, je suis pas sûr. Les jolies filles ont toujours peur de moi. Surtout depuis que je me suis rasé en mode kiwi, dit-il en désignant sa tête.

— Faut juste que tu sois plus doux avec elles. »

Eldór fait une grimace censée évoquer la douceur.

« De toute façon, j'ai autre chose à foutre que de courir après une connasse avec de l'acné.

— De l'acné ? s'étonne Eldór.

— Oui, t'as pas vu, elle avait des boutons énormes sur les joues. Y en avait partout, même qu'ils se chevauchaient.

— Mec, personne remarque ça.

— Si, moi. »

Ils sortent de l'ascenseur au sixième étage, où ils sont accueillis par un type qui les invite à s'asseoir sur le canapé près de la fenêtre.

« Ils ont bientôt fini.

— OK d'acc' », répond Eldór.

Tristan peut sentir l'odeur de sa propre transpiration. Maintenant qu'il est sur place, ça n'a plus aucune importance ; il a pourtant pris un trex entier, mais son cœur cavale dans sa poitrine comme une souris chassée par un putain de chat. Zoé l'informe de la vitesse bien trop élevée de son rythme cardiaque. Il se remémore cette phrase que Rúrik lui a dite il y a longtemps. *La vie suit un chemin inécultable.* C'est l'autre là, l'écrivain, avec un vrai nom de famille au lieu d'un patronyme à l'islandaise, qui a dit ça. Plutôt cool comme citation.

Il n'a jamais été interviewé, et ne sait pas comment parler devant une caméra. Le week-end dernier, ils ont participé à une réunion pour jeunes hommes organisée par MÂLARME, car leur dealer de trex leur avait dit que la première session serait payée ; ils s'y sont donc rendus le soir même, ont reçu de l'argent et de quoi souper, puis se sont assis par terre, en cercle, et ont écouté d'autres types raconter toute la merde que le test avait foutue dans leur vie. C'était vraiment bizarre de les entendre ; au début, il trouvait ça carrément stupide de leur part d'avouer tous les crimes qu'ils avaient commis, il avait l'impression d'être une espèce de mouchard qui enregistrerait leurs confessions pour les transmettre à la police ; puis il a fini par ne plus y penser, car leurs histoires auraient aussi bien pu être la sienne, tant ils avaient de points communs. Si bien que lorsqu'est venu son tour de parler, il pressentait qu'ils pourraient le comprendre.

Aussi leur a-t-il raconté la fois où sa mère lui avait annoncé qu'ils allaient déménager dans un quartier marqué ; il lui avait lancé Mais putain, tu vas pas m'abandonner, elle avait dit Non, bien sûr que non, tu n'as qu'à passer le test, comme si c'était si facile, et lorsqu'il avait rétorqué que ce test avait ruiné la vie de son frère, elle avait dit Tristan Máni Axelsson, tu vas passer ce test et nous allons déménager, je ne veux plus en entendre parler. Adiós connasse avait-il dit, et, joignant le geste à la parole, il s'était enfui en pleine nuit, vêtu d'une veste bien trop légère, il avait ensuite téléphoné à Rúrik, et son frangin l'avait sermonné, lui avait dit que c'était une décision stupide et qu'il fallait qu'il rentre à la maison, avant de raccrocher. Puis il avait appelé quatre copains de son vieux groupe d'amis pour leur demander s'il pouvait dormir sur leur canapé, et ils avaient tous répondu Non, désolé. À cette même époque, son addiction pour le trex venait de se déclarer alors qu'il ne gagnait pas un sou, et il n'avait d'autre recours que d'emprunter constamment de l'argent à ses amis sans jamais les rembourser ; une fois qu'il était désespéré, il avait même volé l'un d'entre eux, et c'est ainsi qu'ils avaient cessé de lui parler.

Son père, qui habitait en Espagne, lui avait sobrement dit par téléphone Je sais que c'est difficile mon pote, mais il faut que tu rentres à la maison ; il avait alors appelé le type qui le dépannait en trex à chaque fois, celui-ci lui avait dit de se ramener au port Sundahöfn et Tristan s'y était rendu à pied. Le gars logeait dans un vieil entrepôt, abandonné à cause des crues de l'océan qui l'inondaient régulièrement. À l'étage se trouvaient plusieurs box de stockage ; en pénétrant dans le couloir, Tristan avait découvert que l'entrepôt grouillait de mecs de son âge, tous maigres comme des clous ; certains box avaient des lits, des canapés et des tables, tandis que les autres étaient jonchés de matelas, de déchets et de tas de vêtements. Il avait frappé à la porte de son collègue, qui était en compagnie de deux autres types ; le gars l'avait dépanné en trex et lui avait dit qu'il pouvait squatter son canapé, qui était dégueulasse et schlinguait la merde de canard ; une fois les deux types endormis, Tristan était resté allongé sans pouvoir trouver le sommeil, certain qu'on le dépouillerait s'il osait fermer l'œil, si bien qu'il avait plusieurs fois manqué de se lever pour rentrer chez lui, à deux doigts d'accepter de passer ce putain de test et de déménager dans ce quartier de cons ; mais dès qu'il s'était imaginé en discuter avec sa mère, il s'était rappelé à quel point elle était faible et avait pété les plombs ; ainsi avait-il passé la nuit à se refaire le même film, heure après heure, avant de s'assoupir et de dormir jusqu'au matin.

Au réveil, il s'était aperçu qu'on lui avait pris son casque audio et sa montre ; privé de Zoé, il ignorait l'heure qu'il était. Il aurait dû être en cours et avait même songé à s'y rendre, mais il avait préféré réveiller son collègue pour lui demander s'il n'avait pas un boulot à lui proposer, ou s'il ne pouvait pas lui aussi se mettre à vendre de la dope ; son ami lui avait répondu que Viktor était constamment à la recherche de gars sûrs, aussi était-il parti en direction du port trouver Viktor, qui lui avait dit D'accord ; le soir même, un mec qu'il ne connaissait pas était venu le prendre en voiture, puis ils étaient passés prendre un troisième lascar avant d'aller rincer une maison, quelque part au fin fond de la commune de Mosfellsbær ; ils y avaient raflé absolument tout, des vêtements aux ustensiles de cuisine en passant par les instruments de musique et les appareils électroménagers ; une fois le butin rangé dans la caisse, Viktor lui avait immédiatement filé sa part, avant de lui demander s'il pouvait revenir le lendemain, ce à quoi Tristan avait répondu Oui. Il avait à nouveau passé la nuit dans l'entrepôt, l'argent de Viktor caché dans son caleçon.

Plus tard dans la nuit, il s'était fait la promesse de bosser comme un putain de forcené et d'avoir son propre appart, pour ne jamais finir comme ces gars-là. Pendant un mois et demi, il avait squatté ce canapé, et entendu par la même occasion toutes sortes d'horreurs à travers le mur, puis, dès qu'il avait enfin eu de quoi payer les trois mois de caution, il s'était trouvé un appartement. Sa première nuit à Kirkjusandur avait été la meilleure de sa vie. Toute la semaine, il s'était senti sécure ; il s'était mis en quête d'un travail normal et était même retourné à l'école voir s'il pouvait reprendre le semestre en cours. Mais ce putain de projet de loi avait tout chamboulé ; les mecs sur YouTube disaient tous que pour être vraiment sécure, il faudrait désormais être propriétaire de son appartement, au risque de finir à la rue le jour où la marque deviendrait obligatoire ; pris de panique, Tristan avait postulé à un million de jobs et demandé à Viktor s'il n'avait pas des plans, alors ce dernier lui avait arrangé le coup en le mettant de quart sur le port avec Eldór. Une année entière avait passé sans qu'il ne prenne de vacances, jusqu'à ce qu'il ne reste plus que six semaines avant le vote ; il n'avait toujours pas assez d'argent pour s'acheter un appartement et ne voyait pas comment s'en sortir ; son estomac lui faisait un mal de chien au quotidien et le trex ne suffisait plus à le calmer.

Lorsqu'il a levé les yeux, tous les gars autour de lui opinaient du chef et compatissaient, un mot de plus et il se mettrait à chialer, aussi a-t-il dégluti à plusieurs reprises pour contenir ses larmes, puis on l'a remercié et on a demandé à Eldór s'il voulait raconter son histoire à son tour, au plus grand soulagement de Tristan, qui n'a plus eu à prendre la parole. La réunion terminée, Magnús Geirsson les a rejoints et leur a proposé de les interviewer.

Lorsque la porte s'ouvre enfin, Magnús Geirsson apparaît dans l'embrasure, les joues gonflées comme des ballons de baudruche. Ils se lèvent tous les deux et lui serrent la main.

« Bonjour, les garçons, dit Magnús Geirsson. Comment vous sentez-vous ?

— Je me sens bien, répond Eldór.

— Moi aussi, un peu stressé peut-être, dit Tristan.

— Il n'y a pas de raison de stresser. Nous sommes contents de vous et vous sommes infiniment reconnaissants. Hein ? On ne peut pas faire plus courageux. C'est exactement ce que les gens ont besoin d'entendre. Votre version. Comment ces balivernes influencent votre potentiel et votre futur. » Son regard passe d'Eldór à Tristan, puis de Tristan à Eldór. « Qui veut commencer ?

— Moi, dit Tristan.

— Parfait. Cela devrait prendre environ vingt minutes, Eldór, explique Magnús Geirsson, avant de retourner dans la pièce.

— La vie suit un chemin inécultable mon pote », lance Tristan à Eldór. Eldór éclate de rire. Tristan suit Magnús dans le studio, où deux autres types contrôlent une énorme caméra braquée sur un tabouret noir posé sur un fond blanc. En s'asseyant, il se rappelle le nom de l'auteur : c'est ce putain d'Hafþór Laxness.

5.

Vetur rêve de Daníel, elle rêve qu'il a réussi à entrer dans le quartier. Elle se réveille à quatre heures et somnole jusqu'au petit matin, trempée de sueur et migraineuse. Elle a lu tout ce qu'elle pouvait trouver sur le sujet. D'après Internet, le *harceleur éconduit* serait le plus dangereux de tous, le plus susceptible de mettre ses menaces à exécution, d'entrer par effraction chez les gens, d'être physiquement violent et de tuer. Lorsqu'elle cherche un moyen d'y mettre fin, ou qu'elle se renseigne sur le sort des victimes, Internet lui explique que la plupart d'entre elles ont quitté les réseaux sociaux, changé de travail et fini par déménager dans un autre quartier. Là où elles pouvaient à nouveau se sentir en sécurité. L'écrasante majorité des victimes souffre comme elle du SSPT, le symptôme de stress post-traumatique. La plupart ne s'en remet jamais complètement. Ce n'est pas comme dans les films, il n'y a pas de dénouement hcurcux ; seulement la perte, la capitulation.

L'équipe du test installe son équipement dans une petite salle située dans l'aile où enseigne Vetur. Elle qui, d'ordinaire, ne supporte pas quand les parents ou ses collègues passent la tête par l'entrebâillement de sa porte pour l'observer faire cours ne peut cette fois-ci s'empêcher de se tenir sur le seuil, légèrement en retrait ; elle compte quatre personnes – le technicien au milieu de la pièce, qui s'escrime sur une chaise, une infirmière près de la fenêtre, ainsi qu'un homme et une femme, près du bureau qui jouxte l'entrée. Ils ont tous les deux les yeux rivés sur un grand écran devant eux. Vetur devine qu'il s'agit du psychiatre et de la neuropsychologue. L'homme détourne son regard de l'écran et le pose sur elle ; pendant un court instant, elle se voit à travers ses yeux, un petit bout de femme emmitouflé dans un pull chaud ; elle est sur le point de lui tirer la langue, comme pour déchirer cette vision en lambeaux, mais elle se ravise et lui dit Bonjour, d'une voix timide, avant de reprendre son chemin le long du couloir.

L'horloge indique neuf heures. Les adolescents entrent dans la salle et s'asseyent lourdement sur leurs chaises ; quelques-uns sortent une pomme de leur sac et la posent sur leur pupitre. Vetur embrasse sa classe du regard et souhaite le bonjour à ses élèves. Elle leur parle ensuite de l'examen, qui durera toute la semaine.

« Est-ce qu'il s'agit du test d'empathie ? demande Anna Sunna.

— Non, non, pas du tout.

— De quoi s'agit-il alors ? s'inquiète Tildra.

— D'une simple évaluation de votre acuité, pour prendre la température de l'école. »

La porte s'ouvre ; Naómí entre sur la pointe des pieds et s'assied à sa place dans un silence écrasant. Affalé sur son pupitre, Myrkvi lève paresseusement la main.

« Dites, qu'est-ce qu'on devra faire exactement lors de cette évaluation ?

— Vous vous assiérez sur une chaise et on vous mettra un casque sur la tête. Celui-ci diffusera pour vous plusieurs clips vidéo et mesurera l'activité de votre cerveau, la dilatation de vos pupilles, votre rythme cardiaque ainsi que votre degré de transpiration. Au total, vous en aurez pour environ vingt minutes.

— C'est exactement ce que j'ai fait chez le psychologue l'année dernière, et il m'a dit que j'avais passé le test d'empathie, réplique Anna Sunna, les paumes levées et grandes ouvertes, comme si elle ne comprenait rien.

— En effet, cette évaluation ressemble au test d'empathie ; toutefois, personne n'a besoin de la réussir, précise Vetur.

— Mais alors, ça veut dire qu'on va nous marquer ? » demande Ylfa Sóley depuis le fond de la classe.

Vetur hésite. Aujourd'hui, la publication de leurs résultats serait illégale, mais on ne sait jamais de quoi demain est fait ; et s'il y a bien une chose qu'elle a retenue de ses cours d'éthique, c'est qu'en matière de régulations, le futur est souvent en désaccord avec le passé.

« Non, dit-elle. On ne va pas vous marquer. »

Elle s'apprête à verrouiller sa salle de classe lorsque Húnbogi sort de la sienne, une tasse de café vide à la main.

« Salut, lance-t-il.

— Salut. »

Ses cheveux châtain clair sont coiffés sur le devant, ébouriffés sur l'arrière. Ils se dirigent d'un pas léger en direction de la salle des professeurs.

« Sais-tu ce que signifie le mot aliénation ? Étymologiquement parlant, demande-t-elle.

— Aliénation, répète-t-il en se frottant l'œil. Je n'en sais rien. Mais je peux me renseigner. » Il la regarde. « Qu'est-ce que tu penses de tout cela ?

— Disons que la conviction est une ressource de plus en plus rare chez moi. »

Húnbogi sourit. Leurs collègues sont attroupés autour de la machine à café, tel un conglomérat de cheveux électriques. Juste avant d'arriver à portée de voix, ils ralentissent le pas.

« Je crains surtout ma propre réaction, ajoute-t-elle.

— Comment ça ?

— Suppose qu'un élève soit évalué en deçà du seuil de référence. Je pourrais le discriminer, ou en avoir peur malgré moi. Quand je fais peur à quelqu'un, je vois ce que ça fait. Cela me donne l'impression d'être anormale.

— Tu commences à me faire un peu peur à moi aussi, déclare alors Húnbogi.

— Je vois ça. Tu trembles comme une feuille », dit-elle ; à ces mots, le sourire de Húnbogi s'élargit ; et lorsqu'il prend une gorgée de café, elle remarque par inadvertance combien ses avant-bras sont beaux.

Tout d'un coup, il se met à scruter l'intérieur de sa tasse d'un air gêné, et elle s'aperçoit qu'elle avait vu juste, qu'il frissonne bel et bien à ses côtés ; il lui jette un regard à la dérobée, et comprend à son tour qu'elle aussi le ressent, et qu'en ce moment même, debout l'un près de l'autre avec leurs tasses de café, ils le ressentent ensemble : entre eux vibre la vérité.

« Bien bien, fait-il.

— Oui, dit-elle à son tour.

— Je vais aller préparer mon prochain cours », conclut-il ; elle le regarde s'éloigner, en admirant ses manches de chemise retroussées qui révèlent les tendons et les veines qui courent le long de ses avant-bras, ses cheveux peignés, tandis que s'apaisent les battements de son cœur.

Elle a souvent eu le béguin pour ce genre de garçons ; grands, intelligents, qui portent des lunettes et la chemise dans le pantalon. Elle les a observés de loin, les a embrassés, a même couché avec eux, s'est mise en couple avec certains, pour finalement les quitter ; un jour, ils lui ont manqué, jusqu'à ce qu'elle les oublie, puis elle s'est souvenue d'eux à nouveau et les a regrettés, avant de les oublier pour de bon. Au début, elle trouvait grotesque la façon dont Húnbogi se prenait tant au sérieux, avec ses manches retroussées et son allure d'intellectuel. Mais elle s'est ensuite sentie attirée par sa manière d'aborder les conflits, semblable à la sienne lorsqu'elle en était encore capable, avant qu'elle ne se mette à hésiter et à douter, avant qu'elle ne préfère se taire plutôt que d'exprimer ses opinions. Elle n'est pas seule dans ce cas ; beaucoup d'autres ont choisi le silence. Ils se taisent et écoutent, réfléchissent, entendent chaque point de vue, ne supportant pas l'idée de devoir prendre parti, car cela reviendrait à généraliser les choses, et les généralisations mènent à la violence, c'est pourquoi il vaut mieux écouter et comprendre plutôt que se disputer et essayer d'avoir le dernier mot.

La semaine passe, et Húnbogi prend soin de ne pas la regarder, ni de lui adresser la parole ou de s'asseoir près d'elle, mais elle le surprend parfois qui jette un coup d'œil discret dans sa direction alors qu'il est en pleine discussion ; aussi prend-elle grand soin de ne pas croiser son regard non plus et file ranger son bol ou se verser une tasse de café, avant de repartir en toute hâte vers sa destination.

Jeudi, l'équipe pédagogique reçoit un holo de la directrice de l'école. Elle leur demande d'arriver vingt minutes plus tôt le lendemain matin, sans autre précision.

« Merci d'avoir répondu présent malgré ma demande tardive, leur dit la directrice le vendredi matin, dans la cafétéria des professeurs. J'ai donc reçu hier le compte-rendu du conseil des parents d'élèves de l'école, qui s'est réuni mercredi soir, et a souhaité pouvoir obtenir l'accès à un registre spécial qui recenserait les résultats des élèves. Je pense qu'il vaudrait mieux que je vous le lise. »

Elle projette le texte devant elle :

Le quartier de Viðey, aussi jeune qu'ambitieux, fonde ses valeurs sur la responsabilité civique, la solidarité et le dialogue. Depuis l'ouverture de l'école de Viðey il y a quatre ans, nous autres parents du quartier avons grandement contribué à en définir la direction et les principes, en étroite collaboration avec les braves gens qui y enseignent. Nous vous en sommes infiniment reconnaissants, et espérons que la direction continuera de nous accorder le privilège de nous impliquer dans l'éducation de nos enfants. Lors de la réunion du conseil des parents d'élèves de l'école de Viðey tenue ce mercredi 19 avril, nous nous sommes mis d'accord sur l'importance de la transparence et du dialogue au sein de notre jeune communauté. C'est pourquoi nous souhaiterions demander à la direction de mettre en place un registre spécial des élèves de l'école, auquel les parents auraient accès librement, afin que nous puissions réagir de manière appropriée au défi inévitable qui s'imposera à nous le jour où un enfant recevra une note inférieure au seuil de référence minimal à l'évaluation de l'acuité.

Cordialement,

Sara Bergdís,
représentante du conseil des parents d'élèves.

La directrice toussote.

« Après nous être réunis hier, l'administration de l'école et moi-même avons pris la décision de satisfaire la demande du conseil des parents d'élèves. Nous enverrions un message aussi contradictoire que préjudiciable en étouffant les cas d'échec ou en les traitant comme des affaires sensibles. Nous devons veiller aux mots que nous employons, surtout lorsqu'il est question d'enfants qui n'auraient pas atteint le seuil minimal indiqué. J'ai entendu un bon conseil qui préconisait d'en parler à l'enfant comme d'une carence en vitamines. Aucune raison d'en avoir honte. Ce n'est qu'un problème à résoudre. »

Son bureau est accolé à une fenêtre qui donne sur le terrain de football. Elle observe un enfant shooter dans une pierre sur le sentier qui mène à l'école. Fondamentalement, la société cherche à déterminer si la probabilité statistique d'un délit pourrait justifier une atteinte à la liberté, et s'il serait légitime de se prémunir contre les délinquants *potentiels*, une question impossible à élucider à moins de ne la diviser en plusieurs milliers d'autres petites questions : comment calculerait-on ces probabilités, et que qualifierait-on de délit, ou d'atteinte à la liberté ? Lors de ses études d'éthique, Vetur a elle-même essayé de répondre à une question de ce type. Elle a réalisé son mémoire de master au sein d'une équipe interdisciplinaire, avec un jeune étudiant en psychologie et une femme plus âgée étudiante en sociologie ; leur but était de déterminer si le comportement des médias, qui consistait à porter en place publique la défaillance d individus *dans l'intérêt de ces derniers*, éta ou non, un sujet qui, aujourd'hui encore, co faire débat ; les réponses qu'ils ont trouvées n'ont jamais permis d'affirmer s'il était préjudiciable ou nécessaire d'acculer ces individus au pied du mur pour leur jeter l'opprobre.

Ainsi ont-ils étudié les conséquences de ces révélations médiatisées, jusqu'à obtenir des résultats disparates : un grand nombre d'individus ont témoigné avoir vécu un isolement important, voire total, après la diffusion publique de leur défaillance ; d'autres, non moins nombreux, ont rapporté que cette exposition les avait empêchés de guérir et avait eu un impact négatif sur leur santé mentale ; la moitié des sondés a commencé à suivre une thérapie dans les semaines suivant la révélation de leur état aux médias, un cinquième a quitté le pays, et deux d'entre eux se sont suicidés.

À la plus grande surprise de Vetur, et MÂLARME et l'API ont utilisé les résultats de son mémoire – lorsqu'ils avaient besoin de statistiques, MÂLARME pointait du doigt les soixante-dix pour cent qui s'étaient sentis isolés, et l'API les cinquante pour cent qui avaient suivi une thérapie. Ni Vetur et son équipe, ni l'ensemble de la société, ne savaient sur quel pied danser.

Mais dès qu'il est question d'enfants et d'adolescents, qu'un système nerveux inachevé rend si vulnérables, comment diable peut-on prendre de tels risques, alors même qu'il n'existe pas de statistiques applicables à leurs tranches d'âge ? Et comment ses collègues, ces gens si bien-pensants, peuvent-ils à ce point manquer de prudence devant l'émergence de telles idées ? Un individu sans la moindre autorité en la matière pourrait donc déclarer Procédons ainsi à un second individu, qui lui répondrait sans hésitation Oui, monsieur, avant de prendre son élan et de sauter aveuglément dans le vide. Vetur sait ce qu'il se serait passé si elle avait dit Stop, si elle avait dit Attendez un peu, vous êtes sûrs de vous ? Tout le monde l'aurait regardée en répliquant Oui, évidemment que nous sommes sûrs de nous, nous sommes sûrs de Ceci, Ceci et Cela ; puis elle aurait rétorqué Mais que faites-vous des conséquences sur la vie sociale, l'estime de soi et le comportement de chacun ? L'anticonformisme constitue les prémices d'une lutte inéluctable pour reprendre le pouvoir, le plus souvent dans la violence. Ces choses-là se propagent comme une traînée de poudre ; nous parlons ici d'enfants qui considèrent les non-marqués comme des méchants de dessin animé, comme des prédateurs, des bêtes sauvages qu'on peut abattre sans sommation. Les enfants de cet âge s'arrêtent aux silhouettes et aux dénominations : un homme non marqué de la trentaine, un couple non marqué d'origine étrangère ; on ne cesse de leur marteler que les non-marqués seraient dangereux, que leurs mœurs seraient différentes des nôtres, qu'ils ne seraient bons qu'à exploiter leur prochain, à lui mentir et le trahir ; une horde de brutes, de violeurs et de meurtriers.

Quelqu'un aurait alors dit : Nous n'avons pas de temps à perdre à nous chamailler ; puis, bien que l'indécision, davantage que la certitude bornée, soit considérée comme un signe d'intelligence, et que la nouvelle tradition du débat, ainsi qu'elle a été baptisée, prône le doute et condamne l'inébranlable conviction, Vetur se serait lentement mise en marche, à contrecœur, aurait contemplé l'abysse pour en jauger la profondeur, avant de prendre son élan et d'y sauter à pieds joints, car ainsi vont les communautés ; leurs particularités diffèrent mais leurs fondations sont identiques.

6.

Son téléphone sonne. Eyja a mal à la tête et aux oreilles ; elle se souvient vaguement que Zoé a essayé de la convaincre de retirer ses écouteurs et ses montres avant qu'elle ne s'endorme la veille.

Elle a un goût de fruit fermenté dans la bouche.

C'est Þórir. On est mardi et il est bientôt midi ; elle devrait être au travail. Elle toussote et répond comme si elle était en train de courir.

Þórir lui demande si elle vient de se réveiller. Il est en colère.

« Non, dit-elle. Je fais mon yoga. »

Þórir lui demande si elle le prend pour un imbécile. Il n'arrive pas à comprendre comment elle a pu lui faire ça.

« Faire quoi ? »

Elle sait très bien quoi, répond Þórir. Il commence à bouillir. Elle doit s'efforcer de ne pas sourire. On l'entendrait au ton de sa voix.

« Faire quoi, Þórir ? De quoi tu parles ? »

Ne devrait-elle pas lui dire qu'elle n'a rien à voir avec cette rumeur qui court à son sujet, prétendant qu'il s'attribuerait le mérite des négociations des autres employés de l'entreprise ? Qu'il se serait vanté d'avoir conclu un accord avec le Japon quand tout le monde savait que c'était le fait de Kári, ou bien qu'il aurait réussi à sauver les meubles avec la Finlande quand tout le monde savait que c'était Fjölnir ?

« Quelqu'un m'a accusée d'avoir fait ça ? » demande-t-elle, sceptique.

Non, dit-il furieusement, mais il sait que c'est elle.

« C'est quoi cette muflerie ? » dit-elle.

« J'ai pas le temps pour ces conneries », dit-elle ensuite.

« Tu devrais aller voir le psy de l'entreprise, Þórir. Je ne participerai pas à cette hystérie. »

Il essaie de balbutier quelque chose, mais elle lui dit qu'elle doit prendre un appel des Pays-Bas, et raccroche.

Elle téléphone à Natalía.

Elle téléphone à Inga Lára.

Elle songe à téléphoner à Eldey mais décide de ne pas le faire. Eldey est si difficile à vivre ces derniers temps. Toujours à y aller de son petit commentaire.

Natalía lui suggère de porter plainte. Sur-le-champ. De demander à passer un entretien d'évaluation et d'entreprendre une psychothérapie, pour démontrer les conséquences de son terrible divorce et du harcèlement qu'elle a subi de la part de son supérieur.

Inga Lára en a le souffle coupé et s'écrie Mon Dieu, lui demande comment elle se sent.

Et d'ajouter Ma chérie, qu'elle n'arrive pas à y croire et que ça prouve à quel point ce nouveau système est défaillant.

« Le pire, dit Eyja, c'est que Þórir m'a complètement désarmée. Je ne suis plus crédible. Aucune importance qu'il m'ait harcelée sexuellement coup sur coup, ou qu'il se soit attribué mes idées. Ma voix ne porte plus. »

Inga Lára essaie de la consoler. En lui disant qu'elle est une bonne personne qui ne mérite pas ce qui lui arrive et que ce n'est pas juste.

Ce qui est vrai.

Inga Lára lui dit qu'elle ne connaît personne de plus fort qu'elle. Elle lui promet d'en témoigner dans les journaux, s'il fallait en arriver là. Que le monde entier devrait la voir comme la meneuse d'hommes qu'elle est réellement. Qu'elle est un porte-flambeau. De ceux dont le travail parle pour eux.

« Oui », dit-elle.

« Je *suis* un porte-flambeau », dit-elle ensuite.

« Mon *travail* parle pour moi. »

Elle téléphone à Breki et Zoé l'informe que le numéro n'est pas attribué.

Elle entend des gens parler. Avance à tâtons.

Elle se rend à une réunion du conseil d'administration dans son plus beau tailleur.

Et observe l'expression corporelle de ses collègues.

Elle leur parle d'une nouvelle start-up qu'on lui a recommandée.

Une entreprise norvégienne qui produit des moteurs filtrants pour les bateaux et les chalutiers. Ces filtres permettent d'extraire le dioxyde de carbone de l'eau deux fois plus vite que la technologie équivalente actuellement disponible sur le marché tout en le réutilisant comme carburant.

Une vague d'approbation se propage parmi ses collègues.

Elle observe Þórir scruter l'assemblée en silence.

Elle a deux choses à faire :

Prouver au conseil qu'il n'a pas les épaules d'un bon directeur.

Et prouver que le marquage de l'entreprise entraînerait des pertes économiques.

Ils sont sept. Alli et Fjölnir sont avec elle. Ils n'ont besoin que d'un allié supplémentaire.

Cette personne n'est autre que Kári.

Ils votent et elle reçoit le feu vert pour engager les négociations.

Après la réunion, elle prend l'ascenseur avec Kári.

« Ne t'inquiète pas pour cette start-up suédoise, dit-elle. Ça arrive même aux meilleurs. »

Kári reste sans voix. Et demande pourquoi il devrait s'inquiéter. Il n'aurait jamais été impliqué de près ou de loin dans les négociations avec la société en question.

« Oh », dit-elle.

« On m'a dit que c'est toi qui t'en étais chargé ? » dit-elle ensuite.

Kári répond qu'il a consacré tout son dernier mois de travail à la centrale japonaise.

« J'ai dû mal comprendre », dit-elle enfin.

Une espèce de babouin la klaxonne alors qu'elle sort du parking au volant de sa voiture. Elle regarde derrière elle et aperçoit Fjölnir.

Qui ne vient pas travailler le lendemain.

Ni le surlendemain.

Puis elle le croise enfin.

Il jette un coup d'œil de chaque côté du couloir et lui murmure que Þórir l'a licencié. Car il n'a pas passé ce foutu test de pleurniche.

Il ajoute que cet enfoiré refuse d'entendre raison, qu'il cherche soi-disant à *épouiller les cheveux de l'entreprise*.

« Aïe…, dit-elle. Mon pauvre ami. »

« Toi qui apportes tant de valeur à l'entreprise. »

« C'est affreux. »

Fjölnir lui explique qu'il a parlé avec Alli. Ils vont joindre leurs forces et demander aux autres membres du conseil d'administration s'ils estiment que Fjölnir représente un coût de renoncement acceptable comparé à cette estampille de pleurnichard.

Il demande s'il peut évidemment compter sur son soutien ?

« Évidemment », dit-elle.

« Dis-moi si je peux faire quoi que ce soit pour aider », dit-elle ensuite.

Elle téléphone à un avocat et le questionne sur ses droits.

L'avocat lui dit que tout ceci est bien conforme à la loi. Qu'elle a droit à une thérapie sur présentation du résultat du test ; à deux séances par semaine chez le psychologue si ça lui convient. Et à une subvention du fonds de pension dans le cas où elle choisirait d'intégrer un centre de rééducation.

L'avocat se montre prudent.

Et lui parle comme un médecin à un malade.

Elle le remercie, puis envoie quelques messages dans lesquels elle demande qu'on lui recommande un autre avocat.

Sur le cerveau de référence, des taches rouges clignotent un peu partout. Sur l'image qui représente le sien, les taches ressemblent plutôt à des points. Comme des fourmis qui auraient abandonné leur colonie.

Transmission sentimentale, joie : Réaction minimale.

Transmission sentimentale, affection :
Réaction minimale.

Transmission sentimentale, douleur :
Ne démontre pas de réaction minimale.

Douleur d'un individu du même sexe :
Ne démontre pas de réaction minimale.

Douleur d'un individu du sexe opposé :
Ne démontre pas de réaction minimale.

Douleur d'un individu de même ethnie :
Ne démontre pas de réaction minimale.

Douleur d'un individu d'ethnie différente :
Ne démontre pas de réaction minimale.

Résultat : Inférieur au seuil de référence minimal.

En lisant ces mots, elle sait que, malgré tout, et quoi qu'en dise la société, c'est bien là que réside sa force.

Ce qui la place un cran au-dessus des autres.

Le poulpe, Gylfi, l'invite à manger au restaurant le vendredi.

Lui aussi travaille pour une société d'investissement internationale. Une boîte connue pour recueillir les gens licenciés à cause de la marque.

Il la remercie pour la dernière fois. Son sourire narquois pareil à une médaille.

Il dit qu'il n'a pu penser à rien d'autre de toute la semaine.

Et qu'il a récemment eu vent de son histoire avec Breki.

Il lui demande ce qu'il s'est passé.

« Il m'a trompée avec une de ses collègues », répond-elle.

« Elle doit accoucher d'un moment à l'autre. »

Et Gylfi de dire Non, bordel. Comme si son équipe de football préférée s'était pris un but.

« Tu n'es pas beaucoup mieux », dit-elle.

Il baisse la tête en grimaçant et raconte que sa relation avec sa femme est terminée depuis longtemps. Qu'ils font chambre à part depuis plusieurs années. Ils ne restent ensemble que pour leurs filles. La plus jeune doit faire sa confirmation au printemps et la cadette rentre au lycée à l'automne.

Il projette entre eux une photo de trois jeunes filles blondes.

« Elles sont magnifiques », dit-elle.

Oui, dit-il. En effet. Mais comment se sent-elle alors ? Depuis le divorce ? Son expérience est probablement différente de la sienne. Il suppose que son propre divorce ne sera jamais qu'un mirage. Leur relation s'est-elle étiolée, ou a-t-elle éclaté par surprise, tel un diable jaillissant de sa boîte ?

Elle réfléchit.

« Comme le diable hors de sa boîte », dit-elle.

« Mais j'en parle avec une psychologue et c'est en train de s'arranger. Tout doucement. »

Il dit que c'est une bonne nouvelle. Il a toujours su que c'était une battante. Il devrait cependant être légalement obligatoire de prévenir son conjoint à l'avance. Pour qu'il ait le temps de s'habituer à cette nouvelle perspective. Et non se contenter d'un boum, je me casse, bye bye.

À chaque fois qu'Eyja éclate de rire, il se félicite. Et contracte les lèvres pour dissimuler son sourire.

« Je suis soulagée d'en être enfin libérée », dit-elle.

Elle triture sa serviette d'une main.

« Ce n'est que lorsqu'il m'a quittée et que j'ai retrouvé suffisamment d'espace pour me reconstruire que je me suis rendu compte à quel point ce mariage m'avait brisée. »

« Breki est le genre d'homme qui prétend vouloir une femme qui le défie. »

« Qui soit son égale. »

« Mais quand j'ai commencé à le dépasser, il s'est mis à me rabaisser. »

« Il s'en prenait à moi parce que j'étais déterminée. Parce que j'étais indépendante. Mais le plus souvent, c'était à cause du prétendu ton que j'employais avec lui. »

« Je me suis mise à douter de tout ce que je disais. »

« Dès que mon salaire a surpassé le sien, il a commencé à vouloir un enfant. »

« Il disait que si je n'en voulais pas je devais le lui dire sans tarder. »

« Et que dans ce cas, il se trouverait une autre femme. »

« Je lui ai dit que je ne pouvais pas avoir d'enfant tout de suite, pas avant d'être devenue actionnaire. »

« Alors il s'est mis à me parler de congélation d'ovocytes.

« Il n'arrêtait pas de me parler de congélation d'ovocytes. »

« Je recevais une promotion : congélation d'ovocytes ; une récompense pour mes méthodes de management : congélation d'ovocytes. Quand tout allait bien pour moi, c'était comme si ses yeux se transformaient en ovocytes congelés. »

Gylfi est beau quand il rit. Il ne se retient pas.

Évidemment qu'il est beau.

Il ne serait pas là où il en est s'il n'avait pas ces épais cheveux noirs et ce visage anguleux. Ce ton autoritaire dans la voix.

S'il n'évoquait pas un animal sauvage régnant au sommet de la chaîne alimentaire. Un ours. Un lion.

« Tu es beau quand tu ris », dit-elle.

Il regarde ses lèvres. Elle prend une gorgée de vin.

Une fois qu'on leur a apporté le plat principal, il lui demande comment va le travail. Comment Þórir gère la situation.

« Il nous a fait passer le test la semaine dernière », dit-elle.

Son couteau s'arrête en plein milieu de l'assiette, et Gylfi lève les yeux. Il lui demande ce qu'elle entend par là. Jure. Il n'aurait pas cru ça de Þórir. Et pensait qu'il aurait été plus fort que ça.

Non mais merde, ajoute-t-il en reposant ses couverts. Un morceau de viande encore piqué dans la fourchette. Il s'enfonce dans sa chaise et embrasse la salle du regard. Il a déjà viré quelqu'un ?

« Pas que je sache », répond-elle.

« C'est tout récent. »

« Mais j'ai commencé à regarder autour de moi. Je ne veux pas m'embêter avec ça. »

Gylfi l'observe deux secondes. Puis il dit qu'elle n'a qu'à venir chez eux, et basta.

« Chez vous ? » répète-t-elle.

« Tu veux que je travaille pour toi ? »

Il hoche la tête avec enthousiasme, les sourcils levés très haut sur le front.

« Qu'est-ce que je ferais chez vous ? » demande-t-elle.

Il dit qu'elle pourrait continuer à faire ce qu'elle fait en ce moment. C'est là que se trouve le plus gros du pactole, lui aussi jongle avec des investissements catastrophiques. Quand les gens sont désespérés, ils achètent n'importe quoi.

« Tu m'en diras tant, dit-elle, avant d'ajouter : Oui. Je vais garder ça en tête. Je dois d'abord savoir si j'ai réussi ce sacro-saint test ou non. »

Il dit que le test n'a aucune importance. Ou plutôt, si, en cas d'échec, ses références n'en seraient que meilleures. Une sorte de gage de qualité, pour ainsi dire. De quoi prouver qu'elle est capable de mener de véritables négociations commerciales.

Elle lui parle des moteurs filtrants. Que ce serait dommage de laisser Þórir en tirer profit. Un éclat apparaît dans les yeux de Gylfi. Et lorsqu'elle lui annonce qu'un investisseur international bien connu y a placé son argent, il se met à gigoter sur sa chaise.

Ils rentrent chez elle en taxi. Tout le long du chemin, il exulte et n'a de cesse de lui promettre monts et merveilles. Il lui parle sans interruption de tout ce qu'elle pourrait faire au sein de la compagnie. D'où elle pourrait partir et jusqu'où elle pourrait aller.

Tout son corps est en feu. Elle a envie de lui malgré tout.

Il n'est pourtant pas un bon amant.

Elle n'a pas de tête de lit à laquelle l'accrocher.

Cette façon qu'il a eue de la sauter, on aurait dit une vieille pompe à vélo. Sa langue semblable à... semblable à quoi ?

Au crochet pétrisseur d'un robot pâtissier.

7.

Tristan ne peut s'empêcher de consulter son application bancaire, juste pour voir son solde, et ressentir cette putain d'euphorie que celui-ci lui procure. C'est la première fois depuis une semaine qu'il n'a pas les entrailles sens dessus dessous. Il a l'impression que Magnús Geirsson et les types de l'interview l'ont ouvert en grand, comme la fermeture Éclair d'un pull à capuche. Il pensait qu'il n'aurait qu'à répéter ce qu'il avait dit durant la réunion avec les autres garçons de son âge, qu'il avait été contraint de partir de chez lui et d'arrêter l'école, ce genre de choses. Mais ils l'ont interrogé au sujet de son père, de sa mère et de son frère, puis de Sölvi et de sa sœur. N'étant pas du tout préparé à répondre à ces putains de questions, il leur a raconté absolument tout ; que Sölvi leur avait acheté des jouets, des pizzas et des bonbons, qu'il était bien plus sympa que leur père (il croise les doigts en espérant que ce dernier tombe sur la vidéo) et qu'il les avait toujours soutenus, lui et Rúrik, les fois où leur mère était invivable, au grand dam de cette dernière, qui pestait en hurlant qu'il les montait contre elle et qu'elle voyait clair dans son jeu. Il a expliqué que sa mère avait toujours eu tendance à s'inventer des histoires, qu'elle imaginait d'étranges conflits émotionnels entre les gens (il n'aurait *jamais* dû dire ça putain), et se disputait tous les jours avec Sölvi, si bien qu'un beau jour, Rúrik et lui avaient commencé à mal se comporter, à faire les quatre cents coups, c'est qu'il n'y avait rien de plus simple que d'enfreindre les règles, pour eux qui n'avaient jusqu'alors jamais montré la moindre prédisposition intellectuelle ou physique. Ils n'étaient pas très futés, ni doués pour le football ni même les jeux vidéo – leurs ordinateurs n'étant pas suffisamment puissants –, et au fond, on ne pouvait être bon qu'à ces trois choses-là.

Lorsqu'ils ont voulu approfondir le sujet de Rúrik, il s'est mis à angoisser, au point d'essayer de changer de sujet, mais toujours ils revenaient à son frère, si bien qu'il leur a dit que Rúrik avait échoué à ses dix-huit ans (il n'aurait vraiment jamais, jamais dû dire ça, putain de merde), qu'il avait été envoyé en centre psychothérapique et forcé à prendre des médicaments, autrement il ne pourrait jamais revenir à la maison, et quand il y repense aujourd'hui, Rúrik était vachement jeune à cette époque, il était encore couvert de boutons et n'avait toujours pas de véritable barbe ni rien. Les psychologues avaient même dit qu'il était probablement trop jeune, que les garçons aussi hyperactifs et impulsifs que Rúrik devaient souvent attendre d'avoir au moins vingt-cinq ans pour réussir le test. Mais ça ne les avait pas empêchés de gaver Rúrik de tous ces putains de médicaments censés stimuler les hormones : d'abord un truc à base d'oxym, puis du trex, qui, un an plus tard, l'avait complètement vortrexé ; là, un type lui a demandé ce que signifiait vortrexé, et Tristan lui a expliqué que ça voulait dire rendre accro au trex, en oubliant de préciser qu'il s'agissait d'un de ces mots spéciaux comme matrixé, qu'on ne tombait pas littéralement dans un vortex de trex, en tout cas, c'est comme ça que lui le comprenait. Il a ensuite ajouté que Rúrik avait alors abandonné le lycée et ne rentrait plus à la maison, car il s'était trouvé une petite copine, jusqu'à ce qu'un beau jour, il se fasse choper avec un énorme paquet de trex, après que c'était devenu illégal ; il avait fait un bonne année de taule, puis, une semaine après sa sortie, il s'était retrouvé mêlé à une bagarre, une putain de bagarre sans la moindre raison ; on avait porté plainte contre lui, et il lui restait à ce jour la moitié de sa peine à purger.

« Sæbraut, Sægarðar », annonce la voix de synthèse de la S. Il descend et se met en marche aussi vite que possible en direction du port.

Ils ont demandé à Tristan comment il envisageait son futur et les opportunités qui se présentaient à lui, s'il avait déjà été victime de préjugés ou de discrimination et tout le toutim ; il leur a parlé de cette course contre la montre pour s'acheter un appartement, qu'il devait absolument gagner s'il ne voulait pas finir dans un putain d'entrepôt, à la rue, voire pire, mais il n'avait aucune idée de ce qu'il voulait faire, il n'était pas très futé, peut-être pourrait-il devenir menuisier ou un truc du genre, mais il ne pouvait pas être plombier ou électricien ou quoi que ce soit de similaire, des métiers où il faut aller chez les gens, qui vont évidemment tous finir par marquer leur maison. Mais oui, il voulait travailler ailleurs qu'au port Sundahöfn (mais pourquoi avait-il parlé de ça bordel ? Viktor allait voir la vidéo) mais ne trouvait du boulot nulle part ailleurs et les lieux interdits d'accès aux personnes non marquées ne cesseraient de se multiplier, lorsqu'il voulait par exemple s'acheter quelque chose à manger, il devait se faire livrer chez lui, car les magasins ne faisaient plus confiances aux non-marqués, même certaines boîtes de nuit et autres salles de sport n'en voulaient plus non plus.

Ils l'ont ensuite questionné sur ses courses, avait-il quelqu'un pour l'aider, pouvait-il compter sur une quelconque… providence… et il a dû leur demander ce que ça signifiait, qu'on aurait dit un nom de compagnie d'assurance, alors tous les types ont éclaté de rire, surtout Magnús Geirsson, qui riait comme un putain de bossu. « Est-ce que quelqu'un peut t'aider financièrement ? » a demandé Magnús, et Tristan a répondu Non ; quelqu'un alors a renchérit : Personne ? ce qui avait foutu un cafard terrible à Tristan, qui a dû déglutir par deux fois avant de répondre Non, personne, puis les mecs se sont tus, atrocement gênés, avant de le remercier d'être venu.

Lorsque Tristan arrive au travail, Eldór a déjà commencé à décharger les conteneurs à l'intérieur du V1. Eldór lui balance un coup de poing à l'épaule assez violent, et Tristan lui dit Mec, mais Eldór ne l'écoute pas. Il fixe le sommet d'une tour, où un type de la Surveillance se gratte le putain de trou du cul, assis sur sa chaise. Wojciech et Oddur sont de l'autre côté, dans le V2. Zoé informe Tristan qu'un gonze qu'il suit sur YouTube a mis une nouvelle vidéo en ligne ; il la lance, et l'écoute en dirigeant les conteneurs vers leurs emplacements attitrés.

Tristes nouvelles. L0iD est passé de l'autre côté. J'ai vu ça ce matin. On commençait à s'en douter, en voyant ses derniers holos. Et là, à l'instant, le voilà qui se met à dire qu'il peut vous aider et qu'il ne faut pas hésiter à le contacter. C'est comme ça. D'abord ils vous disent qu'ils veulent vous aider à réintégrer la société et à en apprendre davantage sur vous-mêmes, à déterminer vos propres objectifs. Ensuite ils vous suggèrent d'essayer de suivre une séance de thérapie. Puis une autre. Ils essayent de vous convaincre de suivre un traitement médicamenteux, puis ils vous annoncent que vous êtes prêts à passer le test et que tout changera. C'est ainsi qu'ils ont eu mon meilleur ami, et le voilà désormais complètement matrixé. Il doit passer le test une fois par an, et il a cessé de fréquenter les lieux et les gens non marqués. Sa copine aussi est marquée, et je sais qu'elle lui dit de me jarter car je ne suis plus un collègue suffisamment recommandable ou je ne sais quoi. On était meilleurs amis depuis qu'on était gamins, et la dernière fois que je l'ai rencontré, il m'a dit que je devrais passer le test et aller chez le psy, que ça changerait carrément la donne. C'est comme si, dès l'instant où il avait été accepté au sein de cette espèce de culte, il avait oublié tout ce qui s'était passé de mal. Il a oublié qu'autrefois, on lui interdisait l'accès aux magasins ou aux restaurants. Il pardonne au système dès lors que celui-ci lui convient à nouveau. Alors que ce même système réalisait des bénéfices sur son dos et l'empêchait d'évoluer. Qu'il le poussait à se sentir mal dans sa peau.

Une heure plus tard, Viktor les rejoint.

« On doit recevoir un conteneur en provenance de l'arrière-pays aujourd'hui, dit-il.

— À quelle heure ? demande Eldór.

— Cinq heures moins le quart, répond Viktor. Je vous enverrai un message une heure avant, puis l'un d'entre vous ira titiller Jus-de-pet. »

Ils éclatent de rire. Comme à chaque fois que Viktor surnomme le type de la Surveillance Jus-de-pet. Ils travaillent jusqu'à midi et déjeunent à la cafétéria. Puis ils se remettent à transborder des conteneurs sur un bateau bleu en partance pour le Danemark ou bien l'Espagne, ou quelque part par là. À quatre heures, Eldór téléphone au gars de la Surveillance qui descend et ouvre un conteneur au hasard pour en examiner le contenu. Cela fait, il retourne dans sa tour se gratter le trou du cul. Lorsque le conteneur de l'arrière-pays arrive, ils l'empilent quelque part au milieu. Tristan a beau avoir fait ça des millions de fois, il ne peut s'empêcher de suer comme un putain de porc sous sa combinaison, au point que Zoé lui demande si tout va bien au vu de la vitesse à laquelle son cœur bat.

À la fin de la journée, Viktor leur demande s'ils veulent qu'il les raccompagne et les garçons, Oddur, Wojciech et Eldór, montent dans la voiture.

« Je dois rencontrer un type pas loin d'ici, dit Tristan.

— Où ça ? Je te dépose, demande Viktor.

— Merci, mais sans déc' c'est vraiment pas loin. On se voit demain », achève-t-il, avant de faire le salut à deux doigts comme un militaire et de partir dans l'autre direction sans qu'ils aient pu dire un mot de plus. Il suit des yeux la voiture qui s'éloigne. À chaque fois que Viktor l'emmène en carriole, il faut qu'il raconte des saloperies que Tristan ne veut pas entendre. Une histoire à propos d'une meuf qu'il a pécho en ville et sautée à quatre reprises ou d'un mec qu'ils ont dû défoncer parce qu'il avait balancé un truc top secret à la mauvaise personne. Pour Tristan, ces mots sont comme de la super glue. Petit, il utilisait toujours de la super glue pour se venger de Rúrik ou de sa mère. La première fois, il a collé des petites pierres à l'intérieur de leurs chaussures ; puis un jour, il a vu une vidéo sur Internet où un mec versait de la super glue dans le tube de gel de son ami ; ses cheveux avaient alors durci, et en essayant de se coiffer, sa main était restée collée au peigne, et le peigne à ses cheveux. Tristan a essayé de reproduire cette blague à deux reprises, mais la colle avait durci avant que Rúrik n'utilise le gel ; lors de sa seconde tentative, Rúrik s'en est rendu compte rien qu'en le regardant droit dans les yeux, puis il lui a retourné le bras jusqu'à ce qu'il se mette à pleurer ; leur mère a hurlé sur Rúrik et l'a privé de sorties pendant une semaine entière ; de rage, Rúrik a brisé le miroir dans le hall d'entrée, alors leur mère a rallongé sa punition à deux semaines et l'a privé d'ordinateur ; Rúrik n'a plus adressé la parole à Tristan de toute cette période. Dans ses souvenirs, ces deux semaines étaient interminables.

Viktor demande parfois à Tristan de lui filer un coup de main. Il l'appelle le soir et lui demande de faire le chauffeur, et il n'est pas question de refuser. Toutefois, depuis les événements de novembre, Tristan essaie de garder ses distances avec Viktor autant que possible, sans exagérer non plus, quitte à prendre le risque qu'il tente de resserrer son emprise sur lui. Tristan l'a déjà vu à l'œuvre. Avec Wojciech, par exemple, qui disait avoir besoin d'un temps mort après la naissance de son enfant, car sa compagne n'aimait pas le voir partir aussi souvent le soir ; Viktor a dit qu'il le comprenait à cent pour cent et l'a félicité, après quoi il n'a eu de cesse de harceler Wojciech ; il lui téléphonait tous les soirs pour lui ordonner de faire quelque chose pour lui, Wojciech devait faire ci, Wojciech devait faire ça, et si Eldór et Tristan disaient qu'ils pouvaient s'en charger, Viktor répondait toujours Non, que c'était à Wojciech de le faire. Jusqu'à ce qu'un soir, Wojciech sorte de chez lui et s'approche de la voiture pour dire qu'il ne pouvait pas les accompagner, à cause de sa compagne qui l'avait menacé de le jeter dehors s'il ne faisait pas passer leur petite fille en premier ; Viktor s'est contenté de regarder droit devant lui sans mot dire, Eldór et Tristan se sont tus également, et Wojciech s'est légèrement figé, pour finalement monter dans la voiture de Viktor qui a mis les gaz illico.

Tristan sait qu'il subira un traitement similaire le jour où il démissionnera de son poste à Sundahöfn. Dès qu'il aura trouvé un autre boulot, Viktor resserrera son emprise sur lui pendant quelques semaines, comme il l'a fait avec Wojciech, avant de se calmer au bout d'un moment ; avec un peu de chance, Tristan n'aura qu'à bouger une bagnole de temps en temps, et peut-être que Viktor finira par l'oublier petit à petit une fois que de nouveaux gars l'auront remplacé. Si tant est qu'il le trouve un jour, ce putain de travail. Ces entreprises ne te donnent jamais la moindre putain de chance de passer au moins un entretien. Ça fait plusieurs mois qu'il dépose des milliers de candidatures, depuis qu'il a vu combien Viktor était putain de dangereux en novembre dernier, à la suite de quoi il a tout gâché avec Sunneva, qui ne lui a toujours pas répondu depuis, hormis un soir de janvier, à l'occasion d'une fête où elle avait fini complètement bourrée.

Après être monté à bord de la ligne S, il prend un demi-comprimé de trex et lance un holo sur YouTube.

Vous avez remarqué que, dès qu'une personne non marquée fait quelque chose de mal, les gens s'empressent de rappeler qu'elle n'est pas marquée, alors que s'il s'agit d'une personne marquée, ce n'est jamais précisé ? Ce week-end, par exemple, la police de Reykjavík a annoncé avoir arrêté un homme d'une trentaine d'années pour conduite en état d'ivresse. Quand une personne marquée enfreint la loi, c'est parce qu'elle est humaine ; mais dès qu'il s'agit d'un non-marqué, c'est uniquement parce qu'il est non marq –

La vidéo s'interrompt, remplacée par la musique d'une publicité. Tristan ferme les yeux pour ne pas avoir à regarder Ólafur Tandri.

En Islande, les jeunes hommes âgés de dix-huit à vingt-cinq ans sont quatre fois plus susceptibles de se suicider que les jeunes femmes du même âge. Le suicide est la principale cause de mortalité chez les jeunes Islandais. Ce n'est pas une fatalité. Vous pouvez vous faire aider. Ensemble, parlons de nos émotions.

La publicité se termine et la vidéo qu'il regardait reprend. Il la met en pause et demande à Zoé de le calmer, alors Zoé lui joue un morceau de piano et lui montre une photo d'un pré verdoyant avec des arbres, un cours d'eau et tout le toutim. Elle lui intime de se concentrer sur sa respiration, d'inspirer au compte de quatre et d'expirer à huit.

Il aura de quoi payer l'acompte. Il va y arriver. Il ferme les yeux et inspire au compte de quatre, expire à huit, mais sa colère grandit invariablement à chaque respiration. Que ce putain d'Ólafur Tandri ose les prendre pour cible. Ces garçons dont il détruit la putain de vie. Ils n'auront plus la moindre chance après le référendum. Ils ne pourront plus obtenir de prêt immobilier, ni trouver du travail, ni même aspirer à mener une putain de vie normale ; et le voilà hors de la S, tellement en colère qu'il pourrait crever quelqu'un, défoncer le premier venu, d'ailleurs voici la maison d'Ólafur Tandri, dans son propre quartier, juste à côté de son putain d'appartement. Il est arrivé devant la maison et fait les cent pas sur le trottoir, ce serait tellement facile d'appuyer sur la sonnette et de lui montrer ce que c'est que de flipper sa race, sans interruption, de ne pas pouvoir aller dormir sans avoir l'impression que des rats te bouffent de l'intérieur. Et le voici, cet enfoiré de psy de merde, avec sa blondasse de femme aussi parfaite que leur putain de cuisine immaculée. Tristan respire par le nez et compte jusqu'à dix, comme Rúrik lui a appris. Il lève le bras et prend une photo du couple avec sa montre, avant de saisir la bombe de peinture qu'il utilise au boulot et de tracer un grand X sur la porte d'entrée de leur maison, afin qu'Óli sache qu'il est lui aussi dans le viseur ; puis il part en direction de son appartement, encapuchonné, et une fois rentré chez lui, il écrit tout ce qui lui passe par la tête, absolument tout, chaque mot lui permet de se sentir un peu mieux que le précédent, et il continue ainsi jusqu'à avoir épuisé chacun des mots qu'il avait en lui.

8.

Mardi, Óli reçoit de nouvelles menaces de mort. Ou plutôt ce qu'il conviendrait d'appeler une dissertation : son auteur y décrit par le menu comment il va lui découper les paupières et égorger sa famille. La lettre est accompagnée d'une photo de lui avec Sólveig, prise la veille au soir par la fenêtre de la cuisine. Ils se tournent le dos, l'air absent ou abattu. Sans doute les deux. Il prend contact avec une policière qui lui dit qu'elle va consulter les images des caméras de surveillance.

Il jette un œil par la fenêtre et aperçoit Himnar, garé devant chez lui. Lorsqu'il monte dans la voiture, Himnar est en train de regarder quelque chose, replié sur lui-même ; Óli tend le cou par-dessus l'épaule de son ami, mais ne discerne qu'une réfraction jaune et rose. Himnar éteint sa projection et lui souhaite le bonjour, avant de remarquer quelque chose derrière Óli qui le laisse bouche bée. Óli suit son regard. Un énorme X rouge a été tagué sur sa porte d'entrée.

« On dirait que j'ai été marqué, dit Óli.

— Foutues racailles », grommelle Himnar.

Il coupe le moteur et les deux hommes s'approchent de la porte. Himnar pose le pouce sur la peinture et la frotte.

« Oui, oui. C'est récent, fait-il en montrant son pouce écarlate à Óli.

— Peut-être que Sólveig ne l'a pas vu, dit Óli. Elle aurait pu sortir de la maison sans se retourner. »

Himnar fait une grimace compatissante.

Óli prend une photo de la porte et rappelle la policière pour rapporter le vandalisme. Tout en téléphonant, il rentre chez lui chercher une serpillière et une éponge et laisse couler de l'eau chaude dans une bassine. Cela fait, il ressort et tend la serpillière à Himnar.

« Non, je veux l'éponge.

— Hé oh, Himnar, proteste Óli sur un ton contrarié.

— Quoi ? » demande l'intéressé en riant. Óli lui tend l'éponge et se met à frotter la porte.

Il leur faut dix minutes pour effacer le tag. Lorsqu'ils arrivent enfin à Borgartún, le comité électoral est submergé par le travail du jour. Deux individus sont accusés du meurtre de l'agent de police. Une députée a changé d'avis depuis hier, elle n'est plus contre mais pour. Le Oui tourne toujours autour des soixante-cinq pour cent. Leur projet a le vent en poupe. Vers dix-sept heures, il envoie un holo à Sólveig pour l'informer qu'il ne rentrera pas pour le dîner. Elle ne répond rien. Il vérifie toutes les cinq minutes si elle lui a répondu, et s'assombrit un peu plus à chaque fois. Si elle a vu le X, il vaudrait mieux lui en parler. Mais peut-être ne l'a-t-elle pas remarqué, et il serait en ce cas inutile de rajouter de l'huile sur le feu de leurs disputes.

Il ne parvient pas à rester concentré.

Je ne sais pas si tu l'as vu ce matin, écrit-il. Mais quelqu'un a tagué un X sur notre porte d'entrée. Himnar et moi l'avons immédiatement enlevé. J'ai téléphoné à la police. Désolé de ne pas te l'avoir dit plus tôt. J'avais besoin de le digérer de mon côté. Je m'excuse aussi d'être si souvent absent au dîner. Cela ne sera bientôt plus le cas. Il ne reste plus qu'un mois. Je t'aime.

Dix minutes passent.

Est-ce que je dois acheter quelque chose avant de rentrer ? écrit-il.

Une douceur ? Un truc à grignoter ? ajoute-t-il.

Pas de réponse. Il essaie de travailler. Il perd le fil de sa lecture, blessé par le silence. Puis la tristesse fait place à la colère. Cette situation, il ne l'a pas choisie. Comment aurait-il pu savoir qu'il se ferait harceler et menacer ? Il attend quelques minutes de plus qu'elle lui réponde. Il a soudain le sentiment que Sólveig est à la maison en train de se préparer à demander le divorce. Il se retourne et demande à Himnar s'il doit bientôt rentrer chez lui. Himnar secoue la tête sans quitter son écran des yeux. Óli appelle un taxi et récupère son manteau. Lorsque la voiture arrive, il demande au chauffeur de l'emmener au magasin du quartier.

Il sait ce qu'il doit faire. Il doit abandonner le combat. Quel que soit le sujet de leurs conversations, ils finissent toujours par se disputer à propos de la marque, tels deux ruisselets contraints de se jeter dans un même fleuve au courant violent. Sólveig répète sans cesse qu'un système psychologique centralisé n'est pas la solution. Que l'empathie est un phénomène bien plus complexe que cela, qu'il existe des délinquants empathiques et des psychopathes inoffensifs. Et que même si la fréquence et la corrélation de tous ces facteurs permettaient de tirer certaines conclusions, aucune thérapie au monde ne saurait faire oublier la honte et le malheur causés par une défaillance.

Peu importe les arguments qu'Óli lui oppose. Il est bien conscient qu'il ne s'agit pas d'une solution miracle, que la marque obligatoire ne saurait résoudre tous leurs problèmes ni éradiquer la délinquance et la violence. Bien sûr que le monde n'est ni tout noir ni tout blanc. Toutefois, Sólveig ne peut ignorer cette réalité statistique indiscutable : le taux de criminalité a dégringolé dans les quartiers marqués. L'année passée, neuf condamnés sur dix étaient des non-marqués. Un détenu sur quatre échoue au test. Imaginez que la société arrête ces individus, cette fraction de personnes actuellement en prison, et leur fournisse les ressources adéquates *avant* qu'ils ne passent à l'acte. La marque n'est pas une punition, mais un moyen de prévention. Seulement, Sólveig n'y voit qu'un idéal utopique – une analyse un tant soit peu approfondie la discréditerait aisément –, voilà pourquoi leur désaccord se perpétue à l'infini. Il essaie de se mettre à sa place, de lui dire qu'il la comprend. Sa nature profondément empathique la pousse inévitablement à se focaliser sur le côté humain de chacun. Mais il faut qu'elle comprenne que ce pourcentage d'individus immoraux se nourrit précisément de cela : sa tendance à la codépendance.

Sólveig ferme les yeux, inspire calmement, et lui demande de se taire. Elle fait souvent cela, même lorsqu'il parle de sujets ordinaires. Dès qu'il fait la moindre remarque innocente à propos d'une chose parfaitement naturelle, du désordre dans la maison, de Himnar ou de son père, ou encore du portillon du jardin qui grince toute la nuit car les voisins ne le ferment jamais, elle lui répond Argh, Óli.

Argh, Óli, comme s'il n'était qu'un vieux schnock. À chaque fois qu'elle lui parle de la sorte, il ne peut s'empêcher de tressaillir. Il voit son père assis à la table de la cuisine en train de débattre avec sa mère. Il voit sa mère qui préfère s'afférer dans la cuisine pour ne pas avoir à affronter le regard de son père. Mais il n'est *pas* comme son père. Il n'élève pas la voix. Il n'interrompt pas Sólveig. Il a appris à parler doucement. À se montrer poli et attentif, et à écouter son avis. *Quand tu parles ainsi, nous nous sentons ainsi.*

Elle essaie de lui imposer des limites qu'elle-même franchit aussitôt. Ses réactions sont autant de petits tubercules enracinés dans la marque, ce tubercule-mère enfoui si profondément dans les tréfonds de leur relation qu'ils ne peuvent plus l'arracher.

Récemment, elle lui a demandé de cesser définitivement de parler de politique. Elle ne changerait pas d'avis, cela commençait à avoir de sérieuses conséquences sur leur famille. Ils ne faisaient plus l'amour et ne profitaient plus de leur temps libre ensemble. Dagný s'était même mise à faire le pitre en leur présence pour apaiser les tensions.

« Elle n'a que trois ans, Óli, et elle doit déjà supporter ce fardeau émotionnel, *à trois ans* », a-t-elle dit. Et de son côté, elle n'en pouvait plus non plus.

« Tu parles d'un compromis, a alors répliqué Óli.

— Je ne fais pas de compromis, a-t-elle répondu en levant les yeux au ciel. Tu te sers de la psychologie comme levier de chantage dans notre relation. »

Arrivé au magasin, il se sent vulnérable. En l'apercevant, les gens baissent aussitôt le regard. Une femme propre sur elle le remercie pour son travail utile, tandis qu'une autre, débraillée, lève le menton d'un air dédaigneux. Il vient de payer et a reçu son ticket lorsqu'un homme de grande taille, mal rasé et aux cheveux gras, croise son regard.

« Attendez, c'est pas vous le psychologue ?

— Si, répond calmement Óli en se redressant instinctivement.

— Vous et votre racaille politiquement correcte, j'en ai ma claque », dit l'homme en s'approchant d'Óli avec un doigt tendu.

Quelqu'un dans le magasin lui intime de laisser Óli en paix.

Óli s'apprête à partir mais l'homme l'agrippe.

« Neuf neuf neuf », prononce Óli, et une sirène assourdissante retentit aussitôt dans le magasin. L'homme quitte les lieux en éructant des paroles inintelligibles. La police téléphone à Óli et lui demande s'il a besoin d'assistance, mais il décline.

Il rentre chez lui en vitesse.

Lorsqu'il passe la porte avec son sac de courses, Sólveig demeure impassible, mais se laisse malgré tout embrasser sur la bouche.

« C'est fou, fait-elle en sortant les provisions du sac.

— Vous m'avez manqué », dit-il.

Il cuisine un bœuf bourguignon aux champignons qu'il accompagne de pommes de terre. Sólveig ne mentionne pas le X rouge. Il écrase une portion de bourguignon pour assaisonner les boulettes de légumes frites de Dagný. Sólveig commence par refuser le verre de vin qu'il lui propose, avant de se laisser convaincre au milieu du repas. Après le dîner, ils se rendent ensemble dans la chambre de Dagný, et Sólveig s'assied en silence au bout du lit tandis qu'il lit une histoire à leur fille. Une fois Dagný endormie, ils s'asseyent dans le salon et il demande à Zoé de jouer de la musique de leurs années lycée ; ils se retrouvent tout à coup à évoquer le passé en riant. Ils ouvrent une deuxième bouteille de vin rouge. Il observe la finesse des contours de sa bouche pendant qu'elle parle.

« Tu as vu la porte ce matin ? » demande-t-il.

Sólveig fixe l'intérieur de son verre, qu'elle fait tourner en rond.

« Oui.

— Désolé. »

Elle reste silencieuse.

« Comme tu ne m'as pas répondu de la journée, j'étais persuadé que tu te préparais à me quitter », dit-il.

La bouche de Sólveig se crispe.

« J'y ai pensé.

— À partir ?

— Oui.

— Sólveig, dit-il. Je quitterai l'API après le référendum. Je veux qu'on trouve une solution. »

Elle pose enfin les yeux sur lui, et leurs regards se croisent pendant quelques secondes.

« Ça fait longtemps que tu dis que tu vas arrêter », proteste-t-elle. Elle boit une gorgée de vin rouge et son long cou se redresse.

« J'ai pris ma décision. Je démissionnerai après le référendum, quel que soit le résultat.

— Pourquoi tu ne démissionnes pas dès demain dans ce cas ?

— Salóme ne l'accepterait pas. Pas avant le vote. Mais elle s'y attend un peu. Elle me dit souvent que je suis en burn-out. »

Sólveig ne dit rien. Elle termine son verre de vin avant de se lever et d'aller se coucher. Lorsqu'il rentre dans leur chambre, elle s'est glissée sous la couette et lui tourne le dos comme à son habitude. Mais une fois qu'il s'est couché, elle se retourne et vient à sa rencontre dans l'obscurité, pour la première fois depuis plusieurs semaines, peut-être même des mois.

Le lendemain, Óli s'efforce de quitter son travail à une heure raisonnable. Il explique la situation au comité, qui se montre compréhensif. Vendredi, durant son interview, il reçoit un message de la policière. Il n'en entrevoit que des bribes, mais c'est suffisant pour lui faire perdre le fil, il regarde dans le vide face à la journaliste qui doit lui répéter ses propres mots afin qu'il reprenne ses esprits.

Après l'interview, il téléphone à la policière, qui l'informe qu'elle a visionné tous les enregistrements qu'ils possèdent des deux soirées. De toute évidence, il s'agirait du même individu : à chaque fois, on pouvait voir un homme encapuchonné rôder devant la maison. D'après sa silhouette et son attitude, il aurait entre vingt et quarante ans ; la première fois, l'homme s'en serait pris directement aux pneus, mais la seconde, il aurait vraisemblablement hésité à frapper à la porte, avant de se raviser. On le voyait prendre une photo et taguer la porte d'entrée. À la fin, on pouvait le suivre le long de la rue jusqu'à un immeuble de Kirkjusandur. Il s'agirait de l'une de ces tours construites à l'époque pour loger un maximum de personnes ; un assemblage grossier de studios entassés les uns sur les autres. Une trentaine d'hommes dans la tranche d'âge du rôdeur habiteraient officiellement à cette adresse. Impossible d'obtenir l'autorisation de tous les perquisitionner.

« Que suggérez-vous que nous fassions ? demande Óli. Cet homme est manifestement perturbé.

— Pourriez-vous déménager quelque temps, jusqu'au référendum ? demande la policière. Chez de la famille, ou des amis ?

— Ça devrait être possible », répond Óli.

Mais en rentrant chez lui, il ne dit rien à Sólveig. Il est conscient que la moindre discussion au sujet d'un éventuel déménagement nuirait à leur relation. Il décide de la remettre au lendemain. Puis au surlendemain. Il conclut finalement que cet homme ne constitue pas un réel danger pour eux, et qu'il serait même égoïste d'effrayer sa femme et sa fille outre mesure.

9.

Après le week-end, la directrice annonce aux parents que l'école a l'intention de créer son propre registre. Vetur s'attend à crouler sous les doutes, les questions ou les holos, mais sa boîte de réception ne contient rien de tel. Vers le milieu de la semaine, à l'heure de la réunion parents-professeurs, une femme passe la tête par l'embrasure de la porte de sa salle. Elle a des cheveux clairs et décolorés, dont les mèches les plus longues, presque filandreuses, lui balaient les épaules ; Vetur comprend immédiatement qu'il s'agit d'une mère souhaitant parler du test.

« Excusez-moi, bonjour, dit la femme. Je suis la maman de Naómí. Je ne vous dérange pas ?

— Pas du tout », répond Vetur en fermant la projection holographique affichée devant elle, avant d'inviter la femme à s'asseoir. Celle-ci la remercie et s'exécute, l'air fatigué, vêtue de vêtements trop grands pour elle et le front surmonté d'une houppette qu'on croirait sortie d'une douille pâtissière. Probablement âgée d'une cinquantaine d'années, elle se présente sous le nom d'Alexandria.

« Le papa de Naómí vous a peut-être parlé de moi ?

— Non, je regrette. Cela ne me dit rien.

— Il aime rappeler à tout le monde à quel point je suis inapte à être mère, fait-elle en jetant un regard par la fenêtre qui donne sur la cour de l'école. Je pensais qu'il vous en aurait peut-être parlé à vous aussi.

— Je ne suis pas là depuis bien longtemps, explique Vetur.

— Oui, je le sais. Quand on a déménagé ici, il a téléphoné à la directrice et a prétendu craindre pour le bien-être de notre fille, affirmant que je ne pourrais pas m'occuper d'elle. La directrice nous a conviés tous les deux pour un entretien avec elle, et il n'est évidemment pas venu. Il a inventé une excuse bidon à la dernière minute. Mais au moins, j'ai pu dire la vrairité à la directrice. »

Vetur essaie de prendre un air interrogatif ; elle fronce les sourcils et incline la tête.

« Il ne peut pas entrer dans le quartier, dit Alexandria. Il n'est pas marqué.

— Je comprends, fait Vetur.

— On a déménagé l'été dernier. Naómí est arrivée dans cette école à l'automne, comme vous, raconte-t-elle. Quoi qu'il en soit, ça fait deux nuits que je ne dors plus, depuis que j'ai appris pour le registre de l'école. J'ai déménagé dans ce quartier parce qu'on devait fuir le père de Naómí, et que je pensais qu'on y serait en sécurité. On n'a presque jamais besoin d'aller au-delà de la double porte. Ici, il y a tout ce qu'il faut. Naómí prend des cours de danse dans le quartier avec ses amies, et si elles veulent aller au cinéma ou se promener en ville, je les emmène en voiture. Là, j'enchaîne les nuits blanches et je me ronge les sangs en me demandant ce qui arrivera quand Naómí aura passé le test. »

Alexandria baisse la tête et déglutit.

« Elle est tellement difficile, chuchote-t-elle. Je n'arrive pas à la discipliner. Qu'est-ce qui arriverait si elle échouait au vu et au su de tous les parents ? Si ses nouvelles copines la reniaient, et si les règles du quartier changeaient ? L'âge du test pourrait être abaissé de dix-huit à seize, voire même quatorze ans. Et si son père l'apprenait ? Il pourrait peut-être l'utiliser pour récupérer sa garde. »

Elle renifle brièvement, une fois, deux fois, avant d'éclater en sanglots. Vetur accourt près d'elle et pose ses mains sur ses épaules rougies, gonflées par un œdème.

« Puis-je vous demander si vous avez un bon psychologue ? Y êtes-vous allées ensemble ?

— Je ne vais plus chez la psy », dit Alexandria, un ton plus haut qu'avant, comme si elle avait une bulle d'air dans la gorge. Elle toussote. « Je suis longtemps allée chez une femme qui s'appelait Gréta, mais je ne pouvais plus continuer à la voir. »

Alexandria se sèche les yeux à l'aide des manches de son pull et s'efforce de reprendre le contrôle de sa voix.

« Elle me parlait avec tellement de condescendance. Tout le temps, comme une grande sœur ou une vieille amie suffisamment intime pour se permettre d'ignorer les limites conventionnelles. Elle me grondait parfois comme si j'étais une enfant. J'ai fini par lui dire Vous savez quoi, je ne laisserai plus personne me parler comme ça. Mais depuis un an que j'ai cessé de la voir, je sens combien les gens me jugent en l'apprenant, combien leur attitude envers moi peut subitement changer. Comme si le fait de ne pas prendre soin de ma vie intérieure m'avait forcément rendue maboule. Le monde marche vraiment sur la tête depuis quelque temps, c'est affreux.

— Mais alors, comment gérez-vous vos tracas ? »

Alexandria soupire dans une nouvelle tentative de calmer ses pleurs, et sa lèvre inférieure se met à trembler : « J'en parle parfois à mes amies. Les fois où elles daignent me répondre. Naturellement, elles travaillent et ne peuvent pas passer autant de temps que moi sur leur téléphone. Mais oui, oui, je dois vraiment faire quelque chose pour régler mes problèmes. Je le sais bien.

— Naómí est-elle suivie par un bon psychologue ?

— Oui, oui. Seulement, elle rapporte une version déformée de notre relation à sa psychologue et rentre de chaque séance en me criant dessus que Silla a dit ceci, Silla a dit cela, que je suis grosse et stupide et que je n'aurais jamais dû être en charge de son éducation. »

Ce dernier mot est suivi d'un postillon qui finit sa course sur la table. Toutes les deux le regardent.

« Excusez-moi de vous balancer tout ça à la figure sans prévenir, gémit Alexandria en plissant les lèvres de manière à former une moue affligée. Je n'arrive même plus à dormir. Je passe des heures entières entre la veille et le sommeil, à m'imaginer ce qui pourrait bien arriver.

— Tout ira bien, tente de la rassurer Vetur, avant de se lever et de retourner de l'autre côté du bureau. Si d'aventure Naómí venait à échouer au test, mieux vaut que nous le sachions dès maintenant plutôt qu'à ses dix-huit ans. Lorsqu'il se retrouve confronté à une situation psychologiquement éprouvante, le cerveau a tendance à se construire des barrières émotionnelles pour s'en protéger, c'est une réaction absolument normale et il n'y a pas de quoi en avoir honte.

— C'est n'importe quoi, s'exclame Alexandria d'une voix si tranchante que Vetur en frémit. Excusez-moi, mais je ne supporte pas cette phrase. *Il n'y a pas de quoi en avoir honte*. On dirait une brique de lait vide remise au frigo. On croit en avoir pour plus tard mais le jour où on en a besoin, il n'y a rien à en tirer, qu'un emballage vide. »

C'est alors qu'elle remarque quelque chose dans l'expression faciale de Vetur qui lui fait perdre courage.

« Excusez-moi, dit-elle. Ce n'est évidemment pas de votre faute. Mais c'est une phrase qu'on entend souvent. »

Alexandria se tord les doigts.

« J'ai moi-même échoué il y a deux ans. Et ça n'a pas été sans conséquences.

— Je comprends », répond Vetur, qui découvre la femme sous un nouvel aspect ; des cheveux filandreux, pas de psychologue et un œdème. Pensée involontaire : Elle doit se débarrasser d'elle. La faire sortir de la pièce. Vetur essaie de réprimer cette émotion. Alexandria lui parle et Vetur essaie de l'écouter, mais il est trop tard, la vague vient de se briser sur elle, la terreur l'envahit, et soudain : Daníel est dans la pièce, les mains dans les poches de son jean, il la regarde, rien ne peut l'arrêter. Le bureau se transforme en gélatine.

« Tout va bien ? entend-elle dire Alexandria.

— Oui », s'entend-elle répondre. Elle s'agrippe au bureau.

Elle se concentre sur le petit nœud du bois clair, patiente aussi longtemps que nécessaire jusqu'à reprendre contact avec la terre ferme. Jusqu'à ce qu'il soit sorti de la pièce. Lorsqu'elle relève enfin les yeux, elle ignore si le temps écoulé se compte en secondes ou en minutes. Alexandria est assise de l'autre côté du bureau sur le qui-vive, l'air inquiet.

« Pardonnez-moi, explique-t-elle. J'ai mes règles.

— Aïe, aïe, dit Alexandria en grimaçant.

— Je suis d'avis que Naómí passe le test, poursuit Vetur. Refuser de l'envoyer nuirait davantage à sa réputation qu'une défaillance. Si elle n'atteint pas le seuil de référence, nous organiserons une réunion avec la directrice pour déterminer ensemble les mesures à prendre. »

Vetur se lève pour signifier que la réunion est terminée, et Alexandria fait un mouvement brusque avant de se lever également.

« Merci d'être venue, dit Vetur.

— Oui, répond Alexandria. Merci à vous. »

Dès qu'elle est sortie de la salle d'entretien, Vetur verrouille la porte, s'approche de la fenêtre et scrute le parking à sa recherche, même si elle sait que Daníel n'est pas là, c'est impossible.

Les médicaments ont un étrange effet sur elle. Elle a le sentiment d'être plus légère. Sa psychologue est assise en face d'elle, tandis qu'un point violet oscille dans son casque de la gauche vers la droite puis de haut en bas. Vetur le suit des yeux.

« Où êtes-vous coincée ?

— Daníel s'est introduit dans mon appartement il y a deux semaines. Je viens de rentrer chez moi après avoir passé une semaine chez mes parents et je suis en train de faire la vaisselle après le dîner quand je remarque une Mercedes noire. Elle est garée de l'autre côté, le long du pré derrière l'immeuble. Je reconnais immédiatement Daníel, assis derrière le volant. Je me fige. J'ignore depuis combien de temps il me suit. Quelques heures ? Quelques jours ? Le sentiment de sécurité rafistolé grâce à l'injonction d'éloignement s'effrite en une fraction de seconde. Il a pris soin de ne pas s'approcher à plus de cinquante mètres de moi afin que l'Empreinte ne puisse pas le démasquer. Je prends des photos de sa voiture que j'envoie à la police, qui arrive sur place peu de temps après pour le chasser. On me dit qu'il va recevoir un rappel à l'ordre. Je demande aux policiers s'il serait possible d'augmenter la distance de cinquante à deux cents mètres, mais on me répond qu'il faudrait que je porte plainte à nouveau.

« Ce même soir, je fais ma première crise d'angoisse. Je me rends aux urgences et explique à la secrétaire que je suis en train de faire une crise cardiaque. On me donne des calmants, puis je retourne chez mes parents et demande à mes voisins de passer régulièrement dans mon appartement pour éteindre et allumer les lumières de chaque pièce, dans l'espoir de tromper Daníel. Trois jours plus tard, la Mercedes noire est garée dans la rue, de biais, en contre-haut de la maison de mes parents, à moitié cachée derrière un buisson. Mon père sort en coup de vent pour aller parler à Daníel, mais celui-ci démarre au quart de tour et s'en va. La police prend note de l'incident et nous informe que Daníel est désormais inscrit sur la liste des récidivistes et qu'il va recevoir une amende. La troisième fois, je suis en train de faire les courses avec ma mère, quelques jours plus tard, nous nous trouvons sur le parking du magasin lorsque je le vois. Il est encore plus proche que les fois précédentes. Je peux distinguer les traits de son visage. Ma mère me demande ce qu'il se passe, puis la Mercedes démarre et disparaît au tournant. »

Elle se concentre sur le point violet qui virevolte de haut en bas dans son casque.

« J'apprends à reconnaître les crises d'angoisse. Dès que je ressens des fourmillements dans mes extrémités, je sais que je ne vais pas tarder à hyperventiler. Je ne peux plus dormir normalement. Je me réveille vingt, trente fois par nuit, avec toujours la même impression qu'il se tient près de moi. Puis j'apprends que j'ai réussi le test et que je peux me faire marquer si je le souhaite. L'école ne l'exige pas, il leur suffit de savoir que j'ai réussi. Jusque-là, l'idée de la marque m'a moi-même laissée sceptique, j'ai d'ailleurs écrit des articles dans lesquels je m'interroge sur les effets secondaires dont la société pourrait souffrir, sur la honte éprouvée par les défaillants, ainsi que sur la vraisemblance d'une société capable de conditionner positivement l'évaluation de l'acuité pour les individus n'ayant pas atteint le seuil de référence. Mais cette fois-ci, je n'y réfléchis pas à deux fois, et je m'inscris sur le Registre en espérant en mon for intérieur que Daníel échouera, pour que peut-être, enfin, il se cherche de l'aide. Toutes les heures, je vérifie si son statut est passé de non-marqué à marqué.

« Quand le chef de service m'apprend que Daníel a dû démissionner pour cause de maladie, une vague de soulagement me submerge. Il a forcément échoué, me dis-je à moi-même, ce qui signifie qu'il y a désormais des endroits en ville où je suis en sécurité, des endroits auxquels il ne peut accéder. Peu de temps après, je le revois pour la quatrième fois devant chez moi, puis à nouveau devant la maison de mes parents. C'est là que je porte plainte. Une fois que j'ai expliqué à la police qu'il a démissionné pour cause de maladie peu après l'inscription de l'école au test, l'attitude de l'avocate de la partie civile change immédiatement. Dès le lendemain, le tribunal émet une nouvelle injonction d'éloignement. Il ne pourra plus s'approcher de moi pendant les douze prochains mois, les cinquante mètres ont été étendus à deux cents et on me dit qu'on lui a proposé de suivre un programme de réinsertion ainsi qu'une psychothérapie, et qu'il a accepté.

— C'est très bien, dit sa psychologue en observant l'activité cérébrale de Vetur projetée devant elle. Votre mémoire à court terme ne s'est éclairée qu'au début. La quasi-totalité du souvenir a été transférée dans votre mémoire à long terme. Nous faisons des progrès. »

Le champ de vision moyen d'un être humain est d'environ deux cent dix degrés. La moindre de vos opinions, aussi inoffensive soit-elle, dépend de l'endroit où vous vous trouvez, des personnes auxquelles vous parlez, de ce que vous avez vu. Tout compte fait, une opinion n'est rien de plus qu'une décision qui déterminera votre manière de voir le monde et les personnes auxquelles vous tournerez le dos. Vetur était sûrement plus tolérante avant qu'elle ne rencontre un homme perturbé moralement et qui avait échoué au test ; un an plus tôt, la crise d'adolescence de Naómí ne l'aurait probablement pas inquiétée outre mesure, mais aujourd'hui, elle doit se faire violence pour ne pas surinterpréter les expressions de ce visage qu'elle trouve désormais plus égoïste, plus laid et plus effrayant qu'auparavant, ni psychanalyser l'attitude de Naómí, qui amène une pomme à l'école tous les jours – sans exception – et qui se montre aussi bruyante que rebelle, affectant le moindre mouvement et exagérant le moindre mot.

Le soir, elle va dîner chez ses parents. Après être restée couchée un moment sur le canapé et avoir tour à tour discuté puis regardé une série policière avec ses parents, elle demande à son père de la raccompagner chez elle, ce qu'il accepte ; elle s'allonge sur son lit tout habillée, par-dessus la couette, et essaie de se préparer au lendemain, d'apaiser son inquiétude, de prendre sur elle et d'être forte pour tous ces petits ignorants qui se croient savants mais demandent malgré tout Mais c'est où le Mexique, C'est où Akureyri, on se croirait dans un nid face à une rangée de becs béants, constamment à l'affût du moindre truc à se mettre sous la dent, un divertissement, une approbation, leur indépendance, tout cela en arpentant les couloirs les doigts dans le nez, en jouant à chat et en se tirant sur le pénis.

Ce n'est pas une question de conviction, se dit-elle à elle-même le jour suivant lorsqu'un jeune garçon de quatrième se cache le visage dans les bras, couché sur son pupitre, et que ses épaules se mettent à trembler sous les sanglots.

C'est une question d'optimisation du bien-être général, pense-t-elle alors que la rumeur de deux défaillances, celles de deux collégiens, commence à se répandre. En retrouvant sa classe principale en cours de compétences émotionnelles, Vetur s'efforce de ne rien laisser paraître et répond aux questions de ses élèves comme si de rien n'était.

« Oui ?

— Ça veut dire quoi déshumaniser ?

— Déshumaniser ?

— Oui.

— Pourquoi veux-tu savoir cela ?

— J'ai entendu mon papa le dire hier. »

Vetur réfléchit.

« C'est lorsque tu trouves une personne si différente de toi que tu n'éprouves plus la moindre empathie à son égard. »

Vendredi, l'école se termine enfin (enfin !) et Oui, elle est partante pour aller au 104,5, et Oui, merci, elle accepte avec plaisir de prendre la banquette plutôt que la chaise ; elle se laisse choir avec un verre de vin rouge et sent le stress abandonner son corps, suinter le long de ses reins et s'enfuir par ses hanches.

« J'ai trouvé ce que signifie aliénation, dit Húnbogi en s'asseyant à côté d'elle. En latin, *alienatio* signifie céder, *alienus* étranger, et *alius* l'autre. Et tu as ta réponse.

— J'ai ma réponse. »

Ils font tous deux comme si de rien n'était, comme s'ils n'avaient pas conscience qu'il s'est employé à ne pas lui parler de toute la semaine, sûrement parce qu'il lui a montré son jeu la dernière fois par inadvertance, et qu'il se demande peut-être désormais s'il lui plaît vraiment, ou s'il s'est comporté de manière déplacée et agressive sur leur lieu de travail ; à vrai dire, elle ne sait pas non plus s'il a un faible pour elle, ou s'il ne serait pas tout simplement à la recherche de la bonne vieille ivresse de l'approbation. Elle en est au moins consciente, et essaie de faire des efforts.

Il lui raconte comment sa classe a appréhendé le test, mais Vetur est trop fatiguée pour supporter la nervosité que sa présence lui procure, elle boit deux verres de vin rouge trop rapidement et décide peu après de rentrer chez elle ; en prenant congé de leur groupe de collègues, il lui semble déceler de la déception dans son sourire.

Le lendemain matin, elle réalise en se réveillant que son lit est jonché d'un véritable bazar et qu'elle a oublié de se démaquiller. Elle éteint sa lampe de chevet et reste allongée dans l'obscurité. Aurait-elle réussi le test à quatorze ans ? C'est très improbable. À cette époque, elle volait des bonbons, mentait, se pavanait, ignorait constamment les limites d'autrui, et ce n'est que dix ans plus tard (dans un premier temps), lorsque les souvenirs de son comportement lui sont revenus à l'esprit, qu'elle s'est enfin amendée, honteuse.

L'année dernière, lorsque son ancienne école a obligé la totalité de son personnel à passer le test, elle est restée plusieurs jours allongée dans ce même lit, anxieuse à l'idée d'échouer. Elle faisait du surplace comme un disque rayé et rejouait en boucle les mêmes pensées. Certes, elle pouvait pleurer la douleur de son prochain et partager ses souffrances, mais elle n'était pas un ange pour autant – au lycée déjà, personne ne savait mieux qu'elle comment frauder dans le bus ni comment mentir à ses professeurs afin de glaner quelques jours supplémentaires sur la date limite de remise d'un devoir ; à vingt et un ans, elle a trompé son petit ami avec un garçon qui l'avait déjà rejetée par le passé (elle n'a jamais rien fait de pire) ; elle prenait souvent la plus grosse part du gâteau dès que l'occasion se présentait (chose qu'elle fait toujours aujourd'hui), et elle était bien consciente qu'elle ne compatissait pas avec n'importe qui. Son empathie dépendait de ce qu'elle savait de l'individu concerné, des circonstances et de sa propre situation. Et c'est précisément cette connaissance de soi qui l'a menée à souscrire à la critique des moralistes envers l'empathie comme indicateur de la susceptibilité d'un individu à faire du tort à son prochain : aussi intéressant soit-il, on était loin du parfait baromètre.

Elle ferme les yeux et essaie de se calmer.

On n'a presque jamais besoin d'aller au-delà de la double porte.

A l'instar d'Alexandria, elle s'est enfuie pour prendre refuge. Elles cherchent toutes deux à se claquemurer. Vetur se tourne sur le flanc et se retrouve nez-à-nez avec le visage calme et abasourdi de Daníel, à moitié enfoui dans l'oreiller, le lendemain de leur première nuit ensemble. Elle enfouit à son tour son visage dans son lit, honteuse d'avoir cédé à son ego une fois de plus, d'avoir ressenti un tel besoin d'attention, et de ne pas avoir su se montrer plus maligne.

Tea,

Merci de m'avoir expliqué, pour la énième fois, le concept de la formation en V. Cela va faire vingt ans que tu m'imposes tes exposés. Aujourd'hui, j'en ai quarante, et je ne supporte plus la condescendance avec laquelle tu me parles, comme si j'étais encore une enfant. Ce n'est pas à toi de m'instruire, ni de m'élever. Comme toujours, tu as créé de toutes pièces ta propre version de notre conversation ; je suis celle qui s'indigne de tout, qui te traite de « loup déguisé en agneau », et qui t'a mise au pied du mur. Je suis seule responsable de notre incapacité à discuter poliment de « spéculations idéologiques », car le politiquement correct m'aveugle autant que mon désir de t'entraîner dans une guerre de tranchées.

Tu prétends que notre dispute aurait été causée par le sujet de notre conversation, que je n'aurais pas supporté d'entendre tes contre-arguments, mettant ainsi « le feu aux poudres », mais tu oublies fort commodément la façon dont tu les as énoncés.

C'est important, Tea, cela influence le cours des choses. Tu nous prends de haut, moi et mes opinions. Lorsque je t'ai parlé de la nouvelle tradition du débat, fondée sur l'interrogation et l'écoute, tu as même éclaté de rire.

Mais veux-tu savoir pourquoi je l'ai évoquée ? Parce que cela fait maintenant plusieurs années que tu ne me demandes plus rien. Pendant les pauses-café, tu ne parles que de toi, de tes soucis et de tes réussites, et à chaque fois que je veux te parler de ma vie, je dois m'imposer. À chaque fois. Toutes ces années durant, cela m'a profondément blessée, et j'ai fini par me rendre à l'évidence que cette absence de questions de ta part trahissait en réalité le manque d'intérêt que tu me portes. Mais dès lors que le sujet de la nouvelle tradition du débat a commencé à prendre une place prépondérante au sein de notre société, j'ai enfin compris que telle était ta conception d'une véritable conversation. Une suite de déclarations. Tu parles de ta vie, je parle de la mienne, et la conversation progresse ainsi, péniblement, au fil des affirmations. Mais le problème est le suivant : j'ai beaucoup de mal à parler de moi sans y être invitée. Cela me donne l'impression d'être encombrante et égocentrique. Pourquoi ne t'en ai-je pas parlé plus tôt ? Parce que c'est difficile, Tea. Ce n'est pas quelque chose qu'on veut demander à son amie, qu'elle s'intéresse à vous. Qu'elle vous demande comment vous allez. J'ai donc mentionné la nouvelle tradition du débat pour te le suggérer indirectement, dans l'espoir que tu te remettes en question, de manière aussi bien générale qu'idéologique. Ce que tu n'as pas fait, évidemment. Tu t'es contentée de rire, comme tu le fais à chaque fois que tu veux pousser ton adversaire à douter de ses propres opinions.

Je t'ai souvent plainte d'être ainsi, Tea. Je t'ai souvent plainte de manquer une occasion d'écouter l'avis d'autrui, toutes ces fois où ta seule préoccupation était d'avoir raison. Imagine-toi combien tu pourrais grandir si tu te mettais simplement à interroger, à écouter et à méditer. Si tu acceptais de ralentir un peu la cadence et de te demander pourquoi les gens ne parlent plus de psychopathes, mais de personnes perturbées moralement. Parce qu'il ne s'agit pas d'une psychose. Le mot psychose laisse entendre que celui qui en souffre ne changera jamais, qu'il est irréparable. Mais une morale perturbée peut *être traitée. Et au-delà des évidences ; nous devrions bannir tous ces mots prédicatifs de notre dictionnaire, tels que psychopathe, moricaud, gouine ou blondasse. On ne les utilise jamais que pour réduire autrui à un signe distinctif. Mais l'homme est un être complexe, qui ne se résume pas à l'un ou à l'autre de ses millions d'attributs. Ni son orientation sexuelle, ni son ethnie, ni même les maladies dont il pourrait souffrir ne sauraient en brosser un portrait exhaustif.*

Quoi qu'il en soit, je t'ai demandé à de multiples reprises de ne pas te montrer condescendante envers moi. Mais j'ai l'impression de parler à un mur. Je vais donc essayer quelque chose de nouveau : parle-moi comme si j'étais toi. Parle-moi comme si tu devais t'adresser à toi-même.

Alors seulement pourrons-nous envisager de renouveler notre amitié pour les vingt prochaines années.

Laíla

10.

Le lendemain, Þórir téléphone. Fou de rage.

Il demande comment elle peut être aussi bête.

Si sa stupidité a des limites.

« Qu'est-ce qu'il y a cette fois-ci, Þórir ? » demande-t-elle.

Il répond que si elle croit pouvoir lui envoyer des menaces, nuit après nuit, sans la moindre conséquence, elle se met le doigt dans l'œil jusqu'au coude.

« De quoi est-ce que tu parles, Þórir ? »

Les holos, dit-il. Les holos qu'elle lui envoie tous les soirs. Hier, elle l'a menacé d'emporter la start-up norvégienne avec elle si elle s'en allait. Le moteur filtrant.

« Bon, tu sais quoi, Þórir, j'ai plus le temps pour ça. »

« Autrefois, je t'aurais laissé me téléphoner un samedi pour m'accuser de tout ce que tu veux », dit-elle.

« Mais aujourd'hui, je dis stop », dit-elle ensuite.

« Il n'y avait absolument rien dans cet holo qui ressemble de près ou de loin à une menace. C'était juste pour te dire que les négociations avec EcoZea se passaient bien. »

Il répète ce qu'elle a dit dans l'holo. Comme s'il lisait un texte.

Il dit qu'elle peut travailler depuis chez elle la semaine prochaine. Il n'a aucune envie de la voir.

Elle téléphone à un service de nettoyage qui lui envoie une femme de ménage une heure plus tard. Tout en s'installant confortablement dans son bureau, elle cherche le numéro de son restaurant healthy préféré et passe commande :

Trois smoothies par jour, à 7 h 30.

Un dîner et une bouteille de vin rouge, à 19 h 30.

Inga Lára dit qu'elle devrait aller consulter le conseil avec Fjölnir.

Natalía lui suggère quant à elle d'attendre un peu, peut-être que le problème se résoudra de lui-même. Il n'y a pas de raison de précipiter les choses. Þórir est légalement soumis au secret professionnel.

« Mais si ce foutu référendum est un succès, je serai de toute façon condamnée à mort. »

Natalía dit qu'il n'y a aucune chance que le Oui l'emporte. Le nombre de partisans est en chute libre. Et même si la marque était un jour obligatoire, Eyja ne serait nullement *condamnée à mort*.

Elles dressent la liste des employés de l'entreprise. Se demandant qui d'autre aurait pu échouer.

Tout à coup, Inga Lára dit qu'elles devraient arrêter leurs médisances. Qu'elle se sent mal à l'aise.

« Médisances ? Quelles médisances ? » dit Eyja.

« Ce n'est qu'une critique déontologique. »

Deux secondes après, elles éclatent de rire.

Elle découvre sur son fil d'actualité que Kári va travailler depuis chez lui cette semaine pour cause de maladie.

« Salut, j'ai appelé aussi vite que j'ai pu. Il t'a viré, ce traître ? »

Hein ? dit Kári avant de répondre que non, et de demander ce qu'il se passe.

« Oh », dit-elle.

« Je croyais que peut-être… », dit-elle ensuite.

« Enfin, Þórir m'a parlé d'un truc concernant les accords avec le Japon et en voyant la notification je me suis inquiétée. »

Kári demande ce que Þórir lui a dit au sujet des accords.

« Rien de crédible. C'était juste le contexte et le ton qu'il a employé. Il a d'abord mentionné les accords, puis il a ajouté que lorsque les résultats du test seraient disponibles il pourrait enfin commencer à *épouiller les cheveux de l'entreprise.* »

Kári garde le silence.

Mais il a réussi le test. Il a reçu les résultats peu après leur conversation de la semaine dernière.

Il dit qu'il reste chez lui parce qu'il est malade, il aurait une infection urinaire.

« Ah, bon », s'empresse de dire Eyja.

« Alors je suis rassurée. »

Gylfi arrive vers midi et lui fait sa fête comme un énorme chiot.

Il essaie de parler tandis qu'il la déshabille. Puis ouvre sa braguette et soulève sa chemise tout en lui disant qu'elle devrait aller persuader les Hollandais de leur vendre une part de leur société en échange.

Il a passé quelques coups de téléphone. Leur offre devra surpasser celle de Þórir. Eyja sera si grassement payée qu'elle pourra même s'acheter des débentures si ça lui chante.

Il sort sa bite violacée, soulève Eyja sur le plan de travail de la cuisine, tente de se tenir debout mais l'ameublement est trop haut.

Il essaie de la transporter à travers le salon mais la fait tomber en chemin.

Arrivés sur le canapé, il se ragaillardit et ouvre en grand le bec pour fourrer sa langue dans la bouche d'Eyja. Elle secoue la tête en arrière et le maintient à distance à l'aide de ses genoux.

Il s'excite alors de plus en plus et tente de lui écarter lentement les genoux avec ses hanches jusqu'à ce qu'elle l'y autorise. Dès qu'il se met à l'ouvrage, elle resserre les cuisses et il se démène pour s'enfoncer plus profondément en elle puis, après seulement deux répétitions de je retiens, je relâche, n'y va pas, oui vas-y, il émet un bruit abominable, comme étouffé par son propre larynx.

Après son départ, elle projette machinalement les informations devant elle.

Elle tombe immédiatement sur un portrait familier.

Pendant un instant, il lui semble que cette image est la sienne. Elle connaît si bien ce visage.

Puis elle reprend ses esprits : C'est le visage de Fjölnir.

La photo est accolée à celle du siège de leur entreprise.

Licenciement inexpliqué.

Þórir a divulgué l'info.

Fjölnir a dû se mettre en colère. Et résister.

Elle essaie de l'appeler mais la ligne n'est pas attribuée. Elle lui laisse un holo.

Elle appelle Kári. Il dit que Fjölnir et Alli ont parlé à Þórir durant le week-end et ont joué cartes sur table. Alli comptait démissionner si Fjölnir était viré. Ils ont listé tous les clients qu'ils avaient amenés dans l'entreprise.

Des clients qu'ils emporteraient avec eux, s'il fallait en arriver là.

Þórir leur a annoncé avoir parlé aux dits clients et leur avoir expliqué la situation.

Les clients étaient au courant des changements internes de l'entreprise. Et de sa volonté d'être un jour saluée dans les livres d'histoire.

Elle boit smoothie sur smoothie, en faisant les cent pas.

Foutu Þórir.

Bordel.

De foutre.

De merde.

Voir tous ces idiots si prompts à suivre le mouvement.

Tout ce que les gens osent dire.

castrassion direct pour se genr de racaille faudrai pzs les laissés proliféré

D'anciens camarades de classes de Fjölnir disent qu'il a toujours été comme ça.

L'un de ses collègues actuels *qui préfère ne pas être nommé* affirme qu'il n'a pas changé.

Elle fouille le Net à la recherche de tous les moyens possibles de survivre à ce foutu test.

Médicaments.

Thérapies psychanalytiques.

Après avoir acheté une fonctionnalité qui rend les coups de fils intraçables et déforme la voix, elle téléphone au premier nom qui figure en tête de la liste de psychologues établie par Zoé à sa demande.

Elle prétend appeler pour sa sœur. Qui a échoué au test. Elle demande si celle-ci pourrait éviter la thérapie et se contenter d'un traitement médicamenteux.

Le psychologue dit que ce n'est pas recommandé.

Et d'ajouter que même si les médicaments peuvent être utiles, un travail sur soi n'en est pas moins nécessaire. Que sa sœur devrait être prête à fournir des efforts considérables si elle veut pouvoir vivre une vie normale et honnête.

« Une vie normale ? » répète-t-elle.

« Qui a dit qu'elle n'avait pas de vie normale ? »

« Ma sœur a sûrement eu une vie plus normale que tous les marqueux du pays réunis, vous compris. »

Le psychologue ne répond rien.

« Merci pour vos informations », dit-elle.

« Au revoir », dit-elle ensuite, avant de raccrocher.

Trois coups de fil et une heure plus tard, un jeune garçon arrive en bas de son gratte-ciel avec un flacon de vingt pilules.

De retour dans son appartement, elle scrute l'étiquette du flacon.

De l'oxym.

Son dîner livré, elle en avale un avec un verre de vin rouge.

Elle envoie un holo à Breki pour lui demander de la débloquer.

Puis elle se crée un nouveau profil.

Il a posté une nouvelle photo depuis le blocage.

Une photo de grossesse de l'autre chienne.

Qui arbore une expression mièvre sur son visage, l'air de dire : *Regardez comme je suis belle.*

Elle jette un œil à son profil tout en remplissant son verre.

Tout à coup, la cafétéria lumineuse du bâtiment où Breki et sa nouvelle compagne travaillent apparaît devant elle.

La chienne s'escrime sur la machine à café et Breki doit accéder à l'évier.

Il l'a touchée sans faire exprès.

Quelque chose s'est éveillé. Une sorte de tension.

Elle se sent bizarre.

Comme si… non, elle ne saurait dire.

Elle monte dans sa voiture sans savoir où elle se rend.

Passe devant le quartier de Viðey. Devant le port Sundahöfn.

Jusqu'à arriver sur son lieu de travail.

Elle se regarde dans le miroir de l'ascenseur et se met à sourire.

Puis elle éclate de rire.

Elle se sent si légère.

Tout est si simple !

Le bureau de Þórir est ouvert.

Elle passe la main le long de son bureau. Le long de ses meubles.

Étrange !

Elle se sent… comme si la surface de son épiderme s'était délestée de quelque chose.

En s'enlaçant, elle ressent un très, très profond bien-être.

Son regard se pose sur le cylindre doré qu'elle a jeté au visage de Þórir.

Le jour où il l'a virée. C'est ça.

Les stylos.

Þórir adore ses stylos. Il les achète sur Internet. Cent, deux cents stylos anciens de collection.

Elle en attrape un et le porte à ses lèvres.

Le hume.

Du fer et de l’encre.

Elle se promène dans les locaux.

Lorsqu’elle aperçoit le bureau de Kári au fond du couloir.

Tout y est soigneusement rangé. Un homme organisé, ce Kári.

Oups !

Elle fait tomber le stylo de Þórir sur le sol.

Oups ! Elle le pousse légèrement du pied.

Elle l’observe.

Le voilà qui roule sous la table.

Comme un ver par temps de pluie.

11.

« J'ai du mal à croire que tu n'aies toujours pas réglé ça, lui dit son père en regardant la voiture garée dans l'allée.

— Cela ne fait que deux semaines.

— Je te connais, tu serais capable de faire traîner ça jusqu'à Noël. »

Son père s'approche de la benne du pick-up et attrape un premier pneu qu'Óli fait rouler jusqu'à sa voiture.

« Quel genre de connard fait des choses comme ça, crever les pneus des gens ?

— Sûrement quelqu'un qui a des intérêts à défendre.

— Oui enfin, nous en avons tous, mais ce n'est pas une raison. »

Son père secoue la tête. Une fois tous les pneus transportés dans l'allée, il ouvre le coffre de la voiture pour en sortir un cric et une clé en croix. Óli patiente près de la roue arrière gauche. Son père le regarde et lui tend la croix.

« Je ne vais pas le faire à ta place. »

Óli commence à desserrer les écrous un par un. Son père l'observe, penché sur la voiture.

« Tu as vu les nouveaux chiffres ce matin ? demande-t-il. Le Oui est à cinquante-six pour cent. Ça fait quoi, six points de perdus en une semaine ?

— C'est un sondage commandité par MÂLARME, rétorque Óli en reposant la clé en croix. Il ne veut rien dire.

— Le commanditaire n'a aucune importance si l'échantillon est tiré au sort, dit son père. Ça ne passera jamais. Aucune chance. Pour le moment, les gens affirment qu'ils vont voter pour cette aberration, mais une fois dans l'isoloir, ils n'en auront pas le courage. C'est un choix bien trop radical. »

Óli passe à la roue suivante.

« Je veux dire, ajoute son père, avons-nous une preuve quelconque que ce soi-disant test fonctionne bel et bien ? Ces psychopathes ne sont-ils pas capables d'appuyer sur le bouton empathie quand bon leur chante ?

— Nous n'employons plus le terme psychopathe.

— Ah, ne recommence pas, s'il te plaît, s'énerve son père en grimaçant. Tant que ton petit club de psychologues là, n'aura pas aboli la liberté d'expression, je continuerai d'appeler les psychopathes, les sodomites et les asiles de fous par leur nom. »

Óli ne dit rien et commence à démonter les pneus de l'autre côté de la voiture. Son père n'a jamais traité qui que ce soit de sodomite de sa vie. Ce ne sont que des mots qu'il emploie pour choquer le tout-venant, un travers qu'il tient de son propre père, qui n'était jamais à court de saillies outrageantes.

« Quoi qu'il en soit, continue son père. L'un des plus grands spécialistes de Russie, un psychologue de renommée mondiale, a publié un article ce week-end, tu l'as vu ?

— Non.

— Il dit que le test est imparfait du fait qu'il ne mesure l'acuité qu'au travers du facteur émotionnel, sans prendre en compte le facteur intellectuel. D'après lui, il y aurait une énorme différence entre le fait d'éprouver de l'empathie pour une personne et celui de pouvoir se mettre dans sa peau.

— Ah oui, vraiment ?

— Oui, dit son père en observant Óli soulever la voiture à l'aide du cric. Et c'est précisément pour cette raison qu'on ne peut pas parler de *test d'acuité*, car elle ne peut exister sans l'un ou l'autre de ces facteurs.

— Intéressant. »

Son père secoue la tête en lui lançant un regard réprobateur. Óli finit de desserrer les écrous à l'aide de la clé en croix.

« Ce ne sont que des balivernes, Óli. Un simple jeu de pouvoir, rien de plus. Crois-moi sur parole, notre société n'a aucune chance d'en tirer un quelconque bénéfice. »

Alors qu'Óli se met à retirer le premier pneu, son père lui fait un geste de la main.

« Va faire les autres », dit-il en prenant sa place ; il retire le pneu crevé, installe le nouveau et resserre les écrous à main nue. Óli s'occupe du pneu suivant. Ils travaillent en silence.

« Bien », dit son père lorsqu'ils ont terminé. Óli redescend la voiture et resserre les écrous aussi fermement que possible.

« Je m'occupe de ça, ajoute son père en pointant les pneus du doigt.

— Ah bon ? Tu es sûr ?

— Oui, oui, c'est sur le chemin. »

La déchetterie se trouve en réalité dans la direction opposée. Son père s'empare de deux des pneus qu'il jette sur la benne du pick-up. Óli le suit avec les deux autres.

« Bon eh bien, je vais y aller, lui dit son père. Dagný est déjà à l'école ? Ou elle est encore là-haut ?

— Sólveig l'a emmenée tout à l'heure.

— Ah bon, je me disais que j'aurais peut-être pu l'emmener.

— Elle s'en serait certainement réjouie. »

Son père hoche la tête et monte dans le pick-up. Il ouvre sa fenêtre et fait marche arrière.

« Merci pour ton aide, papa. »

Son père le salue de la main, et s'en va.

En rentrant dans la maison, il trouve Sólveig en train de regarder une vidéo. Il ne prend pas la peine d'ôter son manteau. Himnar doit venir le chercher d'un moment à l'autre.

« Tu as vu ça ? »

Elle agrandit l'écran d'un geste des doigts. Il se rapproche d'elle et lui caresse le dos, la prend dans ses bras, puis l'embrasse sur la joue.

Au départ, il croit regarder une vidéo de l'API. L'arrière-plan, les couleurs et le décor sont les mêmes. Le jeune homme ne doit pas dépasser la vingtaine, ses joues sont couvertes de boutons. Sa bouche pendante ouverte de moitié lui donne un air idiot. Son islandais est épouvantable, mais il semble en être conscient et répète certains mots deux fois, parfois trois, comme si sa langue maternelle était une savonnette glissante qui lui filait constamment entre les mains. Le jeune homme commence à parler de son adolescence et de ses problèmes familiaux ; il raconte comment des experts ont voulu stimuler les compétences empathiques de son frère en lui donnant du trex au point de le rendre sérieusement accro au produit, une addiction dont le jeune homme souffre désormais lui aussi. Il explique que les conséquences du trex sont désastreuses. Que sa propre vue, par exemple, se serait dégradée.

La voix derrière la caméra demande au jeune homme comment il envisage son avenir. Quels sont ses plans.

Le jeune homme répond que les résidents de son immeuble ont fait circuler une pétition pour faire marquer la cage d'escalier, et que son logeur lui a demandé de quitter son appartement. Qu'il sera expulsé d'ici quelques semaines, et que c'est pour cette raison qu'il doit s'acheter son propre appartement, afin d'être en sécurité. S'il échoue au test, les banques refuseront de lui accorder un prêt, et personne n'acceptera de lui louer un appartement.

La vidéo se termine, et le téléphone sonne. C'est Salóme.

« C'est parti », dit Sólveig.

« On dirait qu'ils ont reproduit notre mur.

— Oui, mais pourquoi ?

— Pour que les gens pensent qu'il s'agit d'un garçon ayant suivi une thérapie. Et qu'ils constatent ensuite le résultat.

— Ils doivent vouloir cibler la population marquée.

— C'est plus que probable.

— Ils en ont sûrement d'autres.

— Que devrait-on faire ?

— N'y prêtons pas attention. Contentons-nous d'investir davantage d'argent dans la diffusion de nos propres témoignages. »

« Quand t'as économisé pendant *x* temps, dit un jeune homme dans une nouvelle vidéo de MÂLARME publiée mercredi, que personne ne t'ouvre ses portes, et que tu te rends enfin compte que personne ne va t'inviter à entrer, tu finis par chercher une fenêtre pour entrer par effraction. C'est comme ça que ça marche. »

« Petite, j'ai vécu un traumatisme, raconte une femme élégante autour de la cinquantaine. Les médecins disent que ça vient de là. Je suis une thérapie depuis deux ans, mais ça n'a pas le résultat escompté. L'Association des Psychologues refuse de m'accorder une dérogation. Ça a complètement ruiné ma vie. J'ai perdu mon travail et je suis tombée dans l'alcool. Mon mariage n'a pas supporté la pression et mon mari m'a quittée. Mon plus jeune enfant me demande régulièrement si je ne vais pas finir par aller en prison. »

« Ce sont là les témoignages de personnes ordinaires, dit Magnús Geirsson. Ces gens ne sont pas mauvais. Ce ne sont pas des citoyens de seconde zone. Ce sont des gens comme vous et moi qui méritent de prétendre aux mêmes opportunités et d'avoir accès aux mêmes infrastructures que les autres. »

Óli explique la situation à Sólveig. Il va devoir travailler tard durant les jours à venir.

« C'est toujours la même histoire, dit-elle.

— Encore un mois, et ce sera terminé », plaide-t-il.

Dagný hurle depuis les toilettes qu'elle a fini, et Sólveig le laisse en plan dans la cuisine.

Vendredi, un nouveau sondage est publié. Soixante pour cent de Oui.

« Vous croyez que c'est les vidéos ? demande Himnar.

— Cela ne veut rien dire, répond Salóme. Ce n'est qu'un sondage parmi tant d'autres. D'ici la semaine prochaine, on pourrait être remontés à soixante-cinq pour cent. »

Tous les modèles de prévision sont unanimes : les soutiens devraient s'amenuiser à l'approche du référendum. Le comité électoral espère qu'ils auront les soixante pour cent lors de la semaine du vote.

Assis à son bureau, Óli prépare le programme de la semaine prochaine, négocie les visites et les interviews. Derrière lui, Himnar sifflote une chansonnette, répétant la même mélodie encore, et encore, et encore.

« Tu peux arrêter de siffler ? demande Óli aussi calmement que possible.

— Pardon », dit Himnar.

Óli se lève et va se servir un verre d'eau gazeuse, avant de se frotter le visage pour en chasser la torpeur. Il n'avait jamais eu l'intention de faire de la politique. Il l'associait à son père. Il préférait s'enfuir plutôt que d'accepter de s'attabler dans la cuisine avec lui et ses camarades de parti, qui passaient la soirée à s'accorder sur le fait qu'ils n'avaient que des vauriens et des incapables pour adversaires. Il ne supportait pas de les entendre faire ses éloges. Qu'il était foutrement prometteur, ce garçon.

« Quand les femmes parlent mal de quelqu'un, lui a dit sa mère un jour, on appelle ça de la médisance. Mais quand les hommes le font, c'est de la politique. »

En voyant Óli s'investir dans les affaires politiques de son université, son père a commencé à s'enthousiasmer, alors même que le seul combat de son fils consistait à augmenter le nombre de recours psychologiques mis à la disposition des étudiants. Chaque soir, il le questionnait sur les élections à venir et l'encourageait comme le père d'un footballeur. Óli l'entendait dire à ses camarades que, si on y réfléchissait un instant, c'était clairement nécessaire ; les gamins étaient tellement anxieux de nos jours, eux qui portaient le poids du monde sur leurs maigres épaules.

Mais lorsqu'il était question de santé mentale, ils n'étaient pas aussi enthousiastes. S'ils pouvaient accepter l'existence d'un service de soutien psychologique, la marque – cette idée qu'il faudrait passer un test pour démontrer son excellence – ne représentait pour eux qu'une tendance éphémère. Ils s'en moquaient sans retenue, jusqu'au jour où la fameuse tendance a atterri au sein du Parlement, et ce n'est qu'à ce moment-là, bien trop tard, qu'ils ont appuyé sur la pédale de frein. Tout à coup, les diatribes de son père autour de la table de la cuisine se sont redirigées contre Óli. À cette époque, Óli ne lui répondait plus depuis longtemps déjà, et ne comprenait pas comment sa sœur pouvait supporter de se disputer avec lui soir après soir. On ne pouvait pas débattre avec son père ; quand il n'interrompait pas son interlocuteur, il se moquait de ses arguments. Malgré tout, Óli a peu à peu commencé à utiliser les opinions de son père pour renforcer les siennes. Il se taisait et l'écoutait, l'examinait et décortiquait ses arguments sous tous les angles, si bien que lorsqu'il se retrouvait confronté à ces mêmes arguments en d'autres occasions, il était prêt à y répondre, avec franchise et détermination.

L'intervieweur se présente mais Óli ne parvient pas à saisir son nom. Une petite caméra leur tourne autour et flotte doucement près d'eux, comme le troisième participant de la discussion.

« Que pensez-vous de ces nouvelles vidéos que MÂLARME a publiées la semaine dernière ? On peut dire qu'elles appellent à montrer davantage de compassion vis-à-vis de ceux que le test semble avoir véritablement bannis de la société. »

« Il est évident que ces personnes ont besoin d'aide, dit Óli. Et cette aide leur est disponible, à tout moment. Voilà pourquoi je n'aime pas parler de *bannissement*, mais plutôt d'*intégration*. Toutefois, l'erreur serait de prendre ces thérapies pour des solutions miracles capables de sauver le monde entier du jour au lendemain. Il leur faut du temps, des mois, voire des années. De mon point de vue, les individus que vous évoquez ne participent pas à la société. Ce sont souvent des gens solitaires, à l'image de soi brisée, qui ne disposent pas des outils adéquats pour travailler sur eux-mêmes. Nous ne voulons pas seulement renforcer notre système de santé publique, mais la société tout entière. Nous voulons soigner les faibles et leur offrir un futur sain.

— Et si ces gens-là ne veulent pas de votre aide ?

— Libre à eux de la refuser. Personne n'est forcé à faire quoi que ce soit. Mais il est important que cette aide soit à leur disposition malgré tout. Gratuite, sans engagement financier, et à tout moment. Cependant, j'estime qu'il est raisonnable de demander à ceux qui veulent prendre part à cet effort collectif qu'on appelle société de montrer qu'ils sont aptes à la tâche. La marque obligatoire permet non seulement de créer une société sûre, mais elle représente également un bénéfice financier pour l'État.

On peut d'ailleurs le constater dans notre pays ainsi que chez nos voisins. La délinquance coûte extrêmement cher à la société. Un seul individu brisé peut en corrompre dix autres dans un laps de temps relativement court. La violence a des répercussions directes sur le coût des services de santé et des pensions d'invalidité. Nous n'avons plus les moyens de continuer ainsi. »

Himnar le raccompagne chez lui. Ils sont fatigués tous les deux et gardent le silence. Óli se refait l'interview dans sa tête, se remémore chaque phrase. La façon dont il les a énoncées, s'il avait l'air arrogant. Il projette la vidéo devant lui, et Himnar y jette de rapides coups d'œil de temps en temps.

Non, il a été pondéré et courtois. Il arborait un sourire neutre et a même réussi à se montrer aussi humble que résolu.

Il ouvre ensuite les informations et tombe sur le visage de Magnús Geirsson.

« Qu'est-ce qu'il dit ? demande Himnar.

— Rien de nouveau, j'ai l'impression. Juste un truc à propos de *ces pauvres garçons*.

— Tu ne trouves pas ça poétique, que l'homme qui a popularisé *l'éthique des malheureux* se préoccupe autant d'eux aujourd'hui ? dit Himnar. Il y a un an encore, il répétait à qui voulait l'entendre que la société n'avait d'yeux que pour les pauvres bougres qui se plaignent de tout.

— Tu l'as dit.

— Il faudrait vraiment publier un dictionnaire conçu spécifiquement pour les hommes comme Magnús Geirsson, afin d'expliquer ce qu'ils veulent dire à chaque fois qu'ils prennent la parole. Que sentimentalité signifie en réalité intelligence émotionnelle, que geignement est un synonyme de critique, et que l'hystérie n'est qu'une autre manière de parler des conséquences. »

Óli sourit à son ami. Il baisse la tête et ferme les yeux.

Himnar se gare et Óli descend de la voiture.

« Est-ce que tu veux prendre le relai lundi ? demande Himnar.

— Oui, pas de problème, répond Óli. Je passe te prendre à neuf heures. »

Au moment où il referme la porte de la voiture, il aperçoit le jeune homme. Vêtu d'un pull à capuche, et dissimulé de moitié derrière un quatre-quatre en contrebas de la rue. Il a le bras en l'air, comme s'il était en train de prendre une photo ou une vidéo avec sa montre.

Himnar repart immédiatement. Óli fait comme si de rien n'était, et monte tranquillement les marches de sa maison avant de rentrer chez lui. Une fois à l'intérieur, il téléphone à la policière et lui décrit le jeune homme. Elle lui répond qu'une voiture va venir sur-le-champ. Il jette un coup d'œil aussi furtif que possible par la fenêtre. Lc jcune homme fait le pied de grue quelques secondes supplémentaires avant de s'en aller à grands pas, à l'affût, son sac à dos sur les épaules. Pendant un instant, Óli songe à se lancer à sa poursuite. Mais il se rappelle ses pneus. Le jeune homme pourrait avoir un couteau sur lui. Il fait les cent pas et se passe instinctivement les mains dans les cheveux, au point qu'elles finissent recouvertes de cire coiffante. Il va dans la salle de bains se les laver. Puis, il attend.

12.

Tristan demande à Zoé de trouver la maison sur la carte et de le guider, avant de lancer un morceau entraînant et de marcher en rythme avec la musique. À droite, dit Zoé par-dessus la musique lorsqu'il doit tourner à droite, À gauche, lorsqu'il doit tourner à gauche. Une fois arrivé à l'entrée du quartier, il commence par regarder autour de lui. Ici, on trouve des arbres immenses, des petits chemins qui serpentent entre les rues ; aucun risque de tomber sur une de ces rues ultra-fréquentées à la con où on vient sans arrêt gueuler à la fenêtre de ta chambre. Il s'agit d'un minuscule rez-de-chaussée en pente, ce qui veut dire qu'une partie de l'appartement est au sous-sol, sans fenêtre ni rien. Mais la partie qui n'est pas enterrée est carrément cool. Il y a un grand jardin, qui, d'après l'agent immobilier, se trouverait au sud ; une vue incroyable, grâce à l'inclinaison de la pente qui donne sur le toit de la maison voisine, en contrebas ; sans oublier un coin carrelé près de la porte du balcon, qui, toujours d'après l'agent immobilier, ferait office d'abri parfait.

Parmi les gens venus visiter l'appartement, certains arborent un air vicieux. Des mecs et des nanas que sa mère qualifierait de *malheureux*, persuadée de leur être supérieure bien qu'elle soit tout aussi fauchée et dans la merde jusqu'au cou. Quelqu'un demande à l'agent immobilier s'il serait possible de sous-enchérir un peu.

« Euh, répond l'agent immobilier. Actuellement, la demande pour ce genre de bien est conséquente. La plupart partent à prix d'or, en vingt-quatre heures seulement. »

Tristan observe l'agent immobilier. Il ressemble comme à s'y méprendre à un joueur de l'équipe nationale de football. Son parfait sosie.

« Oh, vraiment ? » reprend l'homme qui a posé la question. Il doit être latino ou un truc du genre, et porte une longue veste en cuir.

« Oui, comme tous les appartements qui profitent de leur propre entrée ou d'une cage d'escalier non marquée. Les gens protègent leurs arrières en prévision du référendum.

— Attendez, vous n'avez pas joué pour l'équipe nationale ? demande l'homme latino.

— Si », répond sèchement l'agent immobilier avant de lui tourner le dos.

Le lendemain, il téléphone à l'agent immobilier et lui annonce qu'il souhaiterait faire une offre d'achat sur l'appartement. L'agent immobilier lui répond

Excellent, et qu'il le rappellera plus tard, sans pour autant tenir sa promesse. Même s'il sait que ça n'a sûrement rien de personnel, Tristan ne peut s'empêcher de stresser comme pas possible au moment de lui téléphoner à nouveau, le surlendemain, si bien qu'il décide de faire un saut à la banque pour voir si on ne pourrait pas faire une offre d'achat à sa place ou un truc du genre. Lorsqu'il pénètre dans le vestibule, un hologramme anthropomorphique plutôt cool lui dit Bonjour Tristan, avant d'ajouter Comment puis-je vous assister aujourd'hui ? et il dit qu'il vient demander un prêt immobilier.

« Excellent », dit l'hologramme. Tristan essaie de déterminer s'il s'agit d'une femme ou d'un homme, mais c'est visiblement les deux. Il porte une courte barbe ainsi que de longs cils noirs. L'hologramme l'invite à s'asseoir dans un box et Tristan s'exécute.

« D'après notre registre, vous êtes célibataire, vous n'avez pas d'enfant, pas de voiture, pas de dettes, pas de possession particulière, et vous n'êtes pas marqué, Tristan. Est-ce exact ?

— Oui.

— Excellent. Avez-vous déjà trouvé le bien sur lequel vous souhaitez enchérir ?

— Oui, il est ici. » Il le projette entre eux.

« Excellent. Je vois que vos capitaux propres constituent près de 13,41 pour cent de la valeur de ce bien immobilier, mais si vous souhaitez contracter un crédit de plus de 80 pour cent, il vous faudra passer le test d'empathie chez nous.

— Hein ? La dernière fois, c'était 85 pour cent.

— Les nouvelles règles sont entrées en vigueur le premier février dernier. Nous n'exigeons pas de nos clients qu'ils se marquent auprès de la banque de données de l'API une fois le test passé. Seule la banque disposera de ces informations confidentielles.

— Mais je dois acheter un appartement avant ce putain de référendum !! »

L'hologramme reste silencieux.

« Ah ouais, et genre, le truc supplémentaire là ?? Le crédit supplémentaire ??

— Je regrette, mais cela n'est pas possible, Tristan. La règle n° 666/2042 sur l'hypothèque maximale des prêts immobiliers à l'intention des consommateurs établie par le Système de Supervision Financière stipule qu'un crédit individuel ne peut dépasser les 86 pour cent du prix de vente d'un bien immobilier quand l'emprunteur n'est pas marqué.

— Merde ! Mais je suis un être humain ! J'ai un taf à temps complet !

— Selon le Système de Supervision Financière, 72 pour cent des biens confisqués dans le cadre d'une liquidation judiciaire appartiennent à des individus non marqués.

— Mais il faut que j'achète un appartement ! dit-il, et déjà sa voix chevrote, ses mains tremblotent, et son corps également. Tu comprends ça ? Il faut que je sois propriétaire avant que cette putain de loi entre en vigueur. »

L'hologramme ne dit rien.

« Y aurait pas quelqu'un à qui je pourrais parler ? Une vraie personne ?

— Nos conseillers sont disponibles les lundis et mercredis. Je peux vous proposer de prendre rendez-vous et de revenir la semaine prochaine, si vous le souhaitez.

— Oui, prends rendez-vous alors.

— C'est entendu.

— J'ai besoin de combien d'argent en plus pour atteindre les vingt putains de pour cent de l'acompte ? »

L'hologramme lui répond. Tristan se lève, et s'en va. Il traverse la butte Arnarhóll tout en calculant le temps qu'il lui faudra pour économiser ces vingt pour cent. Au moins cinq putains de mois. S'il se serre la ceinture comme un crevard.

En passant devant le magasin de l'immeuble d'Eldór, le lecteur de reconnaissance faciale se met à mugir MIIP MIIP MIIP.

« J'essaie même pas de rentrer !! » dit-il avant de tirer la porte d'Eldór. Le couloir, couvert de moquette, est dépourvu de fenêtre et sent la fumée. Ils s'asseyent sur le balcon et fument la beuh qu'Eldór a toujours sur lui. Tristan lui raconte son passage à la banque.

« Non, prends-en plus », dit Eldór lorsque Tristan s'apprête à lui tendre le joint.

Puis ils se taisent, tandis que l'herbe leur monte à la tête.

« Imagine-toi, dit Eldór tout à coup. Cette pièce a servi de chambre d'hôtel pendant genre plusieurs dizaines d'années. Imagine combien de gens ont dormi ici. »

La voix d'Eldór se fait traînante. Tristan voudrait le regarder mais réalise que sa tête pèse bien trop lourd pour ça.

« Imagine combien de gens ont baisé dans ma piaule, entend-il dire Eldór. Tous ces gens morts qui ont baisé ici un jour. J'arrive pas à me rendre compte. Il doit y avoir une méga rivière de fantômes qui traverse ma chambre. »

Tristan est en train de couler à l'intérieur de lui-même. Comme si son corps était une gigantesque piscine et qu'il n'était lui-même qu'un corps minuscule, qui retiendrait sa respiration pour flotter à la surface mais sombrerait à la moindre expiration.

« … on pourrait parler à Viktor… », dit Eldór d'une voix lente et enrouée, comme s'il dormait. « … participer au prochain conteneur… si on pouvait rincer quelques maisons… tu pourrais peut-être réussir à économiser de quoi… je peux te prêter une voiture… si tu prends la voiture et que tu rinces… je pourrai pas participer… tu sais, à cause du sursis… » Il a la bouche ouverte et les yeux mi-clos. Il lève les poignets et regarde ses deux montres coup sur coup. « … dans trois mois… dans trois mois, je serai un homme libre… plus d'Empreinte… finie la paranoïa… »

Tristan s'apprête à tourner la tête pour lui répondre, mais celle-ci retombe bien trop vite sur ses épaules. Depuis quand est-elle si lourde ? Sa tête est vraiment putain de lourde. Il essaie de la relever, en s'appuyant contre le mur, mais n'y parvient pas. Il tente de la prendre entre ses mains, mais elles aussi sont devenues trop lourdes. Elles pendouillent le long de son corps, parcourues par un fourmillement extrêmement agréable. Extrêmement agréable. Il pense à Sunneva. Pourquoi fallait-il absolument qu'il ruine ses chances avec elle ? Elle qui était un rayon de lumière. En embrassant Sunneva et en s'endormant près d'elle, il avait embrassé la clarté en personne, et dormi sous ses feux pour la première fois. Elle aurait pu être sa petite amie. Il aurait pu la voir tous les jours, passer toutes ses nuits près d'elle, et ne plus être éternellement seul.

« ... oui..., entend-il Eldór poursuivre. ... cinq... maisons... parfait. »

Eldór discute avec Viktor, qui leur dit qu'ils peuvent participer au prochain conteneur et qu'Eldór devra leur fournir une grosse voiture ; Tristan demande s'il peut partir plus tôt demain après-midi, et Viktor accepte.

Le lendemain, Tristan s'en va travailler avec un sac rempli de vêtements élégants, qu'il enfile après la pause déjeuner. Il prend la S pour se rendre directement chez Eldór, et fait défiler les divers fils de discussion et de commentaires durant le trajet.

Il y a desormais enormement de preuves IRREFUTABLES que tous ceux qui passent le test MAIS CHOISISSENT DE NE PAS SE MARQUER sont QUAND MEME identifies pr l'etat, et doivent endurer toutes sortes de RESTRICTIONS et de DISCRIMINATIONS comme la baisse de leurs indemnites ou la diminution de leur opportunites professionnelles, tout ça parce qu'ils refusent de se marquer !! Voila comment le seul *et veritable POUVOIR TYRANNIQUE de la majorite PUNI <u>CRUELLEMENT</u> la minorite. Ils commencent par mettre en place des « TRAITEMENTS THERAPEUTIQUES », qu'ils appelleront ensuite « CAMPS DE FORMATION », et jusqu'ou ira t on ?? AUX CAMPS D'EXTERMINATION !! NON !! nous ne POUVONS pas permettre ce genred e choses !! Nous RESTERONS <u>TOUJOURS</u> les GARANTS des DROITS DE L'HOMME ! ALLEZ !!*

ce qu'ils font aussi c'est qu'ils t'arrêtent, te foutent en taule et te disent soit tu passes le test, soit on t'arrête pour de bon, du coup si ils t'aiment pas et que tu leur dis non ils t'inculpent pour une connerie qui ne fait aucun sens et là c'est leur parole contre la tienne, mon pote s'est fait avoir comme ça ils lui ont fait passer le test alors qu'il était complètement déchiré à l'OP et forcément il a échoué et du coup ils ont pu convaincre le juge de rallonger sa grde à vue et de gonfler son amende

putain de poulets

pff vous avez qu'à vous ramener en espagne :-) y a pas ce genre de merde ici, la bouffe et les loyers sont pas chers, faut juste rentrer au pays pendant les fortes chaleurs de l'été ;-)

Il demande à Zoé de jouer de la musique pour piano apaisante, et reste assis ainsi, les yeux fermés, pendant quelques instants, quand tout à coup, une publicité interrompt son morceau de piano, qui était tellement apaisant, il ouvre les yeux, prêt à voir la sale gueule des mecs de l'API, et sent tous les muscles de son corps se contracter, mais une fois les yeux ouverts, il ne voit ni Ólafur Tandri, ni Himnar Þór, mais lui-même. Son propre visage, beaucoup, beaucoup trop gros, et trop proche. Il n'aurait jamais pensé qu'on le filmerait d'aussi près. C'est vachement bizarre de se voir soi-même comme ça sur un écran. Il fait défiler la page et remarque que la vidéo a été commentée, abondamment même, pas moins de quatre-vingt-dix fois. Il demande à Zoé de lire les commentaires avant de fermer les yeux, et d'écouter. L'un d'eux lui souhaite bonne chance ; un autre dit qu'il mérite ce qui lui arrive ; un troisième, qu'il a manifestement l'air d'être un bon garçon ; un quatrième, enfin, se dit effrayé de voir comment la société traite ses jeunes hommes de nos jours. Il écoute commentaire après commentaire, et commence à avoir la gorge nouée, il sent les muscles de son visage se raidir et des putains de larmes lui monter aux yeux, ici même, sur la ligne S, au beau milieu de tous ces gens.

Il se lève et demande à Zoé de jouer un morceau plus énergique tout en sautant hors de la S pour aller chercher la fourgonnette qu'Eldór a garée dans le parking souterrain, qui n'est pas sous vidéosurveillance, ou en tout cas, les flics n'ont pas accès aux enregistrements.

Il se rend à Kópavogur, dans un quartier résidentiel aussi vieux que vilain, et se gare devant un bâtiment vert. Il scrute autour de lui à la recherche de l'autocollant arborant un grand M, mais ne trouve qu'une plaque en argent rouillée sur laquelle est gravé le nom d'une femme ayant grandi ici entre 1997 et 2015. Il projette un holo-masque, doté d'un filtre qui modifie son visage. L'interphone est également vétuste. Pas de reconnaissance faciale ou vocale, ni de lecteur d'empreinte digitale, rien. Il jette un coup d'œil aux boîtes aux lettres et décide de se présenter sous le nom d'Aron Hafliði, du deuxième étage, au cas où on le lui demanderait. Il est hyper alerte, nerveux et concentré, comme à chaque rinçage. Il essaie de reprendre le contrôle de son corps et de maîtriser les tremblements qui l'agitent, ferme les yeux un instant, puis se lance avec le dernier étage, en appuyant sur la sonnette 601. Personne ne répond. Bien. Il appuie sur la 602. Rien. Il presse toutes les sonnettes du cinquième étage. Enfin, quelqu'un répond au 403 ; il regarde droit dans la caméra tout en se présentant sous le nom d'Aron, et prend soin de mettre sa chemise élégante en évidence lorsqu'il explique s'être enfermé dehors par inadvertance, alors qu'il était sorti chercher un sac dans sa voiture. Il soulève le sac en plastique qu'il tient à la main.

La femme lui dit D'accord, pas de problème. La porte s'ouvre, et il entre. Il prend l'ascenseur jusqu'au sixième étage, où tout le monde est absent, et se regarde dans le miroir. L'holo-masque lui rapproche les yeux, lui abaisse la bouche et élargit sa mâchoire.

La montée le calme un petit peu. Il se sent toujours bien dans les ascenseurs. Ils ont quelque chose de réconfortant. Quand Rúrik et lui étaient petits, ils s'amusaient souvent dans l'ascenseur de leur vieil immeuble ; l'un d'eux montait et descendait les escaliers en courant pour essayer d'aller plus vite que la machine, en appuyant parfois sur les boutons de chaque étage pour tenter de ralentir l'autre. Lorsque ses soucis d'appartement le stressent à mort, il aime s'imaginer dans un ascenseur. Un ascenseur qui l'empêcherait d'aller toujours plus vite.

Le verrou est tellement vétuste qu'il ne lui faut pas plus d'une minute pour s'introduire dans l'appartement.

« Eh oh ? » dit-il.

Pas de réponse. Il referme la porte derrière lui et s'avance prudemment dans la pièce suivante. L'appartement est haut de plafond, avec un escalier ouvert en plein milieu du vestibule qui mène au premier étage. Il arrive dans le salon, où se trouvent dix guitares et plusieurs amplis, que des trucs giga putain de chers. Il commence toutefois par désactiver le système holographique avant d'aller dans le bureau, où il découvre des ordinateurs, une chaîne hi-fi, un drone et une imprimante dernier cri ; il entasse tout ce bazar dans le vestibule et se rend à l'étage, dans la chambre à coucher, repère les vêtements les plus coûteux ainsi qu'un bijou sur la commode et emporte le tout. Il a besoin de faire plusieurs allers-retours de l'appartement à l'ascenseur, puis de l'ascenseur au coffre de la fourgonnette ; il essaie de se détendre et de faire comme s'il était chez lui. Il referme le coffre et regarde autour de lui, en se demandant s'il ne devrait pas remonter chercher les guitares. Il y a quelque chose de mal à vouloir voler des instruments de musique, c'est tellement personnel. Mais un seul homme ne peut pas avoir besoin de dix putains de guitares, non ? Personne n'y gagnerait. Il reprend l'ascenseur et se dirige droit dans le salon, où il s'empare de trois guitares, celles qui semblent les plus luisantes et les moins utilisées, puis il referme la porte derrière lui et se taille pour de bon.

Il gare la fourgonnette dans un autre parking couvert, où il transfère sa cargaison dans un véhicule différent, qu'il conduit dans un troisième parking. Il y abandonne sa caisse encore chargée de tout son bric-à-brac. Eldór est censé venir la récupérer dans la soirée pour la conduire à la campagne.

Il prend la ligne H, puis la S, et en profite pour lire les nouveaux commentaires publiés sous la vidéo. *Donnez une chance à ce pauvre homme*, écrit un utilisateur. *Bonne chance Tristan*, écrit un autre. *Évidemment que ce garçon est à plaindre, mais n'importe qui peut voir qu'il a besoin d'aller consulter un psychologue*, écrit enfin une femme qui joint le lien d'un traitement à son commentaire.

Ces mots lui foutent le démon, alors il clique sur la photo de la femme. Elle ressemble à n'importe quelle autre pute empathique de merde, avec sa paire de lunettes rétro et les mèches grises dans ses cheveux. Il décide de la bloquer, même s'il ne la connaît pas.

Il descend à son arrêt tout en continuant d'écouter Zoé lire les commentaires. En arrivant au coin de la rue, il jette un coup d'œil spontané en contre-haut, en direction de la maison d'Ólafur Tandri. Sa voiture a de nouveaux pneus. Le voilà qui sort justement du côté passager d'une autre voiture, garée juste devant sa maison ; Tristan s'empresse de se cacher derrière un immense quatre-quatre et lève instinctivement le bras, déclenche la caméra de sa montre, zoome sur Ólafur Tandri et le filme en train de rentrer chez lui.

Tristan attend quelques instants avant de redescendre le long de la rue, et réfléchit à ce qu'il devrait écrire en complément de la vidéo lorsqu'il l'enverra tout à l'heure. La dernière fois, il avait écrit des trucs tellement violents que lui-même en avait eu la nausée, comme quand il avait parlé de leur arracher les yeux. Cette fois encore, il dira *nous*, pour donner l'impression qu'ils sont une palanquée à le suivre, et espère qu'Ólafur Tandri se réveillera le lendemain matin avec un putain de mal de ventre, qu'il ne se sentira plus sécure.

Il est pratiquement arrivé chez lui, lorsqu'une voiture de police remonte la rue dans sa direction. Il baisse inconsciemment les yeux et s'efforce de marcher lentement, d'avoir l'air normal. Il entend ensuite résonner les sirènes, qui ne sonnent qu'une fois, au mépris de leur habituelle rengaine tonitruante, comme pour lui faire comprendre qu'elles sont venues spécialement pour lui, et il se fige alors sur place. Plusieurs pensées lui traversent l'esprit en même temps : Ils l'ont suivi depuis Kópavogur. Il va aller en prison. Il ne réussira pas à s'acheter un appartement. Il ne se mettre pas en couple avec Sunneva. Il ne sera jamais normal.

La voiture de police s'arrête devant lui. À l'instant même où les portes s'ouvrent, il ressent le besoin violent de s'enfuir en courant, de tout plaquer, peut-être ne connaissent-ils pas son visage, seulement sa silhouette. Mais les policiers ont fermé les portes de la voiture et le regardent droit dans les yeux tandis qu'il se tient là, sur le trottoir, et quand ils se mettent à parler, il n'entend rien, et quand l'un d'eux lui prend le bras et l'emmène vers la voiture, ses pieds obéissent et marchent en direction du véhicule, et non dans la direction opposée, au loin, ou chez lui.

13.

Enfin le jour se lève, le jour où sa classe doit passer le test. Vetur préfère rester allongée sur son lit jusqu'à la dernière seconde, inerte, plutôt que de bien manger ou de prendre une douche comme elle l'avait prévu, et traîne, traîne, jusqu'à ce qu'elle n'ait plus d'autre choix que de se lever. Elle marche aussi vite que possible sans courir pour autant ; le ciel est blanc de nuages, l'air humide, les rues sont trempées et saturées de voitures en route pour le travail.

Un flot continu de personnes entre et sort par la porte ; quelques mètres plus loin, des voitures descendent lentement dans un parking souterrain creusé sous le quartier tandis que d'autres en sortent dans le sens opposé. Soudain, son subconscient remarque un détail qui rapetisse son cœur de moitié ; elle se retourne si vite qu'elle ressent une douleur au cou, puis son sang couler le long de la veine de son épaule jusqu'au point douloureux ; son regard se pose sur une voiture, une voiture noire qu'elle connaît bien, qui roule en direction du quartier sur la voie du milieu ;

quelques mètres seulement, vingt, peut-être trente, séparent l'entrée piétonne de l'entrée des voitures.

C'est lui. Il fixe la voiture qui le précède, sereinement assis au volant de sa Mercedes. Puis, comme s'il avait pressenti qu'on l'observait, il tourne la tête ; son regard se pose alors sur elle, deux yeux bruns indifférents, distants. La gravité redouble de puissance, et Vetur se sent tirée vers le bas ; un fourmillement lui parcourt les bras et descend jusque dans ses cuisses, puis remonte dans ses joues et sa mâchoire ; le visage apathique de Daníel se décompose sous le choc, tandis qu'elle détourne le regard, bien trop vite, comme si elle n'avait rien vu ; voilà qu'elle s'approche de la porte, qu'elle la traverse, elle est passée de l'autre côté, mais elle ne se sent pas soulagée comme à l'accoutumée ; en relevant les yeux, elle aperçoit son coffre disparaître dans le parking souterrain ; lui aussi est passé de l'autre côté, ce qui signifie que ce quartier n'est plus sûr. Elle n'est plus en sécurité.

Mais il a échoué, il a forcément échoué. Il n'est pas revenu à l'école après le test, il a démissionné pour cause de maladie sérieuse, ce qui revenait à dire qu'il avait échoué, tout le monde le savait, mystère et ambiguïté sont synonymes de défaillance, et cette maladie sérieuse était aussi mystérieuse qu'ambiguë. Elle continue son chemin à toute vitesse, en doublant tous les piétons qu'elle croise sur le trottoir ; ses cheveux étaient coupés court, il était seul en voiture et portait une veste élégante ; il doit travailler dans le coin, il est forcément en route pour son travail, pour quelle autre raison viendrait-il ici un matin, à neuf heures moins le quart ?

Enfin, la voilà arrivée à l'école ; elle s'arrête devant une salle de classe, ouvre son écran holographique, clique sur le premier journal venu et fait défiler les articles sans en comprendre les titres ; puis elle reprend ses esprits, ouvre sa boîte mail à la recherche d'un soutien quelconque, ouvre un holo de la principale sans rien comprendre à son contenu, quand soudain, il est neuf heures, et la sonnerie signale le début des cours. Húnbogi la surprend, immobile au milieu d'un torrent d'élèves ; elle n'a pas retiré son manteau et semble mal à l'aise, distraite ; il lui dit quelque chose.

Elle demande à Zoé d'afficher l'emploi du temps de sa classe. Ils ont cours à l'étage du dessous ; elle descend, respire profondément, retire son manteau et le plie sur son bras, pousse la mèche de ses cheveux hors de sa vue, entrouvre la porte de sa salle et fait signe au garçon assis le plus près de l'entrée de l'accompagner ; il lance un regard à son voisin de table, avec un sourire inquiet, avant de la suivre. Vetur toque à la porte de la petite salle et souhaite le bonjour à l'équipe du test. On les accueille chaleureusement et on invite gentiment le jeune garçon à s'asseoir sur une chaise placée en plein milieu de la pièce. Un épais casque de verre repose sur le siège.

« Cela prendra environ quinze minutes », dit l'un des psychologues avant de fermer la porte ; Vetur s'assied sur un banc en face de la salle et demande à Zoé de chercher Daníel dans le Registre ; une seconde plus tard, elle se retrouve à scruter une phrase qu'elle ne parvient ni à déchiffrer, ni à comprendre. Elle demande ce qui est écrit.

« Daníel Arason, admis », dit Zoé.

Elle s'effondre, la tête entre les mains, et essaie de mesurer les implications de cette information ; elle se concentre sur sa respiration et ferme les yeux, tandis que la Mercedes noire se dresse devant elle, Daníel à son bord ; il débarrasse le siège passager avant qu'elle monte dans la voiture, et l'embrasse.

Elle savait qu'il ne serait jamais son terminus, à l'instar de la femme superbe ou du grand joueur de basse qui l'avait précédée. Mais à mesure que les jours passaient, elle continuait de le laisser espérer. Elle se nourrissait de lui comme un parasite, comme une puce d'un chien, il lui disait qu'elle était la plus belle fille qu'il avait jamais vue, et lorsqu'elle se regardait dans le miroir, elle y voyait cette fille magnifique, elle se voyait à travers ses yeux. Et chaque fois qu'il s'ouvrait à elle était une victoire, celle d'avoir réussi à apprivoiser sa timidité, à apercevoir quelque chose qu'il ne montrait qu'à de rares privilégiés. Aussi l'arrosait-elle comme une fleur, en lui accordant toujours plus d'attention de manière à le découvrir toujours plus en profondeur.

Petit à petit, il s'est mis à lui dire toutes sortes de choses dans l'obscurité, après avoir fait l'amour. Qu'il n'en croyait pas ses yeux. Qu'il avait abandonné tout espoir de trouver quelqu'un. Qu'il était en train de découvrir la vie.

Elle a la nausée. Depuis combien de temps se balade-t-il ainsi dans le quartier et la croise-t-il en voiture ? Et par quel miracle ? Il ne peut pas s'approcher d'aussi près, la police recevrait une notification immédiate s'il se trouvait à moins de deux cents mètres d'elle. Mais il était pourtant si proche… serait-ce lui qui a essayé d'ouvrir sa porte ? Elle sent ses extrémités perdre en vigueur. Elle réussit péniblement à envoyer un holo à sa psychologue pour lui demander de l'appeler aussi vite que possible. Elle en envoie un à ses amies, en bafouillant, puis un autre à ses parents, et un dernier à l'avocate de la partie civile qui a émis l'injonction d'éloignement, en lui demandant à elle aussi de l'appeler dès que possible.

Quelques minutes plus tard, elle descend dans la salle de sciences naturelles chercher le garçon suivant. La porte de la salle du test s'ouvre ; un garçon en sort, puis un autre le remplace.

À une époque, elle l'observait en songeant : Pourquoi pas ? Il avait de très beaux yeux bruns, et des mains aux veines saillantes qu'elle imaginait aisément soutenir un enfant. Rien ne l'empêchait de le retrouver le vendredi après les cours pour prendre un verre, manger un morceau, et le ramener chez elle à la fin de la soirée. Rien ne l'empêchait non plus de l'inviter à déjeuner le lendemain, de faire un saut à la piscine puis de le garder près d'elle quelques heures supplémentaires, avant de commander une pizza et de finir la soirée chez elle, devant une série, pour finalement passer la nuit ensemble comme n'importe quel autre couple.

Mais lorsque ses amies l'ont encouragée à le leur présenter autour d'un dîner, elle a hésité. Lorsque ses parents lui ont demandé si elle avait quelqu'un en vue, également. Et lorsqu'il lui a proposé à son tour d'aller passer le week-end dans son village natal, elle s'est dérobée. Probablement parce qu'elle sentait que quelque chose n'allait pas. Il émanait parfois de lui une forme de laideur, de sévérité, et il pouvait se mettre sur la défensive à la moindre contrariété, toutes griffes dehors ; elle a rapidement compris qu'il ne supportait pas le conflit et qu'en cas de désaccord, mieux valait éviter de le contredire, et changer de sujet. Il commençait à parler de plus en plus mal de leurs collègues. Il disait ne pas comprendre comment certains d'entre eux pouvaient être diplômés, qu'il haïssait l'idée même de les voir proliférer, que lorsque le principal adjoint Ýmir Nóri ouvrait la bouche, il sentait chaque cellule de son corps se suicider, pourrir même, à l'intérieur de lui, et qu'il n'avait jamais autant eu l'impression de perdre son temps que les fois où il déjeunait avec leurs collègues et qu'il écoutait leurs conversations insignifiantes de petits bourgeois.

Une collègue dont elle a oublié le nom, et qui passait là avec une tasse de café et un trousseau de clés tintillant, ralentit à sa hauteur et lui demande si tout va bien.

« Oui, oui, dit Vetur en levant les yeux. C'est mon sang. Je veux dire, mes règles, j'ai mes règles.

— Aïe », dit sa collègue en grimaçant par compassion.

Elle accompagne les enfants jusqu'à la salle du test en se traînant dans l'escalier ; certains sont silencieux, d'autres plus bruyants. Avant de prendre sa pause-café, Vetur les autorise à appeler leurs parents ; elle s'efforce ensuite de recouvrer ses esprits en se mêlant aux conversations de la cafétéria, et même si elle a besoin qu'on lui répète certaines questions, elle y répond du mieux qu'elle peut.

Il ne l'exhortait jamais à lui accorder davantage d'attention, ne mentionnait jamais non plus le fait qu'ils ne se voyaient pas en semaine, et sentait également qu'il devait garder une certaine distance avec elle à l'école. S'il était déçu ou blessé, il ne le montrait pas.

Au début, elle appréciait l'attitude méprisante de Daníel, qui semblait, du reste, en être conscient, tant il se prenait au sérieux. On l'avait vraisemblablement toujours traité comme un laissé-pour-compte, un paria, peut-être avait-il même été victime de harcèlement scolaire, mais surtout, il n'avait jamais été populaire, si bien que Vetur comprenait qu'il justifie son attitude ainsi ; qu'il vive selon ses propres termes, sans intérêt particulier, et qu'il se satisfasse amplement de ses deux meilleurs amis, de sa connexion Internet, de ses jeux vidéo, de ses séries et de sa musique. Ses doutes se sont progressivement dissipés à mesure que Daníel se censurait de moins en moins : il avait très probablement été victime de harcèlement scolaire ou, tout au moins, avait été socialement isolé. Il lui a parlé de ce collègue, à l'école, qui avait tenu la porte à deux autres personnes, mais pas à lui. Du proviseur adjoint, qui lui avait fait une remarque sur ses congés maladie à répétition. Et du conseiller pédagogique, qui lui avait demandé d'incorporer un point spécifique à ses cours, comme s'il ne l'avait pas déjà fait depuis longtemps, et qu'il n'était pas apte à exercer son métier.

Elle l'écoutait prendre les choses les plus absurdes pour des attaques ou des moqueries, et constatait comment il percevait de l'animosité et de la malveillance jusque dans ses relations les plus inoffensives. Elle a commencé à pouvoir discerner sur son visage s'il s'était fermé à quelqu'un ou non, s'il s'était senti insulté, à remarquer quand ses yeux perdaient leur éclat, ou quand il se limitait à des réponses monocordes et monosyllabiques. Lorsqu'on lui parlait avec condescendance, il ne répliquait jamais et se contentait d'un simple D'accord, avant de s'éloigner en bouillonnant de haine et de mépris, jusqu'à ce que le vendredi suivant, il demande à Vetur si elle avait entendu machin dire Ceci et truc dire Cela.

Elle essayait de rester patiente, de jouer les médiatrices à sens unique. Elle prenait prudemment la défense de ses collègues, expliquait qu'ils n'avaient probablement rien voulu dire de mal, que Daníel ne devrait pas faire toute une histoire de si peu de chose. Jusqu'au jour où ses jérémiades ont eu raison de sa patience ; elle ne daignait même plus lui répondre, changeait brusquement de sujet ou l'interrompait, dans l'espoir qu'il comprenne, indirectement, que ce comportement devait cesser. L'inévitable s'est finalement produit, un vendredi soir, lorsqu'il s'est assis à la table de la cuisine et a dit Devine ce qu'Ýmir Nóri a sorti aujourd'hui ; Vetur a reposé son couteau sur la planche à découper, en soupirant, et lui a demandé Qu'est-ce qu'il a encore dit, Daníel ? Ses mots se sont coincés dans sa gorge, son corps s'est raidi, puis, d'une froideur aussi experte que cordiale, il a répondu Rien du tout.

Après la récréation, les enfants ont cours de mathématiques. Vetur entrouvre la porte et croise le regard de Tildra. Elle lui fait signe de la suivre.

« Est-ce que Naómí peut venir ? » demande Tildra.

Vetur hésite et regarde Naómí. « Oui, oui », répond-elle.

Les deux fillettes se lèvent. Naómí prend sa pomme avec elle.

« Je suis tellement stressée », lance Tildra, la tête rentrée dans les épaules.

Naómí ne dit rien.

« Tout va bien se passer, dit Vetur.

— C'est tellement injuste pour nous qui habitons ici de devoir passer cet examen, dit Tildra. Si on échoue, on devra peut-être déménager. Ceux qui n'habitent pas dans un quartier marqué n'ont pas à y penser. »

Vetur ne répond rien. Elles arrivent devant la salle d'examen. Tildra entre tandis que l'enfant précédent retourne en cours en trottinant dans ses socquettes. Vetur et Naómí s'asseyent sur des chaises mises à leur disposition à l'extérieur de la salle. Naómí demeure impassible, les yeux rivés sur la pomme qu'elle tient dans ses mains, et trace des lignes en forme de demilune le long de la pelure verte avec les ongles de ses pouces. Plusieurs minutes s'écoulent dans le silence.

« Vetur, dit subitement Naómí, sans lever les yeux. Je ne veux pas passer le test. J'abandonne. »

Vetur l'observe.

« Je crains que cela ne soit pas possible, dit Vetur aussi gentiment que possible.

— Mais j'ai tellement peur, dit Naómí, la voix cassée et les yeux remplis de larmes. Je ne veux pas y aller. Je ne peux pas. »

Vetur pose la main sur son épaule et Naómí éclate en sanglots.

« Nous devons tous passer par là. C'est la règle dans ce quartier. Tout va bien se passer. Je te le promets.

— C'est tellement injuste, proteste Naómí.

— Tu n'as pas à t'inquiéter, la rassure Vetur. Dans le pire des cas, tu n'auras qu'à suivre quelques séances de psychothérapie supplémentaires. »

Naómí cesse peu à peu de pleurer et se met à renifler tout en séchant ses larmes à l'aide de son pull. La porte du test s'ouvre. En apercevant Naómí, Tildra la prend dans ses bras et lui dit que tout va bien se passer. Cette embrassade déclenche de nouveaux sanglots, et lorsqu'elles se désenlacent, Naómí se redresse, lève les yeux au ciel, souffle un bon coup et essuie ses larmes de la même main qui lui sert à tenir sa pomme, avant de disparaître derrière la porte entrebâillée.

14.

Kári lui téléphone après le week-end.

Il dit avoir trouvé un stylo à plume dans son bureau.

Le stylo de Þórir. Sous son bureau.

« Hein ? » dit-elle.

« Pour de vrai ? » dit-elle ensuite.

« Se pourrait-il que… Þórir t'espionne ? »

Kári raconte avoir entendu une rumeur l'autre jour. Þórir se serait approprié le mérite de ses négociations. Avec la centrale japonaise.

Ce qui est extrêmement désagréable.

« Mon Dieu. Je veux bien le croire », dit-elle.

« Qu'est-ce que tu comptes faire ? »

Kári dit qu'il n'en sait rien. Il va y réfléchir.

Chaque jour, de nouvelles informations sur Fjölnir émergent à mesure que son historique commercial est retracé.

Une vieille liquidation judiciaire.

Une *très* vieille histoire de quota qui s'était avéré illégal.

Elle aussi reçoit des appels téléphoniques de journalistes lui demandant de leur parler de sa collaboration avec Fjölnir.

Au cas où elle aurait remarqué quelque chose de louche.

Les pilules lui donnent l'impression d'avoir bu deux verres de vin rouge.

D'être dans un monde… merveilleux. Comme si elle flottait.

Elle demande à Gylfi de venir pour faire des choses différentes de ce dont ils ont l'habitude.

Elle lui demande de s'allonger sur elle et de la toucher de partout.

Mais parfois, les pilules la rendent invivable.

Elle se met à pleurer pour des raisons futiles. Quand elle pense à son père. Ou quand elle pense à sa mère.

Quand elle pense à Breki.

Alors elle cesse de prendre les pilules pendant deux, trois jours.

Fjölnir la rappelle enfin.

Il dit que c'est exactement ce que Þórir espérait. Dès qu'il a vu qu'Alli était au courant du résultat du test, il a compris qu'il pouvait le divulguer aux médias, puisqu'il n'était plus le seul à savoir. Il était aux anges lorsqu'ils étaient venus le voir. C'était gros comme une maison.

« Mon Dieu », dit-elle.

« C'est scandaleux », dit-elle encore.

Oui, dit Fjölnir. En effet.

« Je ne suis pas sûre de vouloir continuer à travailler pour cet homme », reprend-elle.

« Il est peut-être temps de regarder autour de nous », dit-elle ensuite.

« De chercher quelque chose d'autre. »

Fjölnir dit que ça serait trop suspect de s'en aller maintenant. Qu'elle devrait attendre un an minimum. À moins qu'elle ne rejoigne une entreprise marquée.

« Oui, tu as sûrement raison », répond-elle.

« Je vais peut-être tenir le coup un an de plus », dit-elle encore.

« Même si je déteste ça. »

Elle prend une décision.

Après avoir consulté Gylfi, elle organise une téléconférence avec les producteurs du moteur filtrant.

Elle leur dit que l'entreprise a eu un léger souci.

Un problème d'éthique.

Elle est sur le point de changer d'entreprise et son nouvel employeur, qui souhaiterait lui aussi investir, peut leur offrir davantage que ce qu'ils avaient convenu.

Les jeunes propriétaires d'EcoZea, un homme et une femme, sont à la fois prudents et intéressés.

Elle leur fait une offre.

Ils disent qu'ils doivent l'examiner à nouveau et qu'ils lui transmettront leur décision d'ici la semaine prochaine.

Au matin, elle prend deux comprimés au lieu d'un.

En traversant le parking de la maison blanche, elle est prise de vertige.

À l'accueil, une intelligence artificielle l'invite à s'asseoir dans la salle d'attente.

À l'intérieur se trouve une autre femme de son âge, vêtue d'un pardessus à chevrons.

La salle d'attente est charmante. Peinte dans des tons à la mode.

Des canapés en cuir moelleux. Un superbe plafonnier au-dessus de la table basse.

Elle s'installe : un sentiment d'ivresse familier lui traverse le corps.

Elle touche le coussin vide à côté d'elle.

Lumière. Il y a trop de lumière.

Elle fouille son sac à la recherche de ses lunettes de soleil mais ne les trouve pas.

La femme au manteau à chevrons fixe le sol.

Il y a quelque chose dans son expression de… terriblement triste.

« Je suis désolée », s'entend-elle dire.

Lorsqu'elle réalise que ces mots s'adressaient à elle, la femme lève les yeux et les pose sur Eyja.

« Désolée de ? » demande-t-elle d'une voix claire et transparente qui trahit ses émotions. Eyja y perçoit de la fausse courtoisie, de la méfiance et de la gêne.

« Je ne sais pas. Mais je suis vraiment désolée, qu'importe la raison. »

Une jeune femme surgit d'une pièce voisine.

« Eyja ? »

Elle se lève, la tête légère. Elle s'approche lentement de la jeune fille.

« Est-ce la première fois que vous venez chez nous, Eyja ? »

Eyja observe la jeune fille, ses grands yeux bleus, sa dentition protubérante, sa langue rêche.

« Excusez-moi… Qu'est-ce que vous avez dit ? demande Eyja.

— Est-ce la première fois que vous venez chez nous ? » répète la jeune fille.

Eyja regarde ses lèvres remuer. C'est comme si elle avait… un accès direct à la voix de la jeune fille… comme si on avait branché une prise électrique.

« Tout va bien ? demande la jeune femme en lui prenant l'épaule comme si elle pensait qu'elle allait tomber.

— Oui…, répond-elle. Je suis juste un peu… sensible aujourd'hui. »

Elle se frotte les yeux. Elle doit se concentrer.

« Prenez tout le temps nécessaire. C'est normal d'être anxieuse. »

Eyja la regarde. Les mots de la femme résonnent en elle. Elle sent quelque chose lâcher, et de là s'écoule une sensation qui se propage et s'amplifie. Elle ne parvient pas à l'identifier. Une pensée lui vient, comme soufflée de l'extérieur : *Plusieurs maisons font une ville.*

« Vous pouvez vous asseoir ici, Eyja. Dès que vous serez prête.

— Merci. Merci beaucoup », dit-elle en s'asseyant sur une grosse chaise en cuir tandis que la jeune fille retire les montres de ses poignets pour y attacher des sangles en plastique. Elle se retrouve ensuite avec un casque sur la tête.

« Nous allons vous montrer quelques vidéos. Vous n'aurez rien à faire d'autre que regarder et écouter.

Voici un bouton à presser si vous aviez besoin d'arrêter ou de prendre une pause. »

La jeune fille s'en va et, après quelques instants, le visage d'un homme d'âge moyen apparaît à l'intérieur du casque. Eyja peut discerner les moindres détails de son visage : les points noirs sur son nez, l'éclat de sa peau fraîchement rasée, son menton boursoufflé. Ses paupières tombantes sous ses sourcils.

Une autre pensée lui vient : *Contexte.*

L'homme la regarde droit dans les yeux, l'air inexpressif. Puis, progressivement, son regard semble plus affligé et sa bouche plus malheureuse. Il se met à cligner plus rapidement des yeux avant de les détourner de la caméra. Il grimace et éclate en sanglots. Il enfouit son visage dans ses mains et pleure.

Eyja essaie d'imiter ses mimiques. Deux larmes coulent de ses yeux. Elles trottinent le long de ses joues.

Deux larmes. C'est plus que la dernière fois.

Puis l'homme est coupé du montage et une femme de peut-être vingt ans apparaît à sa place.

Elle répète la même comédie. Regarde la caméra jusqu'à se mettre à pleurer.

Coupe. Une femme noire de quarante ans, qui pleure.

Coupe. Un homme asiatique de quatre-vingts ans, qui pleure.

Coupe. Une femme portant la burqa, qui pleure.

Chaque vidéo dure environ une minute. Un petit garçon d'environ sept ans apparaît ensuite. Il regarde l'objectif et se met à sourire. Il sourit de plus en plus jusqu'à coasser d'un rire strident. Il penche la tête en arrière et rit à gorge déployée, au point de donner un aperçu direct sur sa luette. Et sur les ailes de son nez, qui battent.

Coupe. Le premier homme, qui rit.

Coupe. La femme de vingt ans, qui rit.

Coupe. L'homme asiatique, qui rit. Ses épaules tremblent de joie.

Coupe. Une femme blonde entre trente et quarante ans, qui regarde la caméra et parle de ses fausses couches à répétition, puis d'un enfant qu'elle a perdu à la naissance.

Coupe. Une femme noire, qui raconte comment on a diagnostiqué par erreur sa fille de douze ans avec la grippe alors qu'elle souffrait d'une forme rare de leucémie. Elle en est morte sept mois plus tard.

Coupe. Un jeune homme aux cheveux bruns venant du Moyen-Orient, qui décrit sa fuite avec sa mère à travers l'océan, après avoir assisté au meurtre de son père par balle devant leur maison. Il parle du chavirement de leur bateau et de la recherche du corps de sa petite sœur de quatorze ans sur la plage plusieurs semaines durant.

Elle *doit* pleurer.

Elle *doit* avoir pitié d'eux.

C'est difficile.

Après quelques témoignages supplémentaires, la jeune fille revient et défait ses liens. Elle lui dit qu'elle peut espérer recevoir les résultats dès le lendemain.

Elle rentre chez elle dormir et ne se réveille que dix-sept heures plus tard.

Elle peut à peine bouger.

Elle se sert de la fonctionnalité qui déforme sa voix et rend ses coups de fil intraçables pour appeler la permanence médicale.

Elle dit au médecin qu'elle a pris deux comprimés d'oxym la veille.

Le médecin lui répond sobrement qu'elle peut s'estimer chanceuse de ne pas être tombée dans le coma ni d'avoir fait de crise de psychose. Il lui demande si sa consommation est quotidienne.

« Consommation ? » répète-t-elle.

« J'ai commencé à en prendre tout récemment », dit-elle.

« N'est-ce pas censé accroître l'empathie ? »

Le médecin dit que la dose recommandée est d'un comprimé par semaine en plus d'une psychothérapie intensive. S'il est vrai que l'oxym permet d'augmenter le taux d'hormones de l'affection, on l'utilise principalement pour forcer les messages nerveux à emprunter de nouveaux chemins jusqu'au cerveau, et ainsi détruire les barrières qui leur en empêchaient l'accès.

Le service de livraison à domicile a déposé trois smoothies devant sa porte.

Elle s'assied sur le canapé avec un smoothie et demande à Zoé de bien vouloir ouvrir son dossier médical :

Transmission sentimentale, joie :
Réaction ordinaire.

Transmission sentimentale, affection :
Réaction ordinaire.

Transmission sentimentale, douleur :
Ne démontre pas de réaction minimale.

Douleur d'un individu du même sexe :
Ne démontre pas de réaction minimale.

Douleur d'un individu du sexe opposé :
Ne démontre pas de réaction minimale.

Douleur d'un individu de même ethnie :
Ne démontre pas de réaction minimale.

Douleur d'un individu d'ethnie différente :
Ne démontre pas de réaction minimale.

Résultat : Inférieur au seuil de référence minimal.

Sa mère lui répond et elle lui raconte tout.

Que Þórir cherche à se débarrasser d'elle et que Breki l'a bloquée.

Qu'elle a pris des médicaments et échoué au test encore une fois.

« Je me sens tellement usée, dit Eyja. Qu'est-ce que je devrais faire ? »

Sa mère n'est pas bavarde.

Enfin, celle-ci lui dit qu'elle devrait peut-être considérer ça comme une opportunité. Qu'elle devrait suivre ces fameuses séances de psychothérapie. Elle n'a rien à y perdre.

« Je n'ai absolument pas besoin de *suivre* une thérapie, *moi*. S'il y a quelqu'un dans cette famille qui devrait voir un psy, c'est bien toi. »

Sa mère se tait. Bien, dit-elle enfin, il est temps qu'elle aille préparer le repas de son père.

15.

Lorsque la police lui envoie la photo du jeune homme aux oreilles tombantes, Óli ne reconnaît pas son visage. C'est Sólveig qui, en scrutant l'image, demande s'il ne s'agirait pas du garçon de la première vidéo, celui qui avait un frère en prison et qui économisait pour s'acheter un appartement. Il réalise qu'elle a raison et se met à exulter. Il a déjà composé le numéro de Himnar lorsque Sólveig lui prend délicatement le bras, et lui demande d'y réfléchir un peu.

« Réfléchir à quoi ?

— N'en parle pas aux médias.

— Pourquoi pas ?

— Tu n'as pas vu la vidéo ? Tu n'as pas entendu à quoi ressemblait sa vie ? Évidemment qu'il est en colère.

— Sólveig, dit-il prudemment. Ce garçon nous envoie des menaces de mort depuis plusieurs semaines. Il nous a espionnés. Il nous a pris en photo. » Il désigne la fenêtre pour appuyer son propos. « Et pendant ce temps, il gagne des points de compassion auprès de la population. Oui, il mérite notre pitié, mais il est aussi dangereux. Voilà pourquoi nous avons besoin de ce système. Pourquoi la marque doit devenir obligatoire. Pour que les garçons comme lui puissent se faire aider.

— Ce n'était que des paroles en l'air. Il n'a rien fait.

— Il a crevé les pneus de notre voiture ! Les quatre !

— Argh, ne t'abaisse pas à ces mesquineries. C'est fini. Je n'en peux plus.

— Pourquoi est-ce tout à coup moi le méchant dans cette histoire ? Tu as vu les messages… Il dit qu'il va tous nous tuer dans notre sommeil.

— C'est un jeune homme de vingt et un ans, en colère et désespéré. Lorsqu'il te regarde, il voit le visage de celui qui est en train de ruiner sa vie, dit Sólveig.

— Cela n'excuse pas la violence.

— Non, mais ça l'explique.

— Et il faudrait la pardonner par défaut sous prétexte que nous la comprenons ? »

Sólveig le fixe droit dans les yeux d'un regard lointain.

« As-tu réellement été blessé, Óli ? Est-ce vraiment juste d'en faire toute une histoire auprès des médias alors que nous savons que le climat d'insécurité dans lequel il vivra sera mille fois pire que celui dans lequel il nous a plongés ?

— Que voudrais-tu que je fasse ? Que je lâche l'affaire ?

— C'est toi qui te bats pour une société plus empathique.

— C'est un stratagème victimaire, Sólveig. Nous devons le prendre en pitié, tel est le but de cette vidéo. Mais tu sais aussi bien que moi que cette méthode n'est guère sophistiquée ; il suffit d'ouvrir une fenêtre sur la vie de ce garçon, de montrer à quel point sa situation est précaire et d'exhiber sa détresse sur la place publique. Alors nous oublions aussitôt qu'il pourrait être nuisible à ses concitoyens, car nous avons brusquement obtenu ce dont nous avions besoin pour nous mettre dans sa peau. Crois-tu que je ne voudrais pas le sauver également ? Évidemment que si. Mais l'empathie et la pitié sont aussi aveugles que la haine ou la peur, que la colère ou l'amour. Ou que les préjugés. Tout le monde peut se donner un air misérable. Tout le monde peut raconter une histoire à faire pleurer dans les chaumières. Génération après génération, on nous a soutenu que la compassion était une sorte de solution miracle, mais personne n'est encore parvenu à tracer la limite entre compassion et codépendance. Voilà la réponse, Sólveig. La solution charitable. Nous avons l'opportunité d'identifier ceux qui ont besoin d'aide. Crois-moi, détourner le regard et céder à la codépendance dans l'espoir que notre miséricorde fasse de lui un homme meilleur ne l'aidera en rien. Nous ne pouvons pas nous laisser contrôler par nos émotions. Il faut parfois savoir se montrer froid, et penser de manière rationnelle à ce qu'il y a de mieux pour la communauté. Ce garçon est une bombe à retardement.

— Alors propose-lui une psychothérapie.
— Hein ?
— Propose-lui une psychothérapie, au lieu de porter plainte et de contacter les médias, puisque son sort te préoccupe tant. Je m'occuperai de lui.
— Sólveig. Ce n'est pas une demande raisonnable. »

Son visage se durcit, puis elle baisse les yeux. La police téléphone et annonce à Óli qu'un psychologue a estimé que le jeune homme ne constituait pas une véritable menace. Et que sa garde à vue ne serait pas prolongée.

Cinquante-huit pour cent de Oui. Magnús Geirsson implore les partisans de MÂLARME de ne plus organiser de manifestation ; à chaque nouveau conflit, la marque obligatoire gagne en popularité. Il en veut pour preuve les deux dernières semaines. Il demande aux non-marqués de partager plutôt les vidéos. Auprès de leurs amis, de leur famille, de leurs collègues et des associations.

Samedi, Óli arrive tôt à Borgartún et s'assied à l'écart, près d'une fenêtre, sur une chaise bombée. Il retrouve la vidéo du jeune homme et la projette devant lui. Le nombre total de vues est indiqué dans le coin inférieur : 117 943. On approche les cent vingt mille. Tandis que le garçon raconte son histoire, Óli reconnaît ce sentiment familier qui l'écrase à chaque fois qu'il écoute un malheureux parler. Ce sentiment qu'un cheveu gris se cacherait quelque part, sur la tête du jeune homme, et le tracasserait. Et qu'ils n'auraient qu'à chercher, à le trouver, et à le couper à la racine pour effacer tous ses problèmes. Il pourrait à nouveau se tenir droit, fermer la bouche et s'instruire.

Sa garde à vue ne sera pas prolongée.

Il ressent une violente envie de protester. S'il était une femme, la police réagirait différemment. Le référendum est dans deux semaines. Ils perdent du terrain. Et pendant ce temps, Sólveig ne voit aucun mal à ce que le jeune homme puisse gagner le cœur et l'attention de la population avec son histoire larmoyante, tout en continuant de lui envoyer des menaces de mort par pavés, en cachette. Óli joue la vidéo une troisième fois. Il a déjà eu l'occasion d'être témoin de tout cela. L'abandon et l'émoi. La colère de la victime. La douleur et l'addiction qui réduisent le champ de vision du garçon, et font de sa situation financière sa seule réalité. Voilà le cheveu gris qu'il faut arracher à la racine. Le nœud du problème. La pomme de la discorde.

Il penche la tête en arrière et ferme les yeux. Il imagine le jeune homme se promener librement en ville en abîmant tout ce qui l'entoure. Il le voit contaminer ses congénères avec sa propre douleur. Le cadre s'élargit – à présent, sa vision lui montre des milliers de corps qui se meuvent à travers la ville, des corps qui, eux aussi, contribuent à propager cette même douleur. Serrés à la gorge par un nœud invisible, l'estomac rempli de pommes pourrissantes, ils errent au hasard, passant des nœuds coulants autour du cou de leurs semblables et leur bourrant la panse de pommes corrompues. Óli téléphone à un camarade policier et lui demande si

Tristan faisait partie des jeunes hommes arrêtés lors des manifestations. Il patiente en ligne tandis que son ami cherche le dossier du garçon.

« Tristan Máni Axelsson, lit-il. Casier judiciaire vierge.

— Parfait. Merci. »

Toujours assis sur sa chaise bombée, Óli contemple la rue Borgartún par la fenêtre. L'un de ses collègues arrive avec un sac bourré de pâtisseries. Un autre fait du café sur le percolateur. Petit à petit, l'agitation grandit. Les conversations se mélangent les unes aux autres et forment un tintamarre mélodieux. Personne ne va prendre son week-end jusqu'au référendum ; pourtant, l'ambiance est plus détendue que jamais. Deux députés viennent partager un café. Ils discutent des dernières nouvelles. Soudain, quelqu'un tombe sur l'article d'un économiste qui parle de la crise que leurs opposants prédisent sans arrêt. Les députés s'en vont, et le comité s'attelle à rédiger une réponse.

Dimanche soir, ils doivent aller dîner chez ses parents. Il rentre à la maison aux alentours de sept heures, puis ils se mettent en route d'un pas léger. Dagný marche entre eux. Ils la font se balancer avec un entrain de façade, chacun lui tenant un bras. Ils n'ont plus parlé du jeune homme depuis vendredi. Óli essaie de rester naturel, conscient que Sólveig peut lire en lui comme dans un livre ouvert.

Dagný se précipite dans les bras de sa grand-mère tandis que Sólveig les suit dans le salon. Óli se rend dans la cuisine, où son père écoute les informations près de la cuisinière, affublé d'un tablier bleu. L'une des plus grosses sociétés d'investissement du pays a envoyé ses employés se faire tester au début du mois dernier, entraînant le renvoi d'un membre de son conseil d'administration. Les médias en parlent depuis une semaine. L'employé licencié affirme quant à lui vouloir engager des poursuites. D'après le présentateur du journal, le PDG de la société ne l'aurait pas jugé suffisamment fiable pour exercer ses fonctions après la publication des résultats du test.

« Pas suffisamment fiable », murmure son père en levant les mains au ciel, une cuillère en bois dans l'une et une fourchette dans l'autre. Il regarde Óli. « Dis-moi, et la loyauté dans tout ça ? Encore un concept voué à disparaître ? »

Óli adosse sa tête contre le mur derrière lui.

« C'est une question de confiance, dit brièvement sa mère en rentrant dans la cuisine. Il faut pouvoir se fier aux gens.

— Mais ce n'est pas de la confiance ! dit son père. La confiance suppose un certain aveuglement. Elle demande de s'en remettre au jugement d'autrui. Confiance ne signifie pas certitude. Ce sont deux notions distinctes. »

Son père n'est pas du genre à prôner subitement la confiance aveugle envers autrui, lui qui se dit régulièrement en faveur d'un durcissement des contrôles aux frontières et même de la peine de mort, lorsque cela sert son propos.

« Mais lorsqu'on parle de confiance on sous-entend fiabilité, et donc certitude, dit Óli. Un pont fiable est un pont qui ne s'effondrera jamais.

— Oui, mais lorsqu'il est question d'êtres humains, le sens n'est plus le même, répond son père en secouant brutalement la poêle. Les hommes ne sont pas des ponts. Mais des cordes à tension variable. »

L'un comme l'autre n'ont rien à rajouter à cela.

Óli a le sentiment de ne plus pouvoir recevoir davantage d'informations. Il est un vase rempli à ras bord, dont le contenu se renverse au moindre mouvement. Il se sent constamment engourdi. Lorsqu'il se regarde dans un miroir, son reflet le perturbe. Mercredi, il se réveille avec la mâchoire douloureuse, il sait qu'il a grincé des dents pendant la nuit. Zoé l'informe qu'il a pu profiter de onze minutes de sommeil profond. Au cours de la réunion de l'après-midi, on lui demande d'organiser une conférence de presse. Il sait qu'il doit dire oui. Mais il en est incapable. Son regard passe de visage en visage, et il dit qu'il ne peut pas aujourd'hui. Il doit rentrer se reposer. Arrivé chez lui, l'appartement est vide ; il s'allonge sur le canapé et s'endort immédiatement. Le retour de sa femme et de sa fille le réveille, mais il reste allongé. Dagný se rue dans le salon et lui saute sur le ventre pour le chahuter en riant ; il l'attrape et la retient prisonnière avec lui dans la fange, dans l'espoir qu'elle se laisse embrasser, mais elle se débat en gloussant jusqu'à ce qu'il lâche prise.

Sólveig vide les sacs de courses dans la cuisine. En entendant le bruit du plastique, Dagný la rejoint en courant ; sans doute peut-elle dénicher quelque friandise à chaparder. Il se lève. C'est difficile.

« Je vais lui proposer une psychothérapie. »

Sólveig lève les yeux de ses courses.

« Pour de vrai ?

— Oui. »

Elle pousse un soupir de soulagement. Puis elle traverse la cuisine à grandes enjambées et vient poser sa tête sur sa poitrine. Lorsqu'elle le prend dans ses bras, il sent quelque chose en lui depuis longtemps noué se détendre enfin.

16.

Une fois que la police a fini d'identifier les messages de Tristan et qu'il a avoué en être l'auteur, on le laisse enfin partir. Il tremble comme une putain de feuille. Heureusement qu'il s'est tu. Il s'apprêtait à révéler le nom du parking où il avait garé la fourgonnette remplie de toute la camelote chourée dans l'immeuble de Kópavogur, lorsqu'un flic chauve a mentionné le nom d'Ólafur Tandri et les messages qu'il lui avait envoyés. Tristan a dit Hein ? en le dévisageant ; un autre flic, chevelu celui-là, lui a appris qu'Ólafur Tandri possédait une Sentinelle Plus, et que son domicile était donc sous surveillance permanente. Tristan a demandé au chevelu si ce n'était pas putain d'illégal, de filmer les gens quand ils se promènent tranquillement dans leur quartier, et le chauve lui a répondu que non, dans le cadre d'une affaire criminelle, ça ne l'était pas.

« Une affaire criminelle ! Comment ça ? » a demandé Tristan.

Le flic chevelu lui a expliqué que le simple fait *d'envoyer de tels messages* était un acte criminel en soi, et que si Ólafur Tandri décidait de porter plainte, il pourrait écoper d'une très lourde amende ; Tristan lui a demandé une estimation du montant, mais le chevelu n'a pas voulu donner d'exemple. Tristan n'a eu de cesse de lui demander à combien il estimait son amende, essayant même de deviner le nombre par lui-même, mais le flic chauve lui a sobrement répondu On verra bien. Puis, lorsqu'il a demandé combien de temps il devrait encore rester ici, le chevelu a dit qu'ils laisseraient à la psychologue le soin de décider de la nécessité ou non de le placer en garde à vue.

« En garde à vue ?! a dit Tristan.

— En d'autres termes, si la psychologue estime que tu es un élément perturbateur, tu devras passer quelques jours derrière les barreaux.

— Un élément perturbateur ?! »

— Comment vous appelez ça, vous autres ? Un chaudard, a expliqué le flic chevelu.

— Je savais ce que ça voulait dire, putain !

— Bien. Alors on ne devrait pas avoir besoin d'interprète.

— Un interprète ?

— On a parfois besoin d'un interprète, oui.

— Pour interpréter quoi ?

— Les mots compliqués. Je les explique n'importe comment.

— J'ai pas besoin d'un putain d'interprète ! Je suis islandais !

— Mais oui, mon gars. C'est ce qu'ils disent tous. »

Lorsque la psychologue, une très jolie brune avec des taches de rousseur, est arrivée, elle a porté un regard si bon sur Tristan qu'il n'a pu décoller le sien de son plateau de table. Elle s'est présentée sous le nom de Dröfn, et lui a demandé s'il pouvait envisager de passer le test d'empathie. Ainsi, il pourrait sûrement échapper à la garde à vue.

Il a tenté de lui expliquer tant bien que mal que Non, il ne pouvait pas s'imaginer passer le test, c'était tout bonnement impossible, car il trahirait ce faisant tout ce en quoi il croyait, lui-même, son frère et tous ses amis. Il ne ferait jamais tout ce qu'il avait écrit dans ses messages. C'est juste qu'il avait vu Ólafur Tandri rentrer chez lui pendant trois mois environ et que ça lui avait donné envie d'écrire des conneries, mais des conneries qu'il ne mettrait jamais à exécution ; elles lui permettaient de se sentir un peu mieux, lui offraient une espèce d'échappatoire aux publicités d'Ólafur Tandri qui faisaient sans cesse irruption sur ses vidéos, et c'était comme ça tous les jours, bordel, il ne pouvait rien lancer sur Zoé sans entendre sa putain de voix lui dire de *le rejoindre* ou de *penser à son avenir*.

Dröfn l'a encouragé à continuer d'un air si amical qu'il s'est exécuté sans peine ; il lui a dit qu'il n'avait jamais cherché la bagarre, jamais le premier, même quand son frère Rúrik essayait de le pousser à bout, son frère qui avait toujours été du genre à se battre avec les autres garçons, parce que ça forçait le respect auprès des mecs de la rue ; de son côté, il n'aimait pas se battre, il trouvait ça nul, voilà pourquoi il ne se battrait jamais avec le mec de l'API. Mais il avait bel et bien crevé ses pneus et il les rembourserait. Il avait été pris d'un accès de colère. Mais il ne ferait jamais rien de réellement méchant.

« Je te crois, Tristan, a déclaré Dröfn. Je t'ai vu l'autre jour, dans la vidéo. Je vais écrire que tu es fiable. Mais tu dois me promettre de ne plus jamais entrer en contact avec Ólafur Tandri, ni avec sa famille. Autrement, les conséquences pourraient être gravissimes. À partir d'aujourd'hui, tu devras faire un long détour quand tu approcheras de sa maison. Ólafur Tandri a déjà tout ce qu'il faut pour te faire condamner.

« C'est promis », a dit Tristan, et le regard de cette femme était si bon qu'il a explosé de gratitude, il en crèverait encore, à présent, tandis qu'il entre dans le quartier de Laugarnes. Ses dents s'entrechoquent et il tremble toujours comme une putain de feuille, mais bordel, qu'est-ce qu'il se sent reconnaissant.

Dès qu'il rentre chez lui, il téléphone à Eldór pour lui raconter ce qu'il s'est passé. Le visage d'Eldór occupe toute la caméra, mais Tristan peut apercevoir du verre derrière lui, ce qui signifie qu'il est sur son balcon.

« Merde alors. Tu crois qu'ils auraient pu avoir l'autorisation de regarder les holos qu'on s'est envoyés ? Je suis en sursis, moi.

— Non, seulement ceux que j'ai faits pour le mec de l'API.

— Cool, cool, dit Eldór. Je viens tout juste de rentrer de la campagne, la fourgonnette est en lieu sûr. Viktor a dit que le conteneur partirait jeudi. On sera payés dans deux semaines.

— Deux semaines ! Je vais jamais y arriver, putain.

— Pourquoi pas ?

— Parce que le référendum est dans deux semaines, le samedi. Je n'aurai que quelques jours pour m'acheter un appartement, à condition que la paye de Viktor soit suffisante, et en plus je devrai peut-être payer une putain d'amende, si le mec de l'API porte plainte contre moi pour ces messages que je lui ai envoyés.

— Pourquoi est-ce que tu dois absolument t'acheter un nouveau créchoir avant ce référendum ? Tu sais que si la marque devient obligatoire, on aura sûrement quelques semaines de battement avant d'être obligés de passer le test.

— Peut-être, mais si le Oui l'emporte et qu'il faut que je passe le test pour avoir le droit d'acheter un truc, demander un crédit ou n'importe quoi d'autre, je ne pourrai plus dire non. »

Tout en réfléchissant, Eldór regarde par-dessus la caméra.

« Tu devrais peut-être le passer, ce test.

— De quoi ? Jamais. Qu'est-ce qui te prend ?

— Je sais que ça craint. Mais en même temps… si ça se trouve, tu réussiras. Tu pourras prendre un crédit et t'acheter cet appart au sous-sol.

— Au rez-de-chaussée.

— Tristan, déso', mais faut que tu te protèges. Tu peux aller à la banque dès demain matin et passer le test chez eux sans te marquer ni rien. Ce que j'en dis. À ta place, c'est ce que je ferais. »

Il téléphone à son père pour lui demander s'il y aurait la moindre chance qu'il lui prête de l'argent, mais son père lui dit non. Il appelle Sölvi, qui lui dit non également. Il a beau leur répéter encore et encore pourquoi cet argent est important, ils s'imaginent tous les deux qu'il cherche de quoi se fournir en trex. Il songe à contacter Magnús Geirsson et trouve même son numéro, mais au moment de l'appeler, le courage lui manque.

Un authentique conseiller lui téléphone de la banque. Tristan essaie de lui expliquer son cas ; le conseiller hoche la tête face à la caméra et lui dit qu'il ne peut pas y faire grand-chose, mais que Tristan pourrait tenter d'offrir un prix plus bas pour l'appartement. Pourquoi pas, on ne sait jamais.

« Bon. D'accord. On peut essayer ça ?

— Bien entendu, répond le conseiller, avant de lui suggérer un montant, estimé à partir de ses économies et de quelques frais obligatoires.

— Si on vous la refuse, ne baissez pas les bras, proposez cette somme lors de la prochaine offre, puis lors la suivante si ça ne fonctionne pas.

« Tout à fait, dit Tristan. Merci. Vraiment. Ça m'aide vachement. »

Ça ne l'empêche pas de stresser comme un dingue au moment de téléphoner à l'agent immobilier, si bien qu'il décide de prendre plus de trex que d'habitude, une décision carrément stupide étant donné qu'il doit économiser son argent, mais il ne supporte pas la sensation de plongeon vertigineux qui lui traverse le corps quand il repense à ce qu'a dit le flic, qu'Ólafur Tandri pourrait porter plainte contre lui, et qu'il lui faudrait peut-être aller en prison ou payer une amende colossale. Il téléphone, et annonce aussi calmement et poliment que possible qu'il souhaiterait faire une offre d'achat sur l'appartement.

« Une offre d'achat sur l'appartement, n'est-ce pas ? dit l'agent immobilier.

— Oui, c'est exact.

— Excellent. Je vais de ce pas vous envoyer le formulaire d'offre d'achat. Remplissez-le, signez-le et renvoyez-le moi. »

Tristan entend la notification lui signalant qu'il a reçu le document. Il le projette sur sa table à manger et le remplit immédiatement avec ses doigts avant de le renvoyer. Il sort ensuite un truc préparé de son congélateur, le réchauffe et l'engloutit comme s'il n'avait rien bouffé depuis des mois.

Allongé dans sa chambre sur son matelas, il joue à City Scrapers, refusant de répondre lorsque sa mère lui téléphone. C'est alors qu'il reçoit un message. Envoyé par Sunneva. Elle lui demande ce qu'il est en train de faire. Il se redresse. C'est la première fois en trois mois qu'elle le contacte. Il est minuit et demi, elle doit vouloir savoir si elle peut venir. Il dit qu'il est chez lui, et lui demande où elle est. La réponse tarde et tarde à venir ; il l'imagine en train de faire la fête, complètement bourrée, que des connards essaieraient de profiter d'elle et qu'il viendrait la protéger, lui offrirait son épaule pour la soutenir jusqu'à chez elle, puis l'aiderait à se mettre au lit et la borderait comme dans les films avant de rentrer chez lui, alors elle se réveillerait le lendemain matin, incroyablement reconnaissante, et ils se mettraient ensemble.

« Tu peux venir chez moi si tu veux », ajoute-t-il. Il fixe son nom sur l'écran, et attend. Quelques minutes plus tard, toujours allongé sur son matelas, il s'efforce d'oublier qu'elle lui a écrit et reprend sa partie de City Scrapers.

Si Viktor n'avait pas joué les putains de tyrans, ils seraient peut-être ensemble aujourd'hui. Il l'a rencontrée à une fête organisée par ses vieux amis du lycée. Il était tellement heureux en recevant l'invitation. Ça faisait plus de six mois qu'ils ne lui avaient plus adressé la parole, depuis qu'il avait déconné en volant l'un d'entre eux ; il a enfilé ses plus beaux vêtements, s'est coiffé (c'était avant qu'il ne se rase en mode kiwi), et, même s'il économisait tout ce qu'il gagnait comme un minutieux fils de pute, il s'est arrêté au distributeur et a retiré de l'argent. À son arrivée, tous ses vieux amis étaient dans la cuisine ; il s'est approché d'eux sans hésiter et a dit Salut, ils lui ont répondu Salut, sauf l'ami que Tristan avait volé, lui n'a rien dit, puis il est resté là, à les écouter parler, à rire lorsqu'ils riaient, jusqu'à ce que soudain, l'ami qui l'avait invité annonce, devant tout le monde, qu'il était ravi de voir Tristan, et les autres ont acquiescé.

Tristan leur a dit qu'il travaillait au port Sundahöfn, qu'il essayait de combattre son addiction (ce qui n'était peut-être pas totalement vrai, mais il *voulait* néanmoins décrocher) et que c'était carrément relou ;

ensuite, il s'est tourné vers l'ami qu'il avait volé et a dit Pardon, Örvar, de t'avoir grugé, avant de regarder les autres et d'ajouter Excusez-moi d'avoir mis si longtemps à vous rembourser ; lorsqu'il a sorti l'argent de ses poches, les garçons ont dit Non, que c'était cool, mais il a répliqué Non, j'en ai *besoin*, alors ils ont accepté son argent et ont trinqué en son honneur. Cela fait, il s'est senti léger, très léger, comme s'il s'était débarrassé de dix putains de tonnes, si bien qu'en rencontrant Sunneva, plus tard de la soirée, il débordait de joie et ne pouvait plus s'arrêter de sourire. Il n'aurait pas pu se montrer sous un meilleur jour, et a réussi à parler avec elle comme quelqu'un de normal.

Ils ont ri et discuté de plein de choses pendant vachement longtemps, jusqu'à ce que tout le monde décide de descendre en ville, alors Sunneva lui a demandé s'il comptait suivre le mouvement, et il lui a répondu Naah, je suis pas marqué ; elle a dit Eh, moi non plus ! et son rire était incroyablement beau ; elle lui a demandé s'il voulait venir chez elle, et même en marchant à ses côtés dans la nuit gelée, il ne comprenait pas ce qui lui arrivait, quel putain d'ange gardien pouvait bien veiller sur lui ce soir-là.

La semaine suivante, ils sont allés se promener et manger une glace avant de retourner chez elle (enfin, chez ses parents, mais elle logeait dans un sous-sol entièrement aménagé, équipé de ses propres toilettes, etc.), et Tristan se souvient avoir pensé, en rentrant chez lui le lendemain, que peut-être les choses continueraient ainsi, à condition qu'il se montre aussi gentil que possible ; il pourrait la voir tous les week-ends, puis ils augmenteraient la fréquence de leurs rencontres jusqu'à ce qu'ils se mettent ensemble, qui sait ; ainsi pourrait-il s'endormir chaque soir à ses côtés, et tous les matins se réveiller près d'elle.

Il venait de lui envoyer un holo au travail lorsque le douanier s'est ramené complètement par hasard, et a voulu inspecter un putain de conteneur qu'il n'était pas censé inspecter, avec pour conséquence l'ouverture d'une enquête policière. Par chance, personne n'a été arrêté, mais Viktor a tout mis sur le dos de Tristan, qui avait pourtant suivi le plan à la lettre, il était allé titiller La Surveillance au bon moment et avait prévenu tout le monde une fois que Jus-de-pet avait terminé d'inspecter le conteneur habituel. Comment aurait-il pu savoir que le douanier reviendrait à la charge ? Ça n'arrivait jamais. Il était redescendu de son perchoir sans crier gare et avait désigné un conteneur en provenance de l'arrière-pays et qui renfermait évidemment des tonnes de trucs volés, et non les produits d'exportation islandais qu'il était censé contenir. Tristan n'aurait rien pu y faire, et ne s'était pas foiré non plus. Mais Viktor n'a rien voulu savoir et a dit que Tristan devrait en répondre devant tous les mecs qui attendaient d'être payés pour avoir rempli ce putain de conteneur. Tristan avait vu ces gars-là, c'était les toxicos ultimes, carrément pires que lui, si bien qu'il s'est contenté de dire D'accord, qu'est-ce que je dois faire ? et Viktor a répondu T'as qu'à remplir un nouveau conteneur, je te donne deux semaines.

Deux semaines. C'était complètement impossible et Viktor le savait parfaitement. Ces conteneurs étaient pleins à craquer de meubles, de motos et de pièces de voiture ; un seul d'entre eux représentait sans doute l'équivalent de deux semaines de pêche pour au moins vingt gaillards. Tristan a donc pris deux semaines de vacances, qu'il a utilisées pour rincer maison après maison, et c'est précisément à cette période que son ulcère à l'estomac s'est aggravé pour de bon, le nœud s'est mis à lui tordre le haut du ventre de douleur, sa poitrine le brûlait et il ne pouvait plus remplir ses poumons d'air, même en respirant profondément. Sans surprise, au bout de deux semaines infernales, Tristan avait réuni de quoi remplir un bon demi-conteneur ; Viktor lui a intimé de rembourser la différence s'il ne voulait pas qu'il balance aux toxicos le nom du mec à l'origine de ce foirage total, et Tristan a préféré allonger la monnaie. C'était l'équivalent d'au moins trois mois de salaire, une somme qu'il ne pouvait se permettre de perdre s'il voulait avoir le temps de s'acheter un appartement. C'est là qu'il a capté qu'il devait quitter ce boulot de merde. Il ne pouvait pas prendre le risque de se retrouver à nouveau dans cette situation.

Mais ce n'était pas le pire : tout le temps qu'a duré cette folie, il a fait l'erreur stupide de remettre à plus tard le moment où il discuterait convenablement avec Sunneva. Son cœur n'était ni léger, ni joyeux ; à chaque fois qu'elle lui envoyait un message, il voulait lui répondre, mais il se sentait tellement mal que tout ce qu'il écrivait ou enregistrait sonnait putain de faux et forcé, aussi ses réponses ne comptaient-elles que peu de mots. Enfin, après avoir remboursé un demi-conteneur à Viktor et s'être accordé quelques jours pour se remettre de son ulcère à l'estomac, il lui a envoyé un message dans lequel il lui demandait pardon d'avoir été si distant ces trois dernières semaines. C'est que sa vie était un bordel pas possible. Voulait-elle qu'ils se voient ? Deux jours ont passé, sans qu'elle ne réponde, et il continuait de lui demander pardon, de lui dire qu'il s'était comporté comme un parfait abruti, mais qu'il était fou d'elle.

Puis elle a répondu : *Chat échaudé craint l'eau froide* ; qu'importe ce que Tristan a pu lui écrire ou lui envoyer après ça, elle n'y a jamais répondu. Une fois, elle lui a envoyé un holo, c'était au mois de janvier, aux alentours de deux heures du matin ; elle lui demandait où il passait la nuit, passablement alcoolisée et le visage bien trop proche de la caméra, mais il ne l'a vu que le lendemain ; il s'est empressé de se peigner, a enfilé une chemise et mis un temps fou à installer la caméra de sa montre pour lui envoyer un holo à son tour, dans lequel il disait être incroyablement heureux qu'elle l'ait contacté et lui demandait si elle souhaitait qu'ils se retrouvent dans le courant de la semaine, mais il n'a jamais reçu de réponse.

Une heure passe, puis une deuxième. Sunneva ne répond pas. Soudain, quelqu'un téléphone et le fait bondir sur son lit.

Sa mère. Il se met sur silencieux.

Il se réveille un peu plus tard, toujours sur son matelas, complètement habillé et tous ses appareils encore sur lui. Sunneva ne lui a pas répondu, mais sa mère l'a appelé plusieurs fois coup sur coup et lui a envoyé un holo dans lequel elle dit qu'elle doit lui parler, elle est tellement putain d'hystérique que Tristan se met à angoisser à l'idée qu'il soit potentiellement arrivé quelque chose. À Rúrik, ou à sa sœur. Il décide donc de la rappeler.

Au début, il ne comprend rien de ce qu'elle dit. Elle hurle des mots tels que Incroyable, Pas à croire, Que se passera, Et Rúrik, et continue de hurler de plus belle si bien que Tristan doit patienter jusqu'à ce qu'elle soit enfin en mesure de parler normalement.

« Qu'est-ce que Rúrik va dire ! Et ton père ! Et qu'est-ce que Sölvi va faire en voyant ça ! Je ne te comprends pas, Tristan. Je n'arrive pas à croire que tu aies pu faire ça.

— Faire quoi ?

— Tu me fais passer pour un monstre ! Qu'est-ce que les gens vont dire !

— Mais de quoi tu parles, putain ?

— La vidéo, Tristan ! Cette horrible vidéo !

— Ah oui, ça.

— *Ah oui, ça !*

— Il fallait que je la fasse. J'avais besoin d'argent.

— Je n'en reviens pas. Je ne te pensais pas capable d'une telle chose.

— Et qu'est-ce que j'aurais dû faire ? Je dois m'acheter un appartement avant ce putain de référendum. Je ne peux pas habiter chez toi.

— Bien sûr que tu peux habiter chez moi et tu le sais parfaitement !

— Non. Je ne suis pas le bienvenu dans ton quartier.

— Tristan, dit-elle. S'il te plaît. Passe le test. Ce n'est qu'un petit examen, tu n'as rien à perdre. Il y a une chambre qui t'attend. Tu manques à ta sœur. Elle te prend en exemple tu sais. Elle t'écoute. Je ne peux pas m'en sortir seule.

— Non ! Je te l'ai déjà dit un million de fois putain ! C'était ta décision, pas la mienne.

— D'où est-ce que vous tenez cette obstination, toi et ton frère ? Je ne suis pas aussi bornée. Votre père non plus. De vrais taureaux, vous deux. »

Elle respire de façon ostensiblement dramatique.

« Tu dois discuter avec ton frère, dit-elle. Rúrik sera furieux en apprenant que tu as parlé de lui publiquement.

— Oui, oui.

— Je suis sérieuse, Tristan.

— J'ai dit oui ! Je sais bien qu'il sera en colère !

— Je ne vous servirai pas d'intermédiaire. Tu n'as pas intérêt à m'appeler pour me demander de calmer les choses.

— Je dois y aller.

— Tristan…

— On se reparle plus tard, coupe-t-il. Ciao. »

Lundi, l'agent immobilier lui téléphone pour lui dire que son offre a été refusée. Il lui transfère une contre-proposition.

Elle est trop élevée. Ça lui saute aux yeux. Il la refuse, puis demande à Zoé de chercher tous les appartements vendus au prix suggéré par son conseiller bancaire. Zoé lui répond qu'il n'y a aucun appartement dans la région de la capitale disponible à ce prix, mais voici les moins chers. Il y en a cinq, dont deux dans une cage d'escalier marquée. Tous au même prix que le rez-de-chaussée qu'il aimerait acheter, et tous au sous-sol, des studios entre vingt-cinq et trente-deux mètres carrés. Il demande à Zoé de prendre rendez-vous pour visiter les trois qui ne sont pas marqués.

Il rejoint Viktor au travail et lui demande l'autorisation de commencer l'après-midi pendant les jours qui viennent. Viktor dit oui, mais qu'il lui en devra une. Il ne mentionne pas la vidéo de MÂLARME, dans laquelle Tristan a expliqué être à la recherche d'un nouvel emploi. Peut-être qu'il ne trouve pas ça si grave, finalement.

Victime d'une crise de paranoïa, Tristan quitte le parking souterrain en sueur et s'arrête pour se racheter un supplément de trex. Il patiente jusqu'à ce que son corps se calme, et qu'il se détende. Puis il projette son masque et s'en va traîner au pied d'un vieil immeuble de Grafarholt jusqu'à ce que quelqu'un le laisse entrer. Les premiers appartements disposent d'une sorte de système d'alarme, alors il continue de chercher, à l'étage inférieur, qui n'est pas sécurisé, il n'y a ni ultra-serrure ni autocollant.

Il trimballe son butin jusque dans la fourgonnette, la gare dans un nouveau parking souterrain, et prévient Eldór avant de prendre la S jusqu'au travail. Pourquoi est-ce que les flics ne l'ont toujours pas appelé ? Eldór et Wojciech sont dans le V2, alors il file dans le V1 travailler avec Oddur ; il essaie de ne pas penser à cette putain d'amende qu'il devra payer si Ólafur Tandri décide de porter plainte, ni à son montant potentiel.

Salut les potes, devinez ce qu'il s'est passé cette semaine, ça y est, c'est arrivé, la police a abattu un homme non marqué de cinq balles dans la tête aux États-Unis. Que faisait-il ? Eh oui, il cherchait son permis de conduire dans sa voiture. Voilà ce qui nous attend si nous ne faisons pas attention, les flics n'auront qu'à vous tirer le portrait, vous chercher dans leur base de données, et si vous n'êtes pas marqué, ils auront quatorze fois plus peur pour leur vie, et autant de chances de vous tirer dessus. Est-ce là ce que nous souhaitons ? NON. Nous devons nous battre pour nos droits les plus élémentaires. Nous devons nous battre pour empêcher les autorités de faire de nous des citoyens de seconde zone. La vie des gens marqués n'a pas davantage de valeur que la nôtre. Nous sommes nés sur cette Terre. Nous devrions pouvoir jouir de la même liberté que les autres, et être crus sans conditions. Mais non, nous devons travailler pour le mériter. Nous devons sourire, nous incliner, faire preuve d'une humilité et d'une courtoisie constantes, même lorsque nous avons un jour sans. Car si nous ne nous prosternons pas, alors nous sommes dangereux.

Son mal de ventre est en train de le tuer. Pourquoi le trex ne fait-il pas effet ? Il en a pris deux aujourd'hui, c'est bien plus que sa dose limite. Il continue de travailler jusqu'à cinq heures et décide de rentrer chez lui à pied, pour ne pas avoir à passer devant la maison d'Ólafur Tandri, lorsqu'un numéro inconnu l'appelle.

« Allô ?

— Oui, est-ce que je parle à Tristan Máni ?

— Mhm.

— Bonjour. C'est Ólafur Tandri. »

Tristan s'arrête en plein milieu de la rue.

« Tu es toujours là ?

— Oui.

— Bien. Écoute, j'ai pris quelques jours pour y réfléchir un peu, et j'ai décidé de ne pas porter plainte pour tes menaces.

— Vraiment ?

— Oui. Mais seulement si tu acceptes de suivre dix séances de psychothérapie et de passer le test d'empathie.

— Zéro putain de chance.

— Tu n'auras pas besoin de te marquer. Juste de suivre ta thérapie. Les séances seront gratuites. Le test permettrait simplement au psychologue d'évaluer ta situation.

— Je préférerais payer une amende plutôt que de passer ce putain de test.

— Tristan, dit Ólafur Tandri. J'ai rencontré des centaines de jeunes hommes de ton âge, et je suis devenu plutôt doué pour distinguer ceux qui peuvent le réussir de ceux qui en sont incapables. Tu le réussiras. Cela ne fait aucun doute. Inutile de compliquer les choses à ce point. »

Tristan regarde l'immeuble près de lui. Les fenêtres à moitié opaques sont ornées de brise-vue plutôt tendances, et de formes différentes.

« Tristan ?

— Je… non ! C'est pas juste, putain !

— Cela va t'aider. Je te le promets.

— Pourquoi vous me laissez pas tranquille ? Pourquoi je peux pas être tranquille ?

— Parce que tu vis en société avec les autres. C'est un sacrifice auquel nous devons tous consentir si nous voulons pouvoir profiter de ses fruits.

— Et si j'ai pas envie de vivre en société ? Où est-ce que je peux me barrer ?

— Tristan, dit Ólafur Tandri d'une voix beaucoup trop putain de calme, comme si Tristan n'était qu'une espèce d'abruti. Tu as entendu toutes sortes de choses au sujet de la marque et du Registre. Que l'État consulterait les résultats, et que la police forcerait les gens à passer le test contre leur gré. Ce n'est pas vrai. Ce test permet d'aider les gens à mieux se comprendre eux-mêmes. Tu n'enverrais pas ce genre de messages si tu n'éprouvais pas un certain mal-être. Si tu échoues au test, ce qui n'arrivera pas, j'en suis convaincu, nous t'aiderons à le repasser et à le réussir. Tu pourrais t'acheter un appartement et reprendre tes études, avoir une vie normale.

— Va dire ça à mon putain de frangin. Il a suivi une psychothérapie, et résultat, c'est devenu un putain de drogué. Et moi aussi.

— Je comprends bien que tu sois en colère, dit Ólafur Tandri. Je le serais également à ta place. Mais d'aucuns disent que l'addiction ne serait qu'un symptôme du problème, et non sa racine. Que le toxicomane devrait se demander si son addiction ne dissimulerait pas un souci plus profond. La première étape consiste à en parler avec un psychologue et obtenir l'espace nécessaire pour jouer cartes sur table, pour te délester de tout ce qui te tracasse. Ensuite, vous pourrez déterminer ensemble la véritable nature du problème principal. Cela pourrait être un choc du passé, une mauvaise estime de soi, ou encore des difficultés à nouer des liens affectifs avec les personnes qui te sont chères. Tes amis et ta famille. »

Tristan l'écoute sans dire mot. Il pense à sa mère et à sa sœur, à la chambre d'ami qui l'attend chez elles. Puis il pense à Rúrik.

« Tu n'as pas besoin de me donner ta réponse immédiatement, dit Ólafur Tandri. Prends quelques jours pour y réfléchir. Qu'en penses-tu ?

— Je… je veux pas le savoir.

— Quoi donc ? Si tu as réussi ? Tu n'as pas besoin de voir les résultats si tu ne le souhaites pas, Tristan. Tu peux passer le test, aller chez le psychologue, et après dix séances, continuer de vivre ta vie. » Ólafur Tandri patiente quelques instants, mais devant le silence de Tristan, il ajoute : « Réfléchis-y ? Hmm ?

— D'accord. Ça marche.

— Très bien. Je reviendrai vers toi d'ici quelques jours. »

17.

Alexandria ne sait pas sur quel pied danser, tour à tour joyeuse puis colérique, elle a perdu des mèches entières de cheveux au cours du mois dernier, et désespère de plus en plus à la vue de toutes ces touffes qui tombent sous les coups de brosse – il faut qu'elle arrête de se coiffer, cela ne fonctionne plus – mais lorsqu'elle ne se coiffe pas, ses cheveux sont dégueulasses et la rendent difficile à vivre, elle n'entend plus ce qu'on lui dit, obnubilée par cet embrouillamini capillaire qui s'aplatit et se dégrade de jour en jour telle une boule de laine rêche et feutrée. Cela fait près d'un mois qu'elle se réveille plusieurs fois par nuit, en sursaut, comme si elle avait manqué son réveil, à deux, trois, quatre, cinq heures du matin, un mois que Naómí ne la regarde plus qu'avec un profond dégoût mêlé de mépris, sans se rendre compte que ce regard et cette moue appuient sur chacun des points les plus sensibles de sa mère, et que sa confiance en elle n'est pas plus grosse qu'un insecte ; qu'importe la douceur qu'elle insuffle à sa voix, ou le soin minutieux qu'elle porte à leur bien-être, qu'importe les efforts qu'elle fournit en cuisine ou le temps qu'elle passe à leur organiser des soirées chaleureuses, sa fille préfère s'enfermer dans sa chambre et refuse de la voir, de l'embrasser, de lui parler, de l'écouter ou de la regarder. Elle voudrait parfois lui crier de faire preuve d'un peu d'indulgence, putain, lui parler de tout ce qu'elle a vécu, mais elle sait qu'elle ne devrait pas infliger un tel fardeau à sa fille de quatorze ans, alors elle se tait, lui crie dessus en son for intérieur tout en fixant le plancher, et elle attend que sa fille grandisse, gagne en maturité, quitte enfin l'âge ingrat et, avec un peu de chance, cesse de la mépriser. Et si l'anxiété, le stress et ses chutes de cheveux ne lui suffisaient pas, elle peut désormais y ajouter le sentiment de culpabilité qui la ronge depuis qu'elle est allée à l'école discuter avec cette enseignante ; mais qu'est-ce qui lui est passé par la tête, elle aurait pu faire preuve d'un peu plus de jugeote, surtout après avoir étalé sa vulnérabilité devant la proviseure ; mais non, elle doit maintenant se demander si l'enseignante a bien compris que leur conversation devait rester confidentielle, tout ça parce qu'Alexandria n'a évidemment pas pensé à lui demander si elles pouvaient se parler en confidence, elle a oublié la règle numéro un : *toujours demander à parler sous le sceau du secret*, sans cela, la moindre divulgation d'une information d'ordre privé serait en réalité de sa faute ; c'est un principe bien connu de quiconque vit depuis toujours sur une si petite île, et qui se révèle d'autant plus pertinent lorsqu'on habite en prime dans une ville minuscule.

Autrefois, elle protégeait sa vie privée comme un véritable chien de garde, sans jamais laisser les mots lui échapper de la bouche, surtout depuis que Karen Lind, sa soi-disant meilleure amie, avait ébruité le nom du garçon avec lequel Alexandria avait perdu sa virginité au début du lycée, un ragot qu'elle aurait sans doute assumé plus aisément si le garçon en question *avait su* que c'était sa première fois, ce qui, évidemment, n'était pas le cas ; elle l'avait taquiné dès ses premières hésitations, comme pour détourner l'attention de sa propre personne, et s'était présentée comme une experte en la matière. Par la suite, elle a toujours pris soin de préserver sa vie privée, mais sa relation avec Sölvi semble avoir rompu une espèce de barrage, elle n'a plus rien pour se protéger, ni barrière ni défense, et se sent obligée de combler le moindre des silences avec des mots, elle tourne donc à plein régime et doit ensuite passer plusieurs semaines recluse, à panser ses blessures. L'enseignante n'avait pas besoin de savoir qu'elle a échoué au test, ou que Sölvi ne peut pas rentrer dans le quartier, mais elle craignait tellement de devoir déménager une fois de plus, elle avait perdu tant de cheveux, qu'elle a eu besoin de se sentir encouragée, surtout après que la proviseure s'était montrée aussi menaçante ; Alexandria avait espéré que la professeur principale serait plus réceptive et compréhensive, mais cela n'a pas été le cas ; dès qu'elle a avoué avoir échoué, le regard de l'enseignante s'est durci, elle a vu son sourire se contracter et sa gorge se resserrer. Et maintenant, alors que l'attente touche bientôt à sa fin, qu'elles ont enfin reçu le courriel leur annonçant la réussite de Naómí et que des jours meilleurs se profilent à l'horizon, il faut qu'elle tombe là-dessus, en pleine session de lèche-vitrine sur Internet, une vidéo de Tristan, qui surgit tout à coup sur son écran, et dans laquelle il parle de sa famille au monde entier ; il parle d'elle, de Sölvi et de Rúrik, et raconte tout un tas de méchancetés à leur égard, en employant certains mots-clés aussi épouvantables qu'équivoques, qui permettent à son auditoire de lire quelque chose de pire encore entre les lignes, qu'*elle* serait à l'origine de tous leurs problèmes, que leur mauvais comportement ne serait que le résultat de *ses* négligences, que ce serait de *sa* faute si Rúrik est devenu ce qu'il est, car elle l'a obligé à aller chez le psy et à prendre des médicaments qui, tout compte fait, n'étaient pas si bons pour lui, mais comment diable aurait-elle pu le prévoir, elle n'était ni voyante, ni devin, on lui a simplement dit que le trex produirait les hormones du bonheur, celles que le cerveau libère dès qu'on se sent amoureux ou proche de quelqu'un, et qui ont un effet positif sur le système nerveux. Comment aurait-elle pu savoir que cela serait si addictif et que, quelques années plus tard, le trex serait officiellement considéré comme un stupéfiant à part entière, les médecins lui ont dit que cela serait bon pour son fils et elle s'est contentée de les écouter ; au début, Rúrik a fait des progrès, de gros progrès même, ses résultats au test étaient bien plus élevés après un an passé sous trex, et il voyait un excellent psychologue ; c'était l'année durant laquelle Sölvi avait ce travail génial qui lui permettait de s'épanouir et de toucher un bon salaire, et par conséquent, leurs querelles financières se faisaient moins fréquentes, Sölvi ne buvait plus autant et Alexandria n'avait plus systématiquement recours aux achats compulsifs lorsqu'elle voulait se sentir mieux. Sölvi ne s'énervait plus à chaque fois qu'elle rentrait des magasins, il ne fouillait plus ses sacs pour y repêcher les tickets de caisse et lui demander comment elle avait pu acheter de la confiture aussi chère ou un poulet entier, alors qu'on était pourtant vendredi et qu'ils n'avaient pas mangé de repas convenable de toute la semaine, que des pâtes au jambon ou à la saucisse, des pizzas froides ou des sandwiches au fromage, c'est que lorsque l'argent lui tirait vraiment souci, Sölvi s'emportait dès qu'elle achetait du lait pour les céréales, car il n'y avait aucune différence entre des céréales au lait ou à l'eau, et ces fois-là, elle ne pouvait s'empêcher de lui crier qu'il pouvait bien bouffer ses céréales à l'eau si ça lui chantait, ses enfants, eux, n'y seraient jamais contraints. Mais cette année-là, ils n'ont jamais connu de pareille dispute ; cette année-là était une bonne année, celle où Sölvi percevait un salaire correct et se plaisait à son travail, et où Rúrik, qui avait probablement seize ans à l'époque, a commencé à trouver le repos, à l'instar d'Alexandria ; c'est d'ailleurs à cette période qu'elle a réussi le test pour la première fois, après l'avoir raté quatre ans auparavant et perdu son emploi à la mairie, même si elle sait aujourd'hui qu'en réalité, sa relation avec Sölvi était la véritable raison de sa fermeture émotionnelle. Il lui a fallu longtemps pour comprendre qu'elle n'était pas une mauvaise personne, mais que ses émotions étaient bloquées par son cerveau constamment sur la défensive ; Sölvi ne l'avait peut-être battue qu'une seule fois, mais elle ne parvenait plus à se détendre auprès de lui, son corps ne pouvait plus lui faire confiance depuis cette soirée où elle était sortie s'amuser avec ses amies, en promettant de rentrer avant minuit ; elle avait passé la journée entière à pomper son lait pour que Sölvi puisse nourrir Naómí au cas où elle se réveillerait. À l'époque, celle-ci venait tout juste de se mettre à manger des purées, ce qui troublait parfois sa digestion et la faisait pleurer jusqu'à tard dans la nuit, et c'est précisément ce qui s'était passé ce soir-là, ce même soir où elle s'était oubliée au bar alors que son téléphone n'avait plus de batterie ; c'était avant que tout le monde ait les moyens de s'acheter un système holographique tel que Zoé, Alexa ou Siri. Elle se rappelle avoir chanté à tue-tête avec ses amies sur la piste de danse et être allée dans un bar, où un homme plus âgé leur avait proposé un verre à elle et ses copines. Alexandria trouvait que cet homme parlait davantage avec elle qu'avec ses amies, ce qui n'était pas pour lui déplaire ; elle ne s'était jamais sentie aussi laide que durant cette première année passée avec Naómí pendue à son sein en permanence, et elle avait le sentiment que son ventre ne retrouverait jamais son aspect d'origine, comme il l'avait fait lorsqu'elle avait eu les garçons, aussi s'était-elle gorgée de l'attention que lui portait cet homme, elle riait et souriait à tout ce qu'il disait, lorsque soudain, Sölvi était apparu derrière lui ; elle avait eu tellement peur qu'elle avait pris son manteau sans broncher et l'avait suivi hors du bar sans même dire au revoir ; lorsqu'elle lui avait demandé qui surveillait les enfants à la maison et qu'il avait répondu que les garçons s'occupaient de Naómí, ces mêmes garçons qui n'avaient respectivement que huit et onze ans, elle lui avait demandé ce qui lui était passé par la tête pour qu'il prenne la voiture de Fossvogur jusqu'au centre-ville en laissant deux garçons de onze et huit ans seuls avec un bébé de sept mois, s'il était vraiment aussi bête qu'il en avait l'air, s'il était devenu fou, et c'est à ce moment-là qu'il était entré sur le rond-point et avait pris la sortie menant au parking souterrain. Lorsqu'il s'était précipité hors de la voiture, elle lui avait demandé ce qu'il foutait, bordel, même si son corps savait pertinemment ce qu'il s'apprêtait à faire avant même qu'il n'arrache la portière de la voiture, qu'il ne la sorte de force et ne fasse pleuvoir les coups sur elle, des coups que son corps n'a jamais oubliés, pas une seule seconde en près de douze ans, même si Sölvi a tenu la promesse qu'il lui avait faite trois jours plus tard, lorsqu'il était rentré à la maison accompagné de son meilleur ami, et qu'il lui avait dit en tremblant qu'il ne recommencerait plus jamais. Non, le corps n'oublie rien, et il tressaillait même au moindre mouvement brusque de Sölvi, voilà pourquoi Sölvi n'a jamais pu l'oublier non plus, il la méprisait pour cela, la détestait, car elle lui rappelait ce qu'il avait fait, ainsi s'est-il mis à faire ce que Tristan a mentionné dans cette horrible interview (comment a-t-il pu faire ça), à monter sa petite équipe de garçons contre elle. Tout ce qu'elle faisait était hystérique, stupide ou risible ; les garçons acquiesçaient à chaque moquerie de Sölvi, qui faisait de même dès que Tristan ou Rúrik raillaient leur propre mère, alors elle s'est progressivement engourdie et s'est remise à acheter et à manger n'importe quoi pour essayer de se sentir mieux, ce qui avait le don de rendre Sölvi fou de rage, car plus les années passaient, plus leur dette augmentait ; Sölvi l'engueulait tous les jours et profitait de la moindre occasion pour saper son autorité devant les garçons, si bien qu'elle n'avait d'autre choix que d'exploser si elle voulait se faire entendre, comme lorsqu'elle interdisait aux garçons de traîner dans le quartier après dix heures du soir ou qu'elle les obligeait à réviser leurs leçons ; elle restait plantée là, à hurler, c'était sa seule manière de se faire respecter, la seule limite qu'ils n'osaient pas franchir, et c'est ainsi que la bonne année a pris fin ; Sölvi a perdu son emploi et l'addiction de Rúrik a empiré, il a cessé d'aller en cours sans même leur en parler, s'est mis à vendre du trex pour avoir de quoi s'en acheter, tandis que Tristan faisait tout son possible pour imiter son grand frère, qui était le portrait craché de leur père, alors que lui tenait plutôt d'Alexandria ; il était plus sensible, plus doux, et plus calme. C'est peut-être pour cette raison qu'elle a tant insisté pour que Rúrik retrouve son équilibre mental, car elle savait pertinemment que si son aîné tournait mal, son cadet aurait tôt fait de marcher dans ses pas ; mais rien n'y a fait, plus les années passaient et plus la colère de Rúrik s'amplifiait, et même s'il lui a semblé que le monde s'effondrait le jour où il a quitté la maison, à environ dix-huit ans, c'était aussi un soulagement pour toute la maisonnée, y compris lorsqu'il s'est fait arrêter avec du trex dans son sac ; c'était peut-être la deuxième fois que le monde s'effondrait, mais réflexion faite, c'était aussi un mal pour un bien, car à présent, il a un bon psychologue et suit un traitement qui combat les effets pervers du trex ; peut-être sera-t-il une meilleure personne l'année prochaine, une fois sa peine purgée, qui sait, il pourrait même réussir le test tout compte fait, alors Tristan arrêterait peut-être avec cette obstination absurde, qu'il ne doit qu'à Rúrik, c'est comme s'il voyait le test comme une trahison vis-à-vis de son frère, qu'il ne pouvait se résoudre à lui faire vivre ce qu'elle lui a fait vivre, cette sensation d'abandon qu'il a éprouvée lorsqu'elle a déménagé dans un quartier marqué, bien qu'elle l'ait pourtant supplié de passer le test et de les accompagner le jour où elles avaient dû fuir Sölvi. Mais si la marque obligatoire devient réalité, Tristan n'aura pas d'autre choix que de passer le test, alors il comprendra qu'il est normal, mais bien sûr qu'il est normal, et une fois cela fait, il pourra revenir vivre chez elle, enfin, elle n'aura pas bataillé avec l'entrepreneur en bâtiment en vain, elle qui avait fait de ces trois chambres sa condition sine qua non : elle se moquait bien de la vue, du bruit ou du confort, tout ce qu'elle voulait, c'était habiter dans ce quartier, dans un appartement avec trois chambres à coucher, elles pourraient même faire la taille d'un timbre de poste que cela n'aurait aucune importance. Si Rúrik réussit le test dès l'année prochaine et qu'il rentre à la maison dans la foulée, alors elle dormira dans le salon ; elle a passé des heures sur Internet, à attendre la mise en ligne d'une annonce proposant un canapé à donner, dans le seul but de préserver la possibilité de retrouver tous ses enfants sous son toit à nouveau. Les garçons pourraient peut-être passer leur baccalauréat, comme des gens normaux, et suivre ensuite un cursus universitaire ou professionnel, laisser le passé derrière eux et recommencer à zéro. Toutefois, Naómí n'a pas encore vu la vidéo, et Alexandria est convaincue que cette version si fragmentée de leur vie risque d'exacerber l'esprit de rébellion de sa fille, alors même que Naómí sait pertinemment pourquoi elles ont déménagé dans un quartier marqué, pourquoi sa mère a fait changer la serrure dès le lendemain de la visite de cette policière qui leur avait raconté ce que Sölvi avait fait subir à une pauvre femme qu'il fréquentait depuis longtemps et qui avait porté plainte contre lui pour tentative de meurtre ; elle ne pouvait détourner son regard des lèvres de la policière, chacune de ses phrases comme autant de grenades lancées sur la table à manger, goupilles retirées ; lorsqu'elles avaient explosé, le souffle de l'explosion l'avait frappée en pleine poitrine, et l'onde de choc s'était propagée le long de son corps, organe après organe, à travers son cœur, ses poumons et son estomac ; une fois la policière partie, elle avait eu l'impression d'avoir des objectifs de caméra à la place des yeux, un sentiment qui ne l'a pas quittée pendant plusieurs semaines, y compris lorsque Sölvi a été condamné à dix-huit mois de prison ferme ; elle avait l'impression que rien de tout cela ne la touchait, du moins pas véritablement, cela n'avait plus rien à voir avec sa vie ; lorsqu'elle a demandé le divorce et la garde de sa fille, l'assistante sociale lui a dit que la marque l'aiderait à obtenir gain de cause, mais elle a évidemment échoué. Tandis que l'assistante sociale sollicitait les ressources nécessaires à la consolidation de son dossier, Gréta, sa psychologue, lui expliquait que la violence était à l'origine de pratiquement tout ce qui avait mal tourné dans sa vie, une violence qu'on pouvait attribuer à ses ex-compagnons, qu'elle avait probablement choisis selon l'influence de ses propres parents ; les mois suivants, elle s'est sentie comme un volcan sorti de sa torpeur après plusieurs siècles et pouvant entrer en éruption à tout moment, à grand renfort de crises de larmes, de colère et d'épisodes dépressifs ; elle s'est mise à noter tout ce qu'elle pouvait manger et acheter, ainsi que l'état dans lequel elle se sentait avant de céder à ses pulsions ; petit à petit, les émotions qu'elle ressentait pour ses enfants, l'amour, les remords et la honte, ont commencé à lui revenir, des émotions ensevelies sous des tonnes de décombres ; et puis un beau jour, Gréta lui a demandé si elle souhaitait repasser le test d'empathie, afin de mesurer ses progrès, et elle a réussi, on l'a évaluée juste au-dessus du seuil de référence ; Gréta lui a dit que ce n'était que le début, que leur objectif principal consisterait dorénavant à préserver sa santé mentale, aussi s'est-elle empressée de vendre son appartement une fois le divorce prononcé ; sa part de la vente correspondait tout juste à l'acompte exigé pour l'achat d'un appartement ici même, dans le quartier marqué ; le jour de son déménagement, il lui a semblé qu'elle commençait enfin à vivre la vie qu'elle voulait vivre. Une nouvelle vie. Malheureusement, la vie ne fonctionne pas ainsi, elle n'interrompt pas sa lente progression dès que tout va pour le mieux, on ne peut pas vaincre la faiblesse psychologique, seulement les jours qui passent, les uns après les autres, le reste n'est qu'une éternelle corvée, à l'instar de la vaisselle ou du rangement, mais cela, elle l'ignorait alors ; en se dissipant, l'euphorie de l'acquisition de son nouvel appartement a ravivé son désir d'acheter et de manger, et pour ne rien arranger, Sölvi a porté plainte contre elle dès sa sortie de prison pour entrave ; son avocat la traitait comme une criminelle, c'était elle, tout à coup, qui usait de violence, plutôt que d'en protéger ses enfants, mais Dieu merci, le juge a dit à Sölvi que pour solliciter la garde de Naómí, il devrait non seulement se soumettre à un examen psychologique, mais aussi passer le test, ce qu'il a fermement refusé, c'était hors de question. Il a dit que son cerveau n'appartenait qu'à lui, qu'il n'avait jamais agressé sexuellement sa fille et qu'il ne le ferait jamais, mais qu'Alexandria, en revanche, n'était pas apte à être mère, que la vie de sa fille serait ruinée s'il n'en obtenait pas la garde, le juge n'avait qu'à voir dans quel état se trouvaient ses beaux-fils, tous les deux empêtrés dans des problèmes de drogue. Alexandria, disait-il, ne pouvait pas satisfaire aux exigences de base d'un parent ; elle était incapable de tenir une maison, d'envoyer ses enfants à l'école à l'heure ou même de les aider à faire leurs devoirs ; le juge s'est contenté de garder le silence, puis, après plusieurs jours, Dieu merci, il a prononcé le jugement en sa faveur ; malgré cela, ni Tristan ni Naómí ne lui adressaient la parole, et elle pouvait même percevoir la déception de Gréta, car elle avait rechuté sous les effets du stress engendré par la plainte. Gréta portait un jugement critique sur son incapacité à guérir et sur l'inconstance de son état ; peu de temps après, Alexandria a cessé de consigner le moindre de ses achats et de ses en-cas, pour se sentir mieux, et elle s'est mise à redouter ses séances avec Gréta, qui voyait clair dans son jeu ; et puis un jour, Gréta l'a grondée, l'a accusée d'avoir renoncé à elle-même, comme si elle n'était qu'une enfant et non une adulte de cinquante et un ans ; Alexandria a quitté la pièce et n'est jamais revenue, car personne n'a le droit lui parler de la sorte ; depuis, elle se ronge les sangs à l'idée d'échouer à nouveau, de ne pas atteindre une note suffisante la prochaine fois qu'elle devra passer le test, dans cinq mois pour être exact, car dans ce quartier, il faut le repasser chaque année, le passer une fois n'est pas suffisant pour se voir offrir la sécurité éternelle. Mais par chance, Naómí l'a réussi, aussi bénéficient-elles d'un sursis de cinq mois ; elle sait pertinemment qu'elle doit retourner consulter un psychologue, cela ne peut plus durer, mais à chaque fois qu'elle s'apprête à en chercher un nouveau, elle se retrouve paralysée, comme si cette perspective pendait au-dessus d'elle tel un plafonnier cassé ; elle sait qu'elle doit acheter une nouvelle ampoule, mais elle n'en a pas le courage, et reste assise dans le noir comme si elle espérait intérieurement que quelqu'un d'autre viendrait s'en charger pour elle en tapant à sa porte, muni d'une boîte d'ampoules neuves, ce qui la comblerait de surprise, de bonheur et de reconnaissance ; son sauveur irait alors chercher un tabouret dans la kitchenette pour changer l'ampoule, et tout à coup, une lumière aveuglante jaillirait au-dessus d'elle ; Alexandria embrasserait la pièce éclairée du regard et penserait : Ce n'était pas si difficile, j'aurais pu m'en occuper moi-même depuis longtemps.

18.

Daníel n'est plus sous surveillance.

« Comment est-ce possible ? demande Vetur. L'injonction d'éloignement date d'il y a dix mois. On m'avait dit qu'il serait sous surveillance pendant un an. Un an, soit douze mois.

— Il est écrit ici qu'il a passé une évaluation psychologique il y a quatre mois, dit l'avocat de la partie civile, après avoir accepté de suivre un traitement. Un spécialiste a déterminé qu'il ne risquait plus de s'introduire à nouveau chez vous. L'injonction d'éloignement est toujours en application, mais il s'est débarrassé de l'Empreinte. Il ne peut ni s'approcher à moins de deux cents mètres de vous, ni vous contacter de quelque manière que ce soit.

— Mais il était bel et bien à moins de deux cents mètres de moi.

— Je vois. A-t-il essayé de vous contacter ?

— Non.

— Semblait-il vous suivre ?

— Non.

— D'accord. Ce n'était donc probablement qu'une coïncidence. Vous n'êtes pas sans savoir que nous vivons dans une petite ville, et que ce genre de rencontre est donc inévitable. Mais nous allons l'interroger. »

La voici de retour à la case départ. Elle appelle l'école et se fait porter pâle. Il lui semble que Daníel se trouve derrière la fenêtre de sa chambre, que le moindre bruissement est un bruit de pas ; à chaque fois qu'elle entend un crissement de pneu dans la rue, elle ne peut s'empêcher de jeter un œil au parking, par-derrière les rideaux. Elle se remet même à envier les possesseurs d'arme à feu, elle qui les a toujours critiqués ; elle discute sans arrêt avec toutes ses amies, les unes après les autres, ainsi qu'avec ses parents ; le soir, sa mère vient même lui apporter un plat chaud et lui gratter le dos ; mais une fois seule, Vetur doit faire deux fois le tour de toutes les fenêtres, vérifier la porte d'entrée et celle du balcon ; elle prend ensuite un comprimé contre l'anxiété et s'endort dans le salon, où elle a fait son lit sur le canapé.

« Il faut que je déménage, dit-elle. Je ne peux plus habiter ici. Je ne peux pas continuer à me pisser dessus de peur tous les jours, dans mon propre appartement. Je suis insouciante ! Je suis extravagante !

— Je sais que c'est difficile, dit sa psychologue. Mais il ne vous a pas contactée depuis plusieurs mois. Cette rencontre n'était sans doute que le fruit du hasard. De plus, nous savons désormais qu'il n'est plus perturbé moralement. C'est une bonne nouvelle.

— Ça n'excuse pas ce qu'il a fait !

— Bien sûr que non. Mais nous pensions qu'il était impossible de discuter avec lui. Cette éventualité semble maintenant beaucoup plus envisageable.

— *Discuter avec lui ?* Vous voulez que je *discute avec lui* ?

— C'est à vous de décider. D'autres psychologues vous le recommanderaient sûrement. Il est évident qu'il a cherché de l'aide. Cela pourrait vous faire du bien de constater ses progrès, peut-être même que cela vous aiderait à passer à autre chose. Quoi qu'il en soit, il ne souffre pas de perturbation morale. Après tout, il a réussi le test.

— Je me fiche complètement de savoir s'il a réussi le test ou non ! Ça fait plus d'un an que je ne dors plus convenablement !

— Dans ce cas, deux possibilités s'offrent à vous : ou vous continuez à travailler à l'école Viðey, ou vous déménagez dans un endroit où vous vous sentirez physiquement et psychologiquement en sécurité.

— Mais si je m'en vais, j'aurai l'impression d'avoir perdu, dit Vetur. Et qu'il a gagné.

— Pas du tout. Ce n'est pas votre faute s'il menace votre sécurité. Vous prendriez simplement les mesures appropriées pour assurer votre protection, et si cela signifie que vous devez déménager, alors vous le ferez. Selon vos propres termes. »

Vetur s'enfonce dans son siège. « Je n'y arriverai pas.

— Vous en êtes capable, dit la psychologue. Je vous fais pleinement confiance. Essayez de regarder autour de vous, de chercher une autre opportunité.

Ce poste de professeur n'était qu'un emploi provisoire, n'est-ce pas ? Quels mots aviez-vous utilisé pour l'appeler, un jour ?

— Ce n'est qu'une voie adjacente.

— Exactement. Ne vouliez-vous pas devenir moraliste ?

— Si, j'aimerais être moraliste, siéger dans des comités et donner mon avis, ce genre de choses. Mais je ne suis plus sûre de rien. Je ne reconnais plus l'envers de l'endroit. »

Son père la dépose au travail. En ouvrant sa boîte mail, elle découvre que le registre est désormais accessible sur le réseau interne de l'école. Elle fait défiler la liste des élèves. Tous ont réussi. Elle se redresse sur sa chaise. Une partie d'elle-même était persuadée que Naómí échouerait.

Sa première heure de cours est avec les quatrièmes ; les enfants arrivent en sautant dans tous les sens, visiblement soulagés ; l'un d'eux s'exclame J'étais tellement stressé, et un autre lui répond Sans déconner ; leurs gloussements embrasent la salle de classe, non comme une paire de silex qu'on aurait frottés l'un contre l'autre sur une île déserte, mais plutôt comme quand on verse de l'huile sur un barbecue et qu'une flamme surgit sans crier gare, avant de retomber presque aussitôt. Vetur bute constamment sur ses mots devant les enfants et perd coup sur coup le fil de son discours ; lorsqu'un élève le fait remarquer à ses camarades et provoque un fou rire général, elle s'efforce de rire avec eux. Le cours suivant se déroule un peu mieux, et le suivant davantage encore ; lorsqu'elle verrouille sa salle derrière elle, elle entend quelqu'un lui dire Bonjour dans son dos ; elle se retourne, et il s'agit évidemment de la mère de Naómí.

« Bonjour », dit Vetur.

Alexandria a manifestement fait des efforts pour s'apprêter, elle s'est maquillée et a essayé de coiffer ses cheveux filandreux en chignon ; elle a les poings serrés, comme si elle était venue demander quelque chose.

« Excusez-moi, j'aurais dû vous prévenir avant de venir. Est-ce que je peux vous dire un mot ?

— Oui, répond Vetur en rouvrant la salle de classe ; elle tient la porte ouverte pour laisser passer Alexandria.

— Donc, je voulais venir vous voir parce que, eh bien, parce que je voulais m'assurer que vous aviez bien compris que notre conversation de la dernière fois était strictement confidentielle. » Alexandria essaie de rire. « C'est pas que je vous prends pour une colporteuse de ragots, absolument pas. Ma psychologue me disait toujours que je devais apprendre à faire confiance aux autres, et je sais pertinemment qu'elle a raison, mais je passe mes nuits éveillée, à m'imaginer ce qui se produirait si toute la classe apprenait que j'ai été évaluée en dessous de la norme il y a deux ans et que le père de Naómí est un homme violent. »

Alexandria marque une hésitation en attendant que Vetur dise quelque chose, mais elle ne semble pas faire confiance au silence ; elle continue à palabrer au sujet de la société marquée et des préjugés contre les défaillants, quand tout à coup, Vetur s'aperçoit que quelque chose chez cette femme la dégoûte, et comprend aussitôt de quoi il s'agit : c'est cette manière désagréable qu'elle a de s'apitoyer sur son sort, ainsi que sa tendance maladive à l'autocomplaisance. Cette femme est incapable de voir les choses d'un point de vue extérieur au sien, car elle ne parvient même pas à franchir le seuil de sa propre porte.

« … on finit par baisser les bras, c'est inécultable –

— Inéluctable. »

Alexandria se tait.

« C'est-à-dire ? demande-t-elle finalment.

— On dit *inéluctable*. Pas *inécultable*. C'est comme aréoport, hynoptiseur ou intrasèque. Cela n'existe pas. Cela ne se dit pas. » Elle prononce cette dernière phrase plus fort qu'elle ne l'aurait souhaité. « Alexandria. Je regrette de devoir vous le rappeler, mais il y a dans ce quartier certaines valeurs à respecter. En particulier, la transparence et la confiance. Nous sommes une *communauté*. Pas un agrégat d'individus qui défendraient chacun leurs propres intérêts, mais une *communauté*. Vous ne pouvez pas débarquer avec vos gros souliers, vous mettre à critiquer tout et tout le monde, et espérer recevoir un traitement de faveur en votre qualité de victime tout en exigeant des autres qu'ils réagissent au quart de tour simplement parce que vous n'avez pas le courage de mettre la main à la pâte.

— Oui, je le sais bien, dit Alexandria en regardant ses pieds. Vous avez parfaitement raison. J'en suis bien consciente. »

Elle ressemblerait presque à de la vermine.

« Je ne trouve pas normal que des gens puissent se promener dans ce quartier en toute tranquillité, continue Vetur, sans demander la permission au préalable, alors qu'ils ont échoué au test quelques mois auparavant et pourraient être encore instables, tout ça pour se permettre de critiquer tout et n'importe quoi, et de nous expliquer, à nous, comment différencier une relation saine d'une relation malsaine. Il faudrait qu'on soit au courant de ce genre de choses. Qu'on soit en mesure de réagir. »

Alexandria l'observe avec des yeux écarquillés et terrifiés.

« Il ne vous définit pas ! s'exclame Vetur. Vous êtes en sécurité ! Vous avez reçu une deuxième chance ! Et malgré tout, vous restez là à ne rien faire, à attendre qu'on vous mette dehors, vous et votre fille ! »

Vetur entend un grincement de semelle dans le couloir. La porte de la salle est grande ouverte.

« Je vous suggère de reprendre votre vie en main, l'exhorte Vetur. Et pour l'amour du ciel, consultez un psychologue ! »

Elle abandonne Alexandria dans la classe, et file récupérer son manteau dans la salle des professeurs avant de quitter l'école. Elle scanne chaque piéton du périmètre sans apercevoir la veste élégante de Daníel, ni ses cheveux noirs, et se rappelle alors ce que sa psychologue lui a dit autrefois, de ne pas perdre le cap, d'être intouchable, car il se nourrit de son état de choc, de son attention, si bien qu'elle décide de ralentir le pas, se redresse et s'efforce d'aborder un air joyeux, d'avoir l'air au top, en forme, en pleine forme, même ; être une victime est un choix, aussi esquisse-t-elle un sourire en coin, comme si elle venait de se souvenir de quelque chose d'amusant, tandis qu'elle dépasse le 104,5 avec entrain, sans le moindre coup d'œil à l'intérieur pour vérifier si Daníel y est attablé ou non.

C'est alors qu'elle remarque un homme de grande taille sur le trottoir, non loin d'elle, qui porte un sac bandoulière en cuir sur une épaule et une veste légère sur l'autre ; elle met les mains en porte-voix et l'appelle en criant. Húnbogi l'aperçoit et elle court à sa hauteur.

« Salut, lance-t-elle, essoufflée. Ça te dirait d'aller boire un verre avec moi ?

— Oui, oui, répond-il, puis ils vont s'attabler au 104,5, où il n'y a aucune trace de Daníel ; elle s'assied sur la même banquette que Húnbogi, plus près de lui que d'ordinaire, ce qu'il a remarqué et le fait quelque peu jubiler, comme si cette proximité était son carburant ; Vetur sent quant à elle qu'il se permet plus de libertés que jamais, il regarde ses lèvres, sourit pendant qu'elle parle, et va même jusqu'à la taquiner.

Ils prennent un deuxième verre, puis un troisième, et se demandent en plaisantant quel type de serviette, de la moelleuse ou de la rèche, est le plus agréable pour se sécher, sans parvenir à se mettre d'accord : la famille de Húnbogi utilisait un sèche-linge, et celle de Vetur une corde à linge. Elle lui demande pourquoi il est célibataire ; il éclate de rire et lui dit que c'est une question déplacée, avant de lui répondre qu'il sort tout juste d'une relation de six ans, mais qu'ils se sont séparés d'un commun d'accord.

« Et toi ? demande-t-il en se tournant vers elle. Pourquoi es-tu célibataire ?

— Parce que je n'aime pas les ânes bâtés ! répond-elle, et il secoue la tête en riant, l'air interrogateur. Par conséquent, le célibat me bâte bien. »

Húnbogi s'incline contre le dossier de la banquette avec une moue de douleur qui la fait rire aux éclats ; finalement, ils s'attardent plus longtemps que prévu et commandent de quoi manger ; l'un d'eux suggère qu'il ne serait guère raisonnable de continuer à boire étant donné qu'ils ont cours le lendemain, aussi demandent-ils qu'on leur apporte de l'eau gazeuse ; elle le regarde parler en s'imprégnant des moindres détails de son anatomie, sa mâchoire, les tendons de son cou, ses épaules fines mais fermes, et lorsqu'il mentionne un très vieil album de musique, elle lui dit qu'elle en possède une copie physique (c'est un mensonge) et qu'ils pourraient peut-être aller chez elle l'écouter ?

Ainsi se mettent-ils en route pour son appartement, légèrement éméchés ; une fois arrivés, elle fait semblant de fouiller dans la pile de disques de sa grand-mère – « Bizarre, je l'ai peut-être prêté à quelqu'un » – avant de mettre un autre disque sur la platine et de s'asseoir sur son canapé à trois places, avec Húnbogi, aussi près de lui qu'au 104,5 ; ni l'un ni l'autre ne disent mot tandis qu'elle continue de se rapprocher, bien sûr son cœur commence à battre un peu plus vite, puis elle franchit la ligne et l'embrasse une première fois ; elle patiente à quelques centimètres de son visage, jusqu'à ce qu'il l'embrasse à son tour. Ils s'embrassent l'un après l'autre, tant et si bien qu'il devient impossible de dire qui embrasse qui, le souffle de Vetur s'accélère, celui de Húnbogi aussi, ses mains se promènent sous sa chemise, lui enlacent la taille, puis il se penche sur elle, toujours sur le canapé, lui caresse la hanche d'une main, descend le long de l'extérieur de sa cuisse, et cela fait tellement longtemps qu'on n'a pas été si proche d'elle, bien trop longtemps, cela remonte à…

Daníel se tient près d'elle ; il suit chacun de ses mouvements, d'un œil observateur. Elle est allongée sur son lit, emmitouflée sous la couette. Elle sait qu'en dessous se trouve un corps pour s'en aller, qu'elle *est* ce corps qui lui permettrait de se sauver, mais le corps est paralysé, elle n'est plus en sécurité, il est sur le point de l'agresser. Sa poitrine se contracte jusqu'à former une petite boule. Elle essaie de remplir ses poumons d'oxygène pour la renvoyer d'un coup de pied.

Au loin, très loin, sur le canapé dans son appartement, quelqu'un lui demande si tout va bien.

« Vetur, dit la voix. Ça va ? »

Húnbogi s'appuie sur le dos du canapé avec le coude et la regarde. Elle se dégage de son emprise et court jusqu'à la porte, saisit la poignée, la serrure est déverrouillée, mais comment est-ce possible ? Elle s'empresse de la verrouiller puis se dirige vers la fenêtre et jette un œil au parking à travers les rideaux. Elle se penche quelques secondes sur la table de la cuisine avant d'ouvrir le robinet et de laisser couler le jet d'eau froide, pour s'y abreuver.

« Vetur », dit Húnbogi en se rapprochant d'elle dans la cuisine ; en entendant son nom, sa bouche vacille et des larmes se mettent à couler sans qu'elle ne puisse y résister, alors quelque chose craque, elle sanglote au-dessus de l'évier, consciente de la présence de Húnbogi, qui se tient à ses côtés, désemparé. Il lui caresse doucement le dos sans lui poser de question. Après quelques instants, elle parvient à balbutier Pardonne-moi, Húnbogi. Je peux te demander de partir ? et il répond Oui, évidemment.

Une fois qu'il a enfilé ses chaussures et sa veste, il lui lance un regard inquiet.

« Est-ce que j'ai fait quelque chose ?

— Non, pas du tout, dit-elle en séchant ses yeux.

— D'accord. J'aimerais quand même beaucoup te revoir, dit-il, la main hésitante sur la poignée de porte. Je ne peux pas m'empêcher de penser à toi. »

Elle essaie de sourire, hoche la tête et referme la porte derrière lui avant de la verrouiller aussi silencieusement que possible. Elle se laisse ensuite submerger par les pleurs.

Si seulement elle avait fait machine arrière, qu'elle avait pris un ton prévenant tout en continuant de jouer les médiatrices à sens unique au nom de ses collègues, sans oublier de rester diplomate, et qu'elle s'était progressivement montrée moins belle, moins complaisante, moins intéressante, peut-être que Daníel n'aurait pas éprouvé cette sensation de rejet, ni nourri une telle obsession vis-à-vis d'elle. D'autant qu'elle l'a déjà fait auparavant, il lui est arrivé de mettre fin à des relations sans même avoir besoin de rompre formellement, mais cette fois-ci, elle n'en a pas eu le courage ; elle a froidement regardé Daníel et a dit qu'il vaudrait mieux qu'il rentre chez lui. À ce moment-là, elle n'avait pas la force de faire autrement. Il s'est levé, le dos plus raide que d'ordinaire, et s'en est allé.

Ce soir-là, on aurait dit qu'on lui avait planté une clé entre les côtes pour en ouvrir les vannes ; il a dit qu'il avait travaillé dans cette école pendant plusieurs années, et que tout ce temps, les autres professeurs l'avaient traité comme un pauvre bougre, comme de la merde, comme s'il était bizarre ; qu'ils se moquaient de lui et l'imitaient sous son nez, comme s'il n'était bon qu'à être le dindon de la farce, à se moquer de lui-même et à être complice de son propre harcèlement ; et elle s'imagine qu'elle, Vetur, pourrait débarquer avec ses gros souliers, travailler quelques mois à l'école, et lui dire de but en blanc qu'il se fait des idées, qu'il se méprend, qu'il n'est pas capable de différencier une relation saine d'une relation malsaine ?

Il lui a demandé si elle réalisait combien ces choses-là, dans sa bouche, le rendaient misérable, qu'il s'était mis à douter de la réalité, qu'il avait dû supporter un nombre incalculable de fourberies au fil du temps, mais qu'il ne pourrait pas les supporter venant d'elle ; si elle savait qu'il était amoureux d'elle, qu'il l'aimait déjà avant qu'elle ne lui parle pour la première fois, avant même qu'elle le remarque.

Vetur avait posé le pied sur une mine. Elle lui a dit qu'ils pourraient en discuter le lendemain, une fois qu'il se serait calmé ; mais lorsqu'elle est arrivée à l'école, il avait téléphoné pour se faire porter pâle. Elle a pris la voiture avec des collègues pour se rendre rue Ármúli, où chaque enseignant allait devoir se soumettre à l'évaluation de l'acuité sur un créneau réservé par l'école. Daníel n'était nulle part en vue, mais cela ne voulait rien dire ; de fait, la salle du test ne pouvait accueillir qu'une personne à la fois, et ils n'étaient que quatre ou cinq à patienter simultanément dans la salle d'attente.

Cette nuit-là, les messages ont repris. Ne voyait-elle donc pas combien elle était cruelle, de quelle violence elle faisait preuve en le laissant se morfondre ainsi, dans toute cette incertitude de soi, de la vérité et de leur relation ? Était-elle vraiment si cynique, si égoïste, qu'elle ne voyait pas son point de vue dans cette histoire ? N'avait-il aucune importance pour elle ? Pouvait-il tout aussi bien sauter d'une falaise, pour sa part ?

Elle l'a supplié d'arrêter. De ne plus lui écrire. Elle l'a supplié de lui donner du temps pour assimiler tout ça, ensuite ils pourraient en discuter, face à face, comme les adultes qu'ils étaient, une fois qu'ils se seraient calmés tous les deux. Et que ni l'un ni l'autre ne seraient plus animés par la colère, ou incapables d'agir. Elle espérait que cette dernière phrase, en particulier, l'aiderait à comprendre que ces accusations la mettaient elle aussi en colère, et qu'il devrait prendre du recul.

Le silence est revenu, jusqu'au petit matin, un jour et demi plus tard. Telle était donc sa véritable nature, écrivait-il. C'était ainsi. Elle n'avait rien à envier aux autres femmes, elle qui laissait les hommes ramper derrière elle, se faisait désirer, vénérer, tout ça pour surmonter son propre complexe d'infériorité, mais aux dépens de qui ? De lui. Tout se jouait à ses dépens. Il était bon comme la romaine, tandis qu'elle continuait de vivre sa vie comme si de rien n'était.

Il la détestait, écrivait-il. Il aurait voulu qu'elle n'existe pas, qu'elle ne soit jamais née.

« Cet homme est extrêmement dangereux, a déclaré sa mère. Appelle la police.

— Il faut juste que je lui écrive. Pour essayer de le calmer.

— Cela ne servira à rien, a poursuivi sa mère. Pire, tu lui ferais plaisir. Nous allons téléphoner à la police dès maintenant. »

La police lui a recommandé d'installer la Sentinelle, ce qu'elle a fait à contrecœur. À cette époque, elle n'avait pas encore peur de lui. Il ne lui ferait rien, elle le connaissait bien. Elle devait conserver tout ce qu'il lui envoyait, et garder sa Sentinelle active à toute heure. Ainsi, la police aurait accès à sa géolocalisation et à son matériel enregistreur. Si elle avait un jour besoin de preuves pour solliciter une injonction d'éloignement contre lui, ils disposeraient des enregistrements de la caméra et des micros sur ses poignets. S'il menaçait son intégrité physique, elle n'aurait qu'à dire Neuf neuf neuf, et la police interviendrait.

Vetur a téléphoné au père de Daníel, qui n'était pas un grand bavard ; il l'a remerciée de lui avoir téléphoné et lui a demandé pardon pour le comportement de son fils. Il n'avait jamais eu connaissance d'une telle attitude de sa part auparavant, mais il irait le voir et tâcherait de le raisonner.

Les jours suivants sont passés en silence. Daníel n'est pas venu travailler, et l'équipe pédagogique a appris que tous ceux qui n'avaient pas eu l'occasion de passer le test la semaine dernière devaient s'empresser de le faire d'ici deux semaines s'ils voulaient pouvoir renouveler leur contrat pour l'année scolaire suivante. Vetur a essayé d'apaiser son anxiété en préparant un discours pour Daníel. Elle parlait à son miroir et faisait les cent pas dans son appartement ; elle lui dirait qu'elle le comprenait, qu'elle tenait à lui et qu'elle n'aurait pas dû le laisser dans cet état.

Elle s'est endormie avec son discours en tête.

Puis, elle s'est réveillée. Elle a jeté un coup d'œil à sa montre : il n'était que cinq heures et demie du matin. Elle s'est retournée sur le flanc. Soudain, elle a senti que la pièce était bien trop calme, qu'elle s'entendait respirer beaucoup trop fort ; un vent froid a traversé la pièce, et elle a soulevé la tête de son oreiller ; c'est alors qu'elle l'a vu, debout au pied de son lit, en train de la regarder.

Sa poitrine s'élevait et s'affaissait. Ses yeux étaient injectés de sang. Pensée : *Il va te tuer*. Et avant qu'elle n'ait pu faire quoi que ce soit, son corps tout entier s’est contracté en une toute petite boule, au creux de sa poitrine. Cette boule minuscule n’avait ni cerveau, ni membres, ni voix. Elle n’avait que deux yeux et un battement de cœur, et ne pouvait rien faire sinon attendre, impuissante, les éventualités prochaines.

Laíla,

La frontière entre le conseil d'amie et la manipulation n'est nullement évidente. Notre relation a toujours fonctionné sur le même principe : tu m'interroges, et je te conseille. Par conséquent, tu m'as accordé un certain droit de vote au sein même ta vie. En me téléphonant à chaque fois que tu dois prendre une décision importante, tu m'offres le pouvoir de m'en mêler. Je suis vraiment désolée d'apprendre cela : que tu ressens de ma part une forme d'indifférence à ton égard. Il est évident que ta vie a de l'importance pour moi, et j'essaierai désormais de te le montrer davantage. Mais je dois te dire que ce que tu as écrit dans ta dernière lettre n'est pas juste. Tu dis m'avoir demandé plusieurs fois au fil des années d'arrêter de te parler avec condescendance, ce qui est tout simplement faux. Je n'en avais jamais entendu parler avant aujourd'hui. Si tu t'es sentie insignifiante à cause de moi, je te demande évidemment pardon. Ce n'était pas mon but. Mais tu ne peux pas me traiter comme une espèce de multirécidiviste, quand je n'ai jamais reçu ne serait-ce qu'un avertissement.

Les valeurs sociales s'épandent et croupissent à tour de rôle. Comme de la graisse. Comme de l'huile ou du beurre. Elles chauffent et fondent jusqu'à prendre une forme nouvelle, puis elles se solidifient. Tout à coup, les photos de profil sur les réseaux sociaux sont un symbole de narcissisme, lui-même symptomatique d'un déficit d'empathie. Tout à coup, les disputes sont synonymes d'agressivité et de bêtise, autant d'attributs eux aussi symptomatiques d'un déficit d'empathie. Le changement est si soudain que nous en avons tous eu un torticolis. Si soudain que les plus lents d'entre nous ne le remarquent pas avant d'être traités d'obscurantistes. Et que se passe-t-il alors ? Les obscurantistes se mettent sur la défensive, tandis que les progressistes multiplient leurs attaques. Il en a toujours été ainsi.

Évidemment que je suis partisane du progrès que représente la nouvelle tradition du débat. Évidemment que, comme toi, je souhaiterais prévenir les comportements belliqueux et méfiants, afin que les gens puissent discuter ensemble. Évidemment que je voudrais mettre fin à ces débats interminables dans lesquels l'honneur, la réputation et l'image du tribun sont en jeu, ces débats dont les seules issues possibles sont la victoire ou la défaite, suivies du départ en furie des deux participants.

La semaine dernière, Róheiður est rentrée de l'école et m'a dit Maman, j'ai changé d'avis aujourd'hui ! comme si elle avait trouvé une pièce de monnaie dans la rue. Peut-être que sa génération doit encore y travailler, que ce conditionnement finira par prendre racine – cette idée qu'avoir tort n'est pas un échec, mais un accomplissement. Peut-être que les représentants des générations futures s'écouteront les uns les autres, que l'accent sera mis sur le progrès collectif et non sur la gloire individuelle. Pour ma part, je suis sceptique. Cette tendance à ne jamais vouloir avoir tort entretient un lien beaucoup trop ferme avec la force et le pouvoir. Si nous observons les autres primates, tels que les singes ou les gorilles, nous constatons qu'eux aussi sont régis par la morale de l'alpha. Le chimpanzé alpha s'empare du pouvoir de la même façon que l'homme : il se sert de sa supériorité physique, de son intelligence et de ses alliances. Les autres chimpanzés n'ont d'autre choix que de se prosterner devant lui. Cet instinct est inscrit dans l'ADN de notre espèce. Nous nous rallions sous la bannière d'un chef et de ses opinions pour la simple raison que nous estimons y avoir trouvé notre meilleure chance de survie. Le jour où ces opinions deviendront trop provocantes, commencera alors une lutte acharnée pour le pouvoir.

Mais, comme si souvent auparavant, l'homme essaie de surmonter sa nature animale et utilise pour cela ce qu'on appelle « civilisation ». J'entends partout les mêmes phrases vides de sens. Que toute chose doit s'envisager le long d'un spectre. Que rien n'est ni tout noir ni tout blanc. Et je suis d'accord. Mais dès que je m'aventure en zone grise, sur ce fameux no man's land, le débat se polarise aussitôt, noir et blanc, pour ou contre. Dès lors que je n'accepte pas inconditionnellement le politiquement correct, cela fait de moi un « loup déguisé en agneau ».

N'est-ce pas là ce que tu fais ? Toutes les fois où j'émettais la moindre réticence, où je refusais de hurler avec les loups, tu t'emparais de la première arme qui te passait sous la main, celle qui consistait à critiquer notre débat en lui-même ainsi que ma personne plutôt que d'argumenter ton propos, ce dont tu étais incapable. Tu arrêtais le jeu et essayais de me donner un carton rouge. Mais la balle est toujours en jeu, Laíla, abandonnée sur le terrain. Que dirais-tu d'y donner un bon coup de pied ? Se pourrait-il que les extrêmes ne soient finalement pas si éloignés l'un de l'autre ? C'est précisément dans ces moments-là, lorsque je me risquais en zone grise, que je ressentais véritablement à quel point le dialogue est absent de notre société. C'est là que j'éprouve l'existence des deux pôles. Le pôle Nord et le pôle Sud. Que la scission est telle que chaque pôle parle désormais sa propre langue. Confrontés aux mêmes mots, ils leur attribuent le sens qui leur convient le mieux. Chacun pointe l'autre du doigt, tous sont des victimes, tous sont coupables. Les gens refusent catégoriquement d'entendre le point de vue opposé au leur. Je ne compte plus le nombre de personnes très intelligentes ayant déclaré qu'elles allaient bloquer tous ceux qui pensaient différemment d'elles. Ou bien qui disent : « Si tu soutiens telle cause, je t'enjoins de me supprimer de tes amis. » Je trouve ce comportement extrêmement dangereux. Faire en sorte de ne plus baigner que dans ses propres opinions et de ne plus être en contact avec leurs opposées ; c'est malhonnête. Oser se prendre pour un critique et se comporter de la sorte. On ne peut réellement prendre parti pour quelque idée que ce soit sans entendre au préalable les arguments contraires.

Il se trouve qu'on oublie parfois dans le débat combien nous sommes paresseux par essence. La grande majorité d'entre nous partage les mêmes opinions. Nous n'avons pas le courage d'aller recueillir nos informations par nous-mêmes, ni de nous forger notre propre opinion. Il est bien plus pratique de se rallier derrière un chef qui a su nous convaincre. De singer ses indignations. Cela nous fait gagner du temps. Cela nous permet d'échapper aux recherches et aux impasses qui jalonnent la compréhension de tous les points de vue d'une seule et même question. N'as-tu jamais remarqué combien tu te sens mal à l'aise lorsque quelqu'un n'est pas d'accord avec toi ? Et combien tu te sens soulagée lorsqu'on partage les mêmes opinions que toi ?

Mais le problème est le suivant : bien que je soutienne le principe du test d'empathie, cela ne veut pas dire que je ne peux pas le critiquer. L'homme joue un double jeu – tu pourras toujours l'envoyer suivre un nombre infini de séances chez le psychologue et lui apprendre à être courtois, bon, et à se débarrasser de toutes ses confusions ; tu pourras toujours créer une société transparente et civilisée en plexiglas dans laquelle tout le monde possédera les « outils » pour vivre une vie « saine ». Mais chassez le naturel, il revient au galop ; sous une fourrure soyeuse se cache un animal cupide et féroce, qui ne pense qu'à une seule chose : survivre. N'es-tu jamais entrée en collision avec ta propre cruauté ? Ne t'es-tu jamais sentie submergée par la colère, voire l'agressivité, en face d'une personne en difficulté, peut-être paralysée par la dépression, et qui avait besoin de toi ? N'est-ce pas là l'expression la plus pure de l'instinct grégaire ? Pour nous, rien n'est plus naturel que de refuser de partager un troupeau avec ceux qui menacent notre subsistance, ceux qui nous ralentissent.

Pendant longtemps, la société a tenté de comprendre le côté sombre de l'être humain. Le mot islandais skilningur, *qui signifie « compréhension », possède un double sens bien précis : nous essayons de séparer,* að skilja, *une chose d'une autre – le laid du beau, l'homme de l'animal – afin de les isoler et de nous débarrasser de celle qui nous déplaît. Mais le mot latin* comprehendere *– qu'on retrouve en anglais sous la forme* comprehend *– en est l'exact contraire : il signifie saisir ensemble.* Com *est un préfixe, et* prehendere *signifie « prendre, s'emparer de quelque chose ». Tu dis que le contexte des mots, la manière dont ils ont été employés, importe pour en comprendre le sens. Je suis parfaitement d'accord avec toi, et te demande une nouvelle fois pardon si je t'ai parlé avec condescendance. Je ne l'ai pas fait exprès. Mais cela étant, peut-être avons-nous besoin de focales plus larges et de davantage de contexte pour comprendre de quoi il retourne. Pourquoi as-tu le sentiment que je suis condescendante envers toi quand j'ai l'impression de te parler d'égale à égale ? Une seule réponse me vient* *à l'esprit, et j'espère que tu ne m'en voudras pas : parce que mon image de moi-même est plus solide que celle que tu as de toi. Ce qui semble vouloir dire que, alors même que tu utilises des termes tout aussi blessants avec moi – comme quand tu dis que je suis un « loup déguisé en agneau », par exemple –, mes mots pèseraient plus lourd que les tiens. Et je ne peux m'empêcher de penser que cela est injuste.*

Tea

19.

Quelqu'un a sonné ; Eyja jette un œil à l'interphone et voit un jeune homme qu'elle ne connaît pas qui attend au rez-de-chaussée, dans le vestibule.

Il a sûrement quelque chose à vendre.

Elle retourne dans le salon sans lui répondre et se laisse choir sur le canapé avant de projeter son écran devant elle à nouveau.

Quelques instants plus tard, elle entend un bruit sourd. Comme si quelque chose avait tapé contre la fenêtre dans l'entrée.

Puis un léger grincement. Suivi d'un grand fracas.

Elle regarde tout autour d'elle. Les verres de smoothie vides, les bouteilles de vin et les plateaux-repas qu'on doit venir récupérer plus tard ; elle attrape un couteau sale.

« 112 », murmure-t-elle, Zoé contre sa bouche.

Une voix informatisée répond, lui demandant comment elle peut l'assister.

« Quelqu'un s'est introduit chez moi. »

La voix informatisée lui demande si elle possède une Sentinelle, car ils pourraient ainsi avoir accès à sa géolocalisation et à sa caméra.

Elle répond par la négative, transmet son adresse en chuchotant, puis recule derrière le canapé ; l'instant d'après, un jeune homme élégamment habillé apparaît dans le salon.

Il porte un de ces trucs, comment on appelle ça.

Un holo-masque.

Il s'avance prudemment dans la pièce ouverte.

« STOP », dit-elle en bondissant de derrière le canapé, le couteau brandi dans les airs.

Le cambrioleur sursaute, porte la main à sa poitrine, et recule avant de partir en courant, renversant un tableau du mur dans sa fuite.

Elle entend les bruits de pas s'éloigner le long de l'escalier de l'immeuble.

Sa voix tremble tandis qu'elle demande à Zoé d'appeler Breki.

Le numéro n'est toujours pas attribué, ce qui signifie qu'il ne l'a pas débloquée.

Elle se connecte au faux profil qu'elle a utilisé pour les espionner.

Elle approche le poignet de son visage et allume la caméra. Dès qu'elle aperçoit son image à l'écran, elle s'effondre.

« Breki, est-ce que tu peux m'appeler. C'est une urgence », bredouille-t-elle en pleurant.

Elle appelle ses amies en titubant jusqu'au vestibule, et découvre qu'on a cassé la fenêtre près de la porte d'entrée.

Elles répondent les unes après les autres.

« Le sol est couvert de bris de verre », dit-elle en sanglotant.

Elles lui demandent toutes en même temps ce qu'il s'est passé.

Elle s'éloigne de la porte d'entrée et se rend dans sa chambre où elle s'enferme à double tour.

Elle réussit tant bien que mal à leur expliquer ce qu'il s'est passé, et elles patientent en ligne avec elle jusqu'à l'arrivée de deux agents de police, un homme et une femme.

Elle récapitule le fil des évènements. Et décrit le jeune homme tandis qu'ils enregistrent son témoignage.

Ils lui demandent ensuite de quel système de sécurité elle dispose. Si elle serait intéressée par une Sentinelle ou par le marquage de son appartement.

« Non », répond-elle sans les regarder.

Ses pleurs lui ont donné mal à la gorge et elle a les yeux gonflés.

La femme s'assied près d'elle et lui demande si son refus est motivé par une raison particulière.

« Je n'ai pas envie d'être surveillée », répond-elle.

« Je ne veux pas d'un lecteur de reconnaissance faciale qui enregistre tout ce qu'il voit. Qui rentre et qui sort. »

« Je crois en la liberté individuelle. »

La policière lui dit que c'est un motif compréhensible. Mais qu'elle est ainsi à la merci de ce genre de chose. Les cages d'escalier non marquées font l'objet de nombreux cambriolages.

« Oui, évidemment, c'est donc de ma faute », dit Eyja en levant enfin les yeux.

« C'est de ma faute si je n'ai pas de système de sécurité. »

« C'est de ma faute si on s'est introduit chez moi et qu'on a mis ma vie en danger, et c'est aussi de ma faute si je me suis fait virer, que mon mari m'a trompée et que mes parents n'en ont rien à foutre. »

« Vous n'avez qu'à tout me mettre sur le dos. »

« Vous finirez bien par le faire, tôt ou tard. »

Pas du tout, dit la policière.

En l'occurrence, le cambrioleur est le seul responsable. Elle voulait simplement dire que la prochaine fois, il serait possible d'empêcher un intrus de s'aventurer aussi loin.

« Cette foutue société va droit dans le mur ! » bafouille Eyja.

« On n'est en sécurité nulle part ! » bafouille-t-elle encore.

« Pourquoi est-ce que vous ne *faites* rien ? » gémit-elle enfin.

La policière la prend dans ses bras et lui répète à plusieurs reprises que tout va bien. Elle lui dit que sa réaction est normale, d'abord survient le choc, puis viennent les pleurs. Il n'y a pas de quoi avoir honte.

Elle continue sur sa lancée, radotant sur l'état de choc et le sentiment de sécurité.

La voix de la policière devient comme du plomb, jusqu'à produire un son lancinant qui se resserre tout autour d'Eyja.

Elle ne peut plus réfléchir.

« Je veux être seule maintenant, dit-elle tout à coup et la policière se tait. Merci de votre aide. »

La policière lui demande si elle en est sûre, si quelqu'un est en route pour venir la voir. Son conjoint, ou un membre de sa famille ? Des enfants ?

« Oui, ils sont tous en chemin. »

La policière se lève. Son collègue encourage Eyja à souscrire à un service de sécurité et à chercher un soutien psychologique post-traumatique.

Il lui téléphone enfin. Dès qu'elle entend sa voix, elle se remet à sangloter.

« Breki », dit-elle.

« Je ne sais pas quoi faire. »

Il la rejoint au bout d'une demi-heure. Il porte une veste, un jean et des lunettes de soleil.

Elle est assise sur le canapé, enveloppée dans une couverture.

Il entre dans l'appartement sur la pointe des pieds, en prenant garde de ne pas marcher sur le verre brisé, et lui demande ce qui a bien pu se passer.

Elle accourt jusqu'à lui et se met à pleurer.

Il la prend dans ses bras tandis qu'elle sanglote, le visage enfoui dans cette poitrine si familière.

Pendant un instant, le présent fusionne avec le passé.

Comme les coins d'une housse de couette qui se rejoindraient une fois la housse repliée.

Tout ce qu'il s'est passé au milieu disparaît dans le pli.

Elle sent qu'il hume son odeur.

Ton parfum, dit-il. Il dit sentir son parfum partout.

Elle lève les yeux et il plonge son regard dans le sien avant de relâcher lentement son étreinte.

Avec réticence, trouve-t-elle.

Il lui demande si elle veut quelque chose à boire. De l'eau ? Un thé ? Un café ?

Elle secoue la tête. Resserre son emprise sur sa couverture. Et se sèche le visage de sa main libre.

Il observe le salon. Les plateaux-repas et les bouteilles. Et lui demande si Inga Lára, Natalía et Eldey sont en chemin. Avant de lui redemander ce qu'il s'est passé.

« Je… », dit-elle.

« Þórir m'a virée et un cambrioleur est venu. »

Breki lève les sourcils. Il se passe la main dans les cheveux, s'attarde sur le sommet de son crâne et se masse le cuir chevelu.

Il lui demande pourquoi Þórir l'a virée. Eux qui avaient toujours si bien collaboré.

« J'ai refusé de coucher avec lui », déclare-t-elle en reniflant.

Hein ? dit Breki. Il lui demande si elle lui dit la vérité.

« Évidemment que je dis la vérité. Þórir s'est acharné sur la porte de ma chambre d'hôtel au cours d'un voyage d'affaires à Toronto et puis il m'a virée deux semaines plus tard. »

« Pourquoi est-ce que je ne dirais pas la vérité ? »

Parce que, dit Breki, elle a l'habitude de mentir aux gens qui l'abandonnent.

Parce qu'il entend des mensonges le concernant de tous les côtés.

Les gens les plus improbables semblent penser qu'il l'a trompée avec Katrín.

Il est en colère. Il se tient devant elle les mains sur les hanches comme il fait toujours lorsqu'il est énervé.

« Breki... », dit-elle.

C'est *elle* qui l'a trompé *lui* ! hurle-t-il.

Il n'a rencontré Katrín que *plusieurs mois* après son déménagement !

Il dit que Katrín a failli perdre son emploi à cause de ses foutus mensonges et de toutes les foutaises qu'elle a colportées à son sujet.

Il prend son visage dans ses mains. Et dit qu'il n'en revient pas de s'être laissé leurrer une fois de plus.

Qu'est-ce que son psychologue en penserait ?

« J'étais en colère contre toi ! » dit-elle.

« Pardon ! »

C'est ça, lance Breki, comme quand elle avait été en colère contre tous ses ex avant lui.

Comme quand elle avait été en colère contre son père. Et menti en affirmant qu'il l'avait battue petite.

« Il aurait très bien pu le faire ! » dit-elle en se levant du canapé.

« Et tu aurais tout aussi bien pu me tromper ! »

« La douleur était la même ! »

Breki la regarde, ouvre la bouche comme s'il s'apprêtait à dire quelque chose, puis secoue la tête avant de partir en coup de vent.

Aïe !

Elle saigne. Elle rapproche son doigt de son visage. Plisse les yeux.

Vue de merde. Elle n'y voit rien.

Elle palpe son doigt, devine le bout de verre et le retire.

Elle balaie les bris de verre avec ses mains sur l'un des plateaux-repas sales.

Une fois la plupart des morceaux réunis sur le plateau, elle le secoue et remarque qu'il est taché de sang.

Génial !

Elle recouvre le plateau avec sa cloche, elle-même nappée d'une couche solidifiée de sauce orange.

Le taxi arrive peu de temps après son appel.

Le chauffeur essaie de faire la conversation. Elle tente en premier lieu de lui faire comprendre qu'elle n'est pas d'humeur à bavarder à grand renfort de réponses monosyllabiques. Mais il est curieux.

Il pose question sur question sur question.

« Je n'ai pas envie de parler », dit-elle en hoquetant.

Tout à coup, les voilà arrivés devant la tour.

Qui sera bientôt son *ancien* lieu de travail.

« Attendez-moi », dit-elle, le plateau-repas à la main, avant de fermer la porte.

Elle peut entrer, aucun problème.

Elle ne parvient pas à se débarrasser de ce foutu hoquet. Elle essaie de retenir sa respiration dans l'ascenseur. Au sixième étage, elle reprend son souffle.

Elle sort au neuvième.

Son bureau n'est pas fermé à clé.

Puisqu'il n'a rien à cacher !

Elle repêche quelques morceaux de verre dans la gamelle et les emmène avec elle dans les toilettes pour les nettoyer dans l'évier avec du savon.

Elle se baisse ensuite sous son bureau et tend la main.

« Que tous les esprits malins… », dit-elle en répandant les bris de verre sur le sol.

En se relevant, elle se cogne la tête contre le bureau.

« Aïe ! »

Son regard se pose ensuite sur le portemanteau qui se trouve à sa droite.

Un vêtement y est accroché.

Une veste noire.

Elle s'en approche et glisse quelques morceaux de verre brisé dans le pli de la manche retroussée.

Et les coince soigneusement pour éviter qu'ils tombent.

Une fois rentrée chez elle, elle jette un œil à l'heure.

Il n'est pas tard ! Seulement vingt heures !

Elle ouvre une deuxième bouteille et téléphone à la police.

« Oui, bonsoir », dit-elle lorsqu'un policier lui répond.

« Vous êtes venus chez moi ce matin. »

« À cause d'une effraction. Quelqu'un s'était introduit chez moi. »

« Je crois savoir de qui il s'agissait. »

Puis tout s'assèche.

Sa tête, sèche.

Son corps, sec.

Sa peau. Sa bouche.

Elle essaie de bouger et réalise qu'elle est nue.

Elle ouvre les yeux et constate qu'elle est seule.

Zoé n'a plus de batterie.

Elle referme les yeux et se rappelle vaguement un corps affalé sur elle hier, ainsi que la langue pétrisseuse de Gylfi. Allongée sur son lit, elle tente de se remémorer les évènements de la veille.

Est-elle allée travailler ?

Pourquoi ?

Soudain, on sonne à la porte.

C'est un homme au gros ventre. Avec des cheveux courts et gris.

Il dit venir installer une nouvelle vitre sur la fenêtre du vestibule.

A-t-elle commandé une vitre ? Elle ne s'en rappelle pas. Oui, c'est possible. Elle en a maintenant un vague souvenir.

Il désigne un plateau posé devant sa porte d'entrée, sur lequel se trouvent trois verres de smoothie, et demande si c'est censé être là.

Elle récupère le plateau sans lui répondre.

La vue d'Eyja le laisse bouche bée.

Il pointe la fenêtre de l'index et demande si c'est à cause des récentes manifestations ? Est-ce qu'une de ces canailles lui aurait brisé sa fenêtre ?

« Quelles manifestations ? »

Il demande s'il confond peut-être avec autre chose.

Il prend un air gêné et marmonne dans sa barbe.

Elle se retourne et ferme la porte qui relie le couloir au vestibule.

Elle se dépêche d'aller dans sa chambre pour y brancher Zoé.

Sa montre s'allume aussitôt. Eyja projette son fil d'actualité et s'assoupit sur son lit, lorsque les messages et les vidéos s'accumulent soudainement devant elle.

Þórir lui a envoyé un holo.

Ses amies lui ont envoyé des holos.

Fjölnir et Kári.

Sa mère lui demande de l'appeler.

Elle se rend sur le premier site d'information qui lui passe par la tête et découvre son propre visage qui se dresse devant elle, avec en arrière-plan une photo de l'entreprise.

20.

Tristan dévale le putain d'escalier et change de veste dans le cagibi de l'immeuble ; il court ensuite jusqu'à la fourgonnette et fonce directement au parking. Arrivé sur place, il change de véhicule et file se garer dans un autre parking souterrain, avant de monter au magasin à l'étage du dessus pour se changer dans les toilettes ; il ôte sa chemise élégante, enfile un pull large ainsi qu'un pantalon plus confortable. Le T-shirt qu'il portait sous sa chemise est tellement trempé qu'il le jette à la poubelle, avant de changer d'avis et de le récupérer pour le fourrer dans son sac à dos.

Il s'asperge le visage d'eau et se sèche avec son pull. La lumière des toilettes est bien trop vive. D'un blanc lancinant. Son estomac lui fait un mal de chien. Il sent un goût de fer dans sa bouche, et crache du sang dans l'évier immaculé. Cette vision le fait flipper, et son rythme cardiaque monte à cent soixante-dix ; Zoé sifflote et il s'assied sur la cuvette baissée des toilettes.

« La vie suit un chemin inécultable », dit-il en s'imaginant dans l'ascenseur de leur ancien immeuble, impuissant, il ne peut pas aller plus vite que l'ascenseur, cet ascenseur qui le porte, il y est en sécurité, et pendant quelques secondes, personne ne peut y rentrer, ni en sortir. « Je suis dans un ascenseur, inspire-t-il. Je suis dans un ascenseur », expire-t-il.

En sortant du bâtiment, il descend les marches quatre à quatre et attends la H le long d'une grande rue passante. Lorsqu'elle est arrivée, il s'installe près de la sortie et se tient à une petite poignée en plastique accrochée au plafond. Il sent la présence des caméras dans la rame, qui savent où il est et où il va. Quand il descendra, une voiture de police l'attendra pour le cueillir et ça sera putain de finito.

« Excusez-moi », dit quelqu'un.

Il se retourne et aperçoit un vieil homme qui pourrait être son grand-père. L'homme s'approche de lui comme s'il s'apprêtait à lui confier un secret.

« Je voulais simplement vous dire que votre initiative, à vous autres jeunes gens, me réjouit profondément. Que vous racontiez vos histoires. C'est rudement important. Il faut que les gens comprennent les circonstances dans lesquelles vous vivez, et comment vos mains sont liées. C'était aussi utile que nécessaire. Permettez-moi de vous exhorter à poursuivre votre action.

— Merci », bafouille Tristan sans parvenir à finir son mot, le *i* quasiment inaudible. Le vieil homme lève le pouce dans sa direction, puis la H s'arrête et il descend de la rame avec précaution.

« Zoé, interroge Tristan. Qu'est-ce que ça veut dire exhorter ? »

« Exhorter quelqu'un, lui dit Zoé dans l'oreille. Inciter, pousser, encourager, dire à quelqu'un de continuer à faire du bon travail. »

Arrivé au travail, il retrouve Eldór dans le V1. Il lui explique que le coffre de la fourgonnette est actuellement vide, et qu'il raccroche pour de bon.

« De quoi ? Mais pourquoi ? » dit Eldór sans quitter des yeux le conteneur qu'il téléguide.

Tristan lui explique ce qu'il s'est passé, et Eldór se met à rire à pleins poumons lorsqu'il lui parle de la quinqua qui l'a menacé avec un couteau, et dont le putain de nichon s'est fait la malle hors de sa robe de chambre.

« Mais tu avais bien ton masque, tes gants et tout, non ?

— Bah oui, tu me prends pour qui ?

— Mec, tout va bien dans ce cas.

— J'y arrive pas. J'ai l'impression que les flics peuvent voir le moindre putain de truc que je fais. Ça grouille de caméras absolument partout. J'ai pas les nerfs assez solides pour ça. J'ai commencé à cracher du sang, putain.

— Hein ? Du sang ?

— Oui.

— Tu penses que tu pourrais… être malade ?

— Oui, j'ai attrapé une infection bactérienne à l'estomac il y a longtemps, et mon ulcère empire avec le trex, le stress et tout le toutim. C'est insupportable.

— Merde.

— Ouais.

— Qu'est-ce que tu comptes faire ?
— J'en sais rien. Mais je rincerai plus de baraque. »

Après le travail, Viktor lui demande de le rejoindre dans sa voiture ; Tristan sait qu'il va recevoir sa paye. Ils s'asseyent dans la voiture.

« Comment ça se passe, ta recherche d'emploi ? »

En prononçant ces mots, il ne regarde pas Tristan. Il scrute le parking où ils sont garés, l'air calme, jovial.

« Viktor. Déso', pour de vrai. Je sais que je suis qu'un putain d'ingrat. Mais je suis tellement stressé à longueur de temps, surtout depuis le coup du conteneur en novembre. J'ai besoin de me trouver quelque chose de plus tranquille. »

Viktor sourit, mais ce sourire n'inspire pas confiance à Tristan. Il avait fait le même à Wojciech quand celui-ci lui avait demandé un temps mort.

« T'as pas répondu à ma question. Comment ça se passe, ta recherche d'emploi ?
— Mal. »

Viktor hoche la tête, puis tend un petit carnet à Tristan. Celui-ci l'accepte et le fourre dans sa poche.

« Tu m'en dois une », dit Viktor.

Il rentre chez lui en boitillant. Son ventre part complètement en couille. Une putain de douleur insupportable. Comme s'il avait avalé une lame de rasoir. Il essaie d'inspirer profondément, mais ses poumons semblent avoir rétréci et ne plus pouvoir contenir autant d'air qu'auparavant. Il compte l'argent de Viktor. Il devrait s'en sortir, mais seulement si Ólafur

Tandri ne porte pas plainte. Il pense à la putain de vieille de tout à l'heure, et à la chance de fou qu'il a eue de ne pas se faire arrêter, et de ne jamais l'avoir été, considérant le nombre de maisons qu'il a rincées. Il se promet de ne plus jamais, jamais rincer la moindre baraque. Une promesse qu'il s'est pourtant déjà si souvent faite.

Quand il revient à lui, il est allongé dans sa chambre. Le matin s'est presque levé. Son estomac est endolori, il a du mal à avaler mais la douleur a disparu. Il mange ses céréales aussi lentement que possible et prend un comprimé de trex. Après quelques instants, la drogue commence à faire effet.

Il reste une semaine et un jour d'ici le référendum. Huit jours. Huit putains de jours.

Il se rend au travail, et essaie d'y penser le moins possible ; le lendemain (sept jours), il va visiter des appartements. Le premier se situe quelque part à Fossvogur et semble plutôt correct ; le suivant est à Hafnarfjörður et a l'air un peu moins cool, mais reste quand même correct. Tristan fait une offre d'achat pour les deux, et prend les cachetons qu'Eldór lui donne dimanche (six jours) afin de se déconnecter, pour que le temps passe plus vite, et lorsqu'il se réveille lundi (cinq), son oreiller est trempé de bave. Vers midi, il téléphone aux deux agents immobiliers, qui n'ont toujours pas transmis ses offres d'achat aux propriétaires mais lui promettent qu'il recevra une réponse dès le lendemain.

Mardi (quatre), l'un des agents lui téléphone ; mercredi (trois), le second l'appelle à son tour. Tous deux lui disent la même chose : que l'offre a été refusée, mais voici des contre-propositions. Bien trop chères l'une comme l'autre. En recevant la deuxième réponse, il frappe dans un conteneur, de toutes ses forces, même Wojciech se retourne en entendant le grondement du métal.

Quelque chose en lui est en train de céder, comme une boîte en carton mouillée dont le fond se déchirerait en deux, se vidant ainsi de tout son contenu. Il commence à trembler. Il s'imagine devenir sans-abri, un clochard, un camé à la rue. Il a vu des garçons finir comme ça, des garçons de son entourage, il a des connaissances qui ont fini à la rue, et il les a vues errer dans le centre-ville, les pieds nus et ensanglantés.

Ólafur Tandri lui téléphone pendant son travail. Tristan reste parfaitement immobile, et fixe le nom affiché à l'écran. Il laisse sonner sans décrocher.

Sa journée terminée, il s'en va visiter un dernier appartement. Celui-ci se trouve sur la rue Hverfisgata, juste à côté de chez Eldór, dans un ancien hôtel également. Il ne s'agit que d'une unique chambre dotée d'un petit coin cuisine. Mais lorsque l'agent immobilier ouvre la porte, l'appartement se révèle être putain de dégueulasse, une odeur répugnante flotte dans l'air et tout ce qui devrait être blanc est brunâtre ; la chambre se situe au rez-de-chaussée, au niveau de la rue, ce qui fait qu'on entend beaucoup trop le bruit des voitures. Il y a un trou sur le receveur de douche, d'où résonne une espèce de grattement.

Ils s'arrêtent, et Tristan jette un regard à l'agent immobilier, qui donne un léger coup de pied sur le receveur de douche. Le grattement cesse ; le silence est quasi total, lorsqu'une putain d'énorme queue sort par le trou ; Tristan et l'agent immobilier essaient de la jouer cool, mais se taillent hors des chiottes aussi vite que possible.

« Vous pouvez certainement faire une offre d'achat bien en dessous du prix de départ, dit l'agent immobilier. Il est en vente depuis tellement longtemps.

— Vraiment ? dit Tristan en regardant autour de lui. D'accord. C'est bon à savoir. »

Il s'assied sur le matelas de sa chambre. Et demande à Zoé de passer un appel.

« Salut, je suis pas dispo là. On se reparle plus tard, dit Rúrik.

— T'es fâché contre moi ?

— Qu'est-ce que tu crois ?

— J'avais pas le choix.

— T'étais pas obligé de le faire de cette manière, putain.

— Déso'. J'étais tellement stressé. Je savais pas qu'ils me poseraient des questions sur toi, justifie-t-il. Mais je nous ai trouvé un appartement.

— Nous ? Je suis putain de raide, Tristan.

— Et tu crois que je ne le sais pas ? Tu devras quand même habiter quelque part une fois que tu seras sorti. Y a qu'une seule chambre, mais suffisamment de place pour nous deux. On aura qu'à installer deux petits lits l'un à côté de l'autre et puis –

— Non, dit Rúrik. Non. Rentre chez maman et retourne à l'école.

— Je peux pas habiter là-bas, tu le sais très bien.

— Bien sûr que si tu peux y habiter. Passe le test, fais-toi aider pour décrocher du trex et retourne à l'école.

— Déso' d'avoir parlé de toi dans cette vidéo. J'ai paniqué, c'est tout.

— Tristan, te disperse pas et arrête de te mêler de mes affaires une fois de plus.

— Mais on doit acheter un appartement si on veut pouvoir survivre !

— Tu crois qu'il va se passer quoi ? On pourra toujours se trouver un endroit où dormir.

— Non, sérieusement, Rúrik. Fais-moi confiance, putain. T'imagines même le nombre de mecs qui sont à la rue.

— Argh, Tristan, c'est pas toi qui vas m'apprendre la vie. Si t'as besoin de trouver une chambre d'ici la fin du mois, je connais au moins deux hôtels qui en louent pour les mecs comme nous.

— Oui, d'accord, et ensuite ? Dans un an, ces hôtels décideront de se marquer et il sera trop tard pour acheter un appartement.

— Évidemment qu'on pourra en acheter un. Ce que tu peux être con parfois.

— Les banques modifieront peut-être leurs règlements de manière à ce que les gens qui ont raté le test puissent pas contracter de prêt.

— Arrête d'être aussi naïf, putain. Les banques *veulent* ton argent. Pourquoi est-ce qu'elles empêcheraient des milliers de gens de leur en donner ?

— Eh bien, on sait jamais. Il faut qu'on soit sécures. Surtout toi.

— Surtout moi ?

— Oui, tu sais, à cause du test et tout.

— Arrête de t'inquiéter pour moi, bordel. Je suis en train de me reprendre en main. Et tu dois faire de même. Va passer le test. Rentre chez maman. Et arrête de bosser au port.

— Mais…

— Faut que j'y aille, le coupe Rúrik. On se reparle plus tard. » Puis il raccroche.

Tristan s'enfile deux trex d'un coup tout en fumant la beuh d'Eldór, allongé sur son matelas ; il sent son corps se détendre, progressivement, presque en apesanteur. Pendant un instant, son cœur n'est plus un putain de conteneur géant et son corps redevient cette immense piscine dans laquelle il peut flotter, l'âme gazeuse ; il repense à cet appartement répugnant sur Hverfisgata, au rat et à l'odeur, il faut qu'il fasse une offre, oui, il fera une offre d'achat dès demain et téléphonera à Ólafur Tandri pour lui dire qu'il ira à ces putains de séances chez le psy, à condition qu'il ne paye pas d'amende. C'est son seul moyen de s'en sortir, il va s'en sortir, ils retaperont l'appartement avec Rúrik, oui, ils le repeindront, changeront le receveur de douche et peut-être aussi le plancher, pour chasser cette odeur, il y a sûrement des vidéos sur le Net qui expliquent comment changer un plancher, ensuite il pourra se consacrer à la recherche d'un nouveau travail, et lorsqu'il en aura trouvé un, il ne sera peut-être plus aussi anxieux à longueur de temps et pourra ainsi s'efforcer de décrocher du trex, oui, il n'y a rien de mal à demander de l'aide, il n'aura pas besoin de passer le test pour recevoir un tel traitement, et lorsqu'il aura enfin réussi à se sevrer pour de bon, il pourra peut-être retourner à l'école et obtenir son diplôme, étudier quelque chose qui lui permettrait de travailler depuis chez lui, de manière à ne pas avoir à se prendre ce putain de MIIP MIIP MIIP dans la gueule à nouveau, et une fois de retour à l'école, il pourra peut-être appeler Sunneva et tout lui expliquer, elle accepterait de le revoir et lui ferait confiance, ils se mettraient en couple et il pourrait chaque soir embrasser la clarté, oui, il est sur le droit chemin, ça y est, il va s'en sortir, il va carrément s'en sortir, mais qu'est-ce que c'est que cette musique qui résonne autour de lui, il essaie de lever la tête mais n'y parvient pas tandis que la musique augmente de volume, elle sort de ses montres, puis une espèce d'écran s'affiche au-dessus de lui, une lumière rouge clignote et Zoé baragouine un truc à propos de son rythme cardiaque, il comprend alors qu'il ne s'agit pas de musique, mais de sirènes, d'adorables, de merveilleuses, de divines sirènes, qui tournent en rond comme les lames d'un hachoir ou d'un broyeur, ou de n'importe quel objet qui réduirait la nourriture en bouillie ou le café en poudre, ainsi s'immerge-t-il dans le bruit, traverse le hachoir tandis que les sirènes, ces lames si tranchantes, l'écrasent et le broient.

21.

Zoé lui dit de sortir se dépenser. De se laver. De se nourrir, de boire de l'eau, que ses taux de progestérone et d'œstrogène sont au plus bas, et qu'elle devrait donc surveiller ses prises de décision et ses relations sociales. Húnbogi lui envoie un message, pour lui demander si elle va mieux. Lorsqu'enfin ses pensées s'éclaircissent, des bribes de la semaine passée lui reviennent une par une, les dents de Naómí, les épaules d'Alexandria, Húnbogi juste avant qu'il ne l'embrasse ; elle repense à ce qu'elle a dit et se stigmatise à outrance, se trouve de plus en plus laide, bruyante et agressive.

Elle téléphone à la directrice et démissionne de son poste de professeur de sciences sociales à l'école de Viðey.

« En es-tu sûre, Vetur ? demande la directrice. Nous sommes tous très contents de toi ici, aussi bien l'équipe pédagogique que les parents et les élèves. Si c'est à propos des congés maladie, nous pouvons trouver une solution.

— Je te remercie, mais oui, j'en suis sûre. Excuse-moi pour tous les congés maladie que j'ai dû prendre. Je reviendrai après le week-end prochain, pour finir le semestre. »

Elle doit parler à Alexandria et à Naómí, leur présenter ses excuses. Mais elle remet cela à plus tard, et prend un rendez-vous téléphonique avec sa psychologue ; elle lui raconte ce qu'il s'est passé, et s'efforce de ne pas se montrer trop complaisante envers elle-même. Elles diagnostiquent ensemble son comportement, les causes de chacune de ses réactions, lesquelles étaient des transferts ou des fuites émotionnelles, et au bout d'environ une demi-heure, elles se taisent toutes les deux.

« Vetur, commence prudemment sa psychologue. Serait-il possible que vous espériez pouvoir régler vos comptes avec Daníel ?

— Peut-être. Inconsciemment.

— Oui, acquiesce la psychologue. Je crois que, d'une certaine manière, vous avez besoin de faire le deuil de cette histoire. Le plus important est que vous repreniez votre propre vie en main.

— Comment puis-je faire ça ?

— Peut-être cela vaudrait-il mieux pour vous de changer d'environnement. Pourquoi ne pas entreprendre un doctorat quelque part à l'étranger ?

— Mais est-ce que ça ne reviendrait pas à fuir mes problèmes plutôt que de m'y confronter ?

— Absolument pas. Vous vous remettez d'un choc. Votre connexion à votre famille est puissante. De son côté, Daníel reçoit manifestement l'aide d'un personnel expert.

— Ça ne veut pas dire qu'il n'est plus dangereux pour autant.

— Évidemment que non. Mais il a néanmoins réussi le test d'empathie, ce n'est pas rien.

— Mais lorsque je rentrerai à la maison avec mon doctorat, devrai-je simplement lui faire confiance pour ne pas recommencer ? Autant me construire une maison au pied d'un volcan.

— Oui, répond sa psychologue en regardant au-delà de l'objectif. Pourtant c'est désormais monnaie courante. Les gens construisent chaque jour des maisons au pied des volcans. »

Vetur se laisse absorber par le souvenir comme dans un jacuzzi, et sent la texture de sa taie d'oreiller sur sa joue en se retournant dans le lit, juste avant qu'il n'apparaisse, debout devant elle :

Ses cheveux sont gras et collés à son crâne. C'est la première chose qu'elle remarque. Sa poitrine s'élève et s'affaisse. Ses yeux sont injectés de sang. Pensée : *Il va te tuer*. D'un seul coup, la réalité se dérobe sous ses pieds. La lumière l'éblouit. Le temps ralentit. L'espace n'est plus qu'un amas de détails. Sa respiration bruyante. Son dos raide. Elle l'entend dire : « Pardon de te réveiller » et « Je voulais te donner ça ».

Il montre la commode près de la porte de la chambre. Un bouquet de roses est posé dessus. Bon marché, acheté à une station-service. Elle l'entend dire : « Ça fait quatre jours que je n'arrive plus à dormir. » Il se met ensuite à parler avec excitation, et le souvenir se trouble. Une année entière a gâté la clarté de son discours. Les phrases se fondent les unes avec les autres jusqu'à ne plus former qu'une seule et même ligne, comme une bougie fontaine qu'on ferait tourner en rond : « Pardon, je n'étais pas moi-même, je n'arrive plus à dormir, je t'aime tellement, je n'arrive pas à croire que j'aie pu gâcher tout ça, tu es la meilleure chose qui me soit arrivée, avec toi je me sens normal, depuis que je suis petit j'ai l'impression que quelque chose ne tourne pas rond chez moi, à chaque fois que je me fais de nouveaux amis j'ai peur qu'ils voient à quel point je suis stupide et ne veuillent plus entendre parler de moi, je ne peux pas te perdre, Vetur, je t'aime tellement, tu es la meilleure chose qui me soit arrivée, je ne dirai plus de mal de mes collègues dans leur dos, j'irai chez le psychologue, je réglerai mes problèmes, je ne pensais rien de tout ce que je t'ai dit, je n'étais pas moi-même. »

Son discours terminé, il fait quelques pas dans sa direction. Aussitôt, le corps de Vetur se contracte. Elle recule le long du lit et se lève de l'autre côté. Quelque chose lui pèse sur la poitrine. Quelque chose de si lourd qu'elle n'arrive plus à parler.

Il s'arrête et la regarde droit dans les yeux. Un amalgame d'émotions dégouline de son visage : l'impuissance, la détresse et la défiance.

« Vetur, je ferai n'importe quoi, je suis tellement abîmé, je suis effrayé à l'idée qu'on puisse s'éloigner de moi, je ne pensais rien de tout ce que j'ai écrit, je t'aime.

— Chut, dit-elle dans un chuchotement indistinct. Arrête ça », murmure-t-elle, avant de réaliser que ce ne sont pas les bons mots, elle aurait dû dire autre chose, qu'il doit s'en aller et qu'il lui fait peur, seulement ces pensées ne lui viennent pas sous forme de mots, mais d'ondes électriques qui traversent son corps et son crâne. Elle désigne la porte du balcon en essayant de produire des sons qui transmettraient le sens exact de ses pensées.

« Ciao, chuchote-t-elle en pointant le balcon du doigt. Ciao ! »

Alors il devient fou. Il s'arrache les cheveux, serre les poings et hurle tout en fondant en larmes. Il dit : « Je ne peux pas retourner en arrière ! » Il dit ensuite : « Je ne m'en remettrai pas ! » Il dit enfin : « Je ne peux pas partir et retrouver une autre petite amie comme toi ! Je n'y survivrai pas ! Tu ne comprends pas ! » et pour une raison absurde, Vetur se met à rire, d'un rire nerveux et vacillant, car son cerveau envoie les mauvais messages nerveux à son visage ; celui de Daníel se révulse, et Vetur recule dans un coin de la pièce, toujours submergée par des sursauts de rire ; Daníel semble prêt à extérioriser sa colère, il donne un coup de pied dans la chaise du bureau, qui vient frapper contre le mur, il regarde Vetur, s'apprête à parler mais se remet à pleurer, puis ouvre les bras et fait un pas dans sa direction, mais elle se souvient alors que sa Sentinelle est active depuis que la police lui a conseillé de l'utiliser. « Neuf neuf neuf », dit-elle, et des sirènes aux cris déchirants se mettent à hurler sur ses poignets, ces sirènes plus éprouvantes que tout le reste du souvenir, ces sirènes comme symbole de l'anarchie et du désespoir, ces assourdissantes sirènes. Daníel se bouche les oreilles ; Vetur passe devant lui en courant, arrache la porte d'entrée et tambourine violemment à celle des voisins, dans la cage d'escalier ; elle se retourne et aperçoit Daníel qui, après l'avoir observée depuis son appartement, tourne les talons, grimpe par-dessus la balustrade et saute dans le gazon en contrebas.

Ses voisins l'ont fait entrer. Ils l'ont conduite jusqu'au canapé tandis qu'elle pleurait, en état de choc, et ont appelé la police ainsi que ses parents. À son arrivée, la police a pris sa déposition, puis lui a demandé l'autorisation d'utiliser les images capturées par ses montres. La quasi-intégralité de la scène a été enregistrée : le moment où il a passé ses bras par la fenêtre du balcon pour ouvrir la porte de l'extérieur, et celui où il s'est approché de la commode sur la pointe des pieds pour y poser les roses. Ainsi que son raidissement lorsqu'il s'est rendu compte qu'elle s'était réveillée. Le lendemain, elle a porté plainte ; quatre jours après, l'injonction d'éloignement a pris effet, et l'on a informé Daníel qu'il ne devrait pas s'approcher d'elle à moins de cinquante mètres ni la contacter de quelque manière que ce soit. On a dit à Vetur qu'il porterait l'Empreinte sur lui, permettant à la police de connaître sa géolocalisation en temps réel et d'être informée de la moindre violation de son injonction d'éloignement au cours des quatre semaines suivantes. Vetur est allée vivre chez ses parents, et son père l'a conduite tous les jours à l'école jusqu'à la fin des cours, une semaine plus tard ; et plus les jours passaient, plus elle se sentait revivre, persuadée que tout était fini, et qu'au fond, il avait sûrement dépassé ces limites pourtant évidentes par inadvertance ; aussi a-t-elle décidé de rentrer chez elle, invitant chaque soir ses amies et sa famille à venir lui rendre visite. Et puis un jour, elle l'a vu dans sa Mercedes noire, de l'autre côté du pré, et c'est à ce moment-là que le choc l'a véritablement submergée.

Après la seconde injonction d'éloignement, elle ne l'a jamais revu ; malgré cela, elle ne parvenait pas à se débarrasser de la sensation qu'il était présent, quelque part, juste en dehors de sa vision périphérique, à la limite des deux cents mètres, à la suivre, en attendant son heure. Il lui a fallu de nombreux mois avant de pouvoir à nouveau dormir chez elle, et plus encore pour réussir à se promener dans le quartier en plein jour. Elle s'est acheté d'épais stores vénitiens qu'elle a installés devant chaque fenêtre. Et a dompté l'obscurité.

La semaine passe. Elle reçoit un appel des partisans de la marque et de ses opposants, qui l'encouragent à aller voter samedi. Ses amies viennent régulièrement lui rendre visite, pour passer la soirée avec elle. Une nouvelle manifestation éclate à Austurvöllur ; Vetur suit les informations d'une oreille distraite, comme si elle ne se sentait pas concernée. Le vendredi, elle téléphone à Húnbogi et lui raconte toute l'histoire dans les moindres détails, de Daníel au syndrome de stress post-traumatique en passant par Alexandria. Húnbogi l'écoute sans l'interrompre et elle lui demande de l'excuser pour son comportement.

« Il n'y a pas de quoi avoir honte. Sérieusement. Ne t'inquiète pas pour ça, dit-il.

— J'ai vraiment honte de moi, pourtant. J'ai l'impression de t'avoir avalé puis recraché sur-le-champ.

— Une comparaison de si bon goût.

— Tu me plais, avoue Vetur.

— Tu me plais aussi, ajoute Húnbogi à son tour.

— Tu veux venir chez moi ?

— Maintenant ?

— Oui.

— Non, mais je viendrai quand l'horloge ne sera pas si proche de sonner onze heures du soir.

— Quand ?

— Demain ?

— D'accord. »

Après avoir dit au revoir à Húnbogi, elle regarde autour d'elle. L'endroit est relativement propre, grâce à sa mère qui vient tous les jours et l'aide à ranger, à nettoyer la cuisine et à passer l'aspirateur. Mais il y fait sombre, seul un pâle rayon de lumière crépusculaire parvient à se frayer un chemin entre les rideaux et le dormant de la fenêtre. Vetur s'approche de la fenêtre de la cuisine et jette un œil derrière les rideaux. Dehors, le coucher de soleil est théâtral ; le ciel est violet, les bancs de nuages sont d'un rouge ardent, et tout ce spectacle se reflète sur la verrière translucide et argentée qui encercle la ville et trace une boucle supplémentaire autour du quartier de Viðey. Elle tire les rideaux, et la lumière du soir inonde la cuisine pour la première fois depuis de nombreux mois.

Vetur s'éloigne de la fenêtre et sort à reculons de la cuisine, les bras croisés.

« Je vais te faire confiance », dit-elle à la cuisine.

Elle tourne les talons et embrasse le salon du regard.

« Je vais te faire confiance », dit-elle au salon.

Puis elle regarde en direction de la chambre à coucher.

Elle s'approche doucement de sa chambre et s'arrête sur le pas de la porte. Elle observe la pièce, le lit, ainsi que la table de nuit, la commode, le portant à vêtements et les rideaux qui dissimulent la porte du balcon et la fenêtre de la chambre. Elle ferme les yeux, prend une profonde inspiration, expire et essaie de se détendre. Voilà un an que ses nuits dans ce lit sont agitées, qu'elle a des réveils en sursaut à répétition et regarde en direction du balcon avec affolement. Elle s'est débattue, obstinée même, pour ne pas perdre, pour ne pas essuyer un échec, que ce soit face à Daníel, à la peur, ou à elle-même.

Elle cherche dans son corps la source de cette agitation et finit par la trouver, dans sa poitrine, sous la forme d'une boule dure comme de la pierre, dotée de son propre pouls, de sa propre fréquence, et de sa propre nature. Elle inspire, puis se détend, expire, puis se détend encore, et imagine ce délassement se changer en confiance, et cette confiance en acide, qui dissoudra cette boule. Elle imagine le crépitement provoqué par la rencontre entre l'acide et la boule, l'écume et les bulles d'air. Puis elle ouvre les yeux.

Elle ne se sent pas bien ici. Cette pièce est synonyme d'insécurité.

« Je ne te fais pas confiance », dit-elle à la chambre.

À ces mots, la couture de sa peur se défait.

« Je vais te vendre », dit-elle, et la couture se change en trou.

« Je vais déménager ! » dit-elle en riant. Elle regarde sa montre et demande à Zoé d'appeler sa mère pour lui raconter la nouvelle, toujours debout dans l'embrasure de la porte. Sa mère lui dit Génial, d'une voix un peu stridente, comme si elle espérait entendre cela depuis longtemps, et qu'elles pourraient téléphoner ensemble à un agent immobilier dès le lendemain. Après son coup de téléphone, Vetur fait les cent pas, à la fois enthousiaste et détendue, et commence à s'imaginer l'endroit où elle pourrait déménager. Tout à coup, une vieille sensation lui revient – la liberté, cette infinie liberté de l'enfance – comme si elle observait, depuis le quai, l'océan et le ciel se mélanger l'un à l'autre. Elle se rend dans la salle de bains pour se déshabiller lorsqu'elle entend quelque chose, un grattement sourd en provenance du vestibule. Elle se fige sur place et regarde instinctivement en direction de la poignée de porte, qui est immobile. Rien ne se passe. Elle soupire et s'apprête à reprendre son chemin vers la salle de bains, lorsque le bruit recommence, celui du métal qu'on gratte. Elle regarde à nouveau la poignée, et non, elle ne rêve pas, c'est bien la réalité, on entend la poignée dorée grincer. Elle tourne doucement, en sourdine, effectue un demi-cercle, puis revient à sa position initiale.

22.

j'ai toujours su que quelque chose ne tournait pas rond chez elle

qu'on renvoie cette sale bête au trou dont elle est sortie et de preference a perpetuite mieux vaut ne pas prendre le moindre risque !!

Ça coûterait bien trop cher de la mettre en prison. Alors qu'une balle de fusil ne coûte rien :-)

« qui s'est spécialisée dans les investissements verts au cours de ces dernières années » !!! Eh ben dis donc, rien n'est épargné !!

Mon Dieu. Il y a de quoi perdre foi en l'humanité en lisant ces commentaires. Lisez l'article. Il n'est question que d'une pauvre femme qui s'est fait virer juste après le marquage de son entreprise. Ça ne prouve rien. Qu'elle ait été renvoyée de son travail ne signifie pas qu'elle a échoué au test, et quand bien même ce serait le cas, ça ne voudrait pas non plus dire qu'elle a commis un délit ! Faites un effort, merci.

Et un mouton noir de moins. Voilà pourquoi nous devons tous voter OUI à la marque ce samedi.

Þórir lui envoie un holo. Il est assis dans son bureau, avec un beau panorama dans le dos, et regarde droit dans la caméra.

Il la remercie pour le verre brisé et pour leur collaboration.

Il dit avoir contacté EcoZea personnellement et les avoir informés de la nouvelle situation.

Il lui souhaite une longue vie. Puis l'holo se termine.

qu'est-ce qu'elle a fait ? c'est ecrit nul part,,, les media croyent qu'ils controlent le pays les media islandais sont bourres de pre juges mon dieu comme je l'a plains elle est surement innocente la pauvre femme

Elle parvient enfin à contacter EcoZea et essaie de s'expliquer, mais ils ont déjà fermé boutique. Ils disent ne plus être intéressés, malheureusement.

Bonjour Eyja, tu ne te souviens probablement pas de moi, mais nous avons travaillé ensemble pendant un petit moment à B&R à l'époque. C'est épouvantable de voir la vindicte populaire calomnier quelqu'un de la sorte. Je pense à toi en ces temps difficiles. Cdlt. JHJ

Gylfi ne répond ni à ses appels, ni à ses messages.

Je ne la connais pas mais elle a l'air totalement normale et sympathique. C'est même certain.

Inga Lára dit qu'elle devrait peut-être filer à l'étranger pendant quelque temps.
Quelque part au sud.
Où il fait chaud et où personne ne la connaît.
Natalía dit que ce serait une très bonne idée.
Elle connaît une femme qui possède une magnifique villa sur une île grecque.
Elle pourrait les mettre en contact.

Bonjour Eyja, je souhaitais simplement vous dire que vous n'étiez pas seule dans la tourmente. Vous êtes la bienvenue à nos réunions quand vous le voulez. Salutations, Magnús Geirsson.

Fjölnir téléphone.
Et lui propose de monter une entreprise avec lui et Alli.
Ils pourraient faire une sacrée équipe, tous les trois.
Eux qui connaissent le marché sur le bout des doigts.

Bordel ce que ça fait du bien quand le test permet de démasquer ce genre de racailles. Elles ne devraient pas pouvoir agir impunément dans notre pays.

Sa mère téléphone. Eyja entend son père à l'autre bout du fil lui dire de ne pas perdre son temps avec elle.

Ma chère Eyja, qu'il est difficile d'assister à ce traitement injuste. Dis-moi si je peux t'aider de quelque manière que ce soit. Eldey.

Gylfi lui envoie un message.

Il dit que sa femme a découvert le pot aux roses.

Une de ses amies a reconnu Eyja dans les journaux.

Elle les avait vus tous les deux au restaurant puis monter dans un taxi ensemble.

Il dit qu'il va essayer de sauver son mariage.

Il lui demande pardon.

Et lui souhaite bonne chance.

Cette femme a violemment maltraité mon ami quand ils étaient ensemble à la fac. J'ai rarement été aussi heureux que le jour où ils ont rompu.

Breki ne téléphone pas.

Il ne répond pas.

putain de chasse aux sor!cier;es de me)rde$

La voiture s'arrête et Zoé lui dit qu'elle est arrivée.

Où est-elle ?

Ah oui, ici.

La rampe est en… PVC. Désagréable.

La cage d'escalier est silencieuse.

Elle doit déposer le flacon de parfum sur le sol recouvert de moquette afin de trouver les clés.

Elle s'écroule sur l'interrupteur et se fige quand la lumière s'allume.

Elle attend pendant une éternité. Une éternité.

Jusqu'à ce que la lumière s'éteigne automatiquement.

Elle a trouvé la bonne clé. La voici.

Pourquoi est-ce qu'elle ne fonctionne pas ?

Elle réessaie de tourner la poignée.

Et regarde autour d'elle.

Merde !!

Elle est encore au mauvais étage.

Elle s'empare du flacon de parfum toujours posé sur le sol et s'apprête à monter à l'étage suivant lorsqu'elle trébuche sur la ceinture de sa robe de chambre.

Elle essaie de s'aider de ses mains mais elles sont pleines de clés et de parfum, si bien qu'elle tend maladroitement les coudes et vient frapper de la tête une marche recouverte de moquette.

Elle est allongée dans l'escalier.

Son corps a beau être dans une position absurde, elle reste allongée malgré tout.

Ses pensées la harcèlent, mais elle s'imagine porter un casque qui l'en protège.

Ses émotions elles aussi l'assaillent, mais elle pense à une armure qui la recouvrirait entièrement et leur interdirait l'accès.

Elle demeure allongée dans l'escalier.

Puis. Tout doucement. Elle place son poignet sous son dos et se relève.

Elle s'approche lentement de son appartement.

De *leur* appartement : à Breki et à la Chienne.

Et insère plaisamment la clé dans la serrure.

Voilà, tout baigne à présent.

Elle tend l'oreille avant d'ouvrir la porte qui donne sur le vestibule.

Elle ferme un œil pour y voir mieux.

Et trouve le pardessus de Breki dont elle asperge le col.

Soudain, elle entend quelque chose de l'autre côté de la porte.

Quelqu'un demande Y a quelqu'un ? depuis l'intérieur de l'appartement.

C'est Breki.

C'est Breki.

C'est Breki.

Elle laisse la porte ouverte et descend les escaliers quatre à quatre.

La lumière de la cage d'escalier s'allume.

Arrivée à l'étage du dessous, elle remarque qu'un policier attend devant la porte d'entrée.

Merde !

Elle s'apprête à rebrousser chemin lorsqu'elle entend Breki à l'étage du dessus. Il appelle dans la cage d'escalier, demande qui est là.

L'interphone produit un bourdonnement puissant lorsque le policier reçoit l'autorisation de pénétrer dans la cage d'escalier.

« Bonsoir », dit-elle de son sourire le plus chaleureux en passant en trombe devant l'agent de police.

Breki demande à nouveau qui est là.

Elle accélère le pas et le policier dit Un instant.

Elle ouvre une porte puis une autre.

Elle s'est échappée à l'air libre.

Elle commence à s'éloigner d'un pas vif et passe devant la voiture de police.

Quelqu'un dit Attendez et l'appelle son amie.

On l'attrape par le bras.

« Je ne suis pas votre amie. »

C'est un autre flic.

Une flicarde.

Elle lui dit de se calmer. Et la retient.

« Lâchez-moi. »

« Lâchez-moi ! »

Elle essaie de la griffer mais la flicarde lui retourne le bras.

Elle tombe à genoux.

Le flic lui agrippe l'autre bras.

« Qu'est-ce que vous croyez faire là ? »

Breki porte un jean et un T-shirt. Il est pieds nus.

Derrière lui se trouve une jeune femme. Rousse et mignonnette.

Pas la chienne, mais quelqu'un d'autre.

La jeune femme est effrayée. Elle a les bras croisés.

« Qui est-ce ? » demande-t-elle.

« Tu t'es retrouvé une autre salope de chienne ? » ajoute-t-elle en riant au nez de Breki.

Breki a l'air grave.

Il dit que c'est sa voisine.

Il se retourne en direction de la voisine et lui demande ce qu'il se passe.

Le flic demande laquelle d'entre elles est Vetur.

La voisine dit que c'est elle.

« *Vetur* », dit Eyja.

« Qui peut bien avoir l'idée d'appeler son enfant comme ça[1] ? » s'étonne-t-elle.

Vetur la voisine fait semblant de ne pas l'entendre. Elle dit avoir téléphoné parce qu'on a essayé de tourner sa poignée de porte. Et que ce n'était pas la première fois.

La flicarde baisse le regard en direction d'Eyja, et lui demande s'ils peuvent la relâcher.

Si elle compte être sage.

« Je n'ai pas trois ans », répond-elle.

La flicarde dit qu'elle ne l'entend pas.

« Je n'ai pas trois ans ! »

Puis elle soupire.

« Ça va, ça va, dit-elle. Je serai sage. »

Les flics l'aident à se redresser sur ses jambes et lui lâchent les bras.

Breki demande ce qu'elle a sur elle.

« Rien du tout. »

Il lui demande si elle a volé quelque chose.

« Non, c'est à moi ! » La flicarde lui demande de montrer ce qu'elle a sur elle.

Vetur la voisine se tient toujours dans l'embrasure de la porte, les bras croisés.

« Qu'est-ce que t'as peur, dis donc », lui lance Eyja.

Breki prononce son nom.

Elle le regarde droit dans les yeux.

Elle soupire et tend la main où se trouvent le flacon de parfum et les clés de l'appartement.

---

1. *Vetur* signifie « hiver » en islandais. (*Toutes les notes sont du traducteur.*)

23.

Lundi, cinq jours avant le référendum, le Oui est à quarante-neuf pour cent dans les sondages. Ils observent les chiffres dans un silence pesant. Ils expédient leur réunion. Ils expédient leur déjeuner. Leurs discussions. Ils suent sous leurs vêtements.

Toujours pas de nouvelles du jeune homme.

« Il ne va pas répondre, dit Óli mardi matin.

— Donne lui deux jours de plus, dit Sólveig tout en coupant la nourriture de Dagný dans une assiette violette. Une semaine aura passé. S'il n'a pas répondu mercredi, tu n'auras qu'à l'appeler.

— Il essaie de retarder l'échéance. Il gagne du temps.

— Argh, Óli ! Quel est le pire qui puisse arriver ? Le succès de ce référendum ne dépend pas de cette affaire en particulier.

— Son histoire a été vue plus de cent mille fois, Sólveig. Les gens ont le droit de savoir.

— À quelle heure est le débat ce soir ?

— Ne change pas de sujet.

— Quand bien même, à quelle heure ?
— Juste après les informations. Vers dix-neuf heures trente. »

« Nous savons, dit Magnús Geirsson lorsque l'intervieweur lui donne la parole, que la marque obligatoire va provoquer une crise économique. Nous savons que la marque obligatoire est une violation de la Déclaration universelle des droits de l'homme. Nous savons que la marque obligatoire aura des conséquences épouvantables sur nos populations les plus fragiles. La société n'a jamais connu autant de violences domestiques qu'aujourd'hui. Idem pour le chômage. La police se rend de plus en plus coupable de discrimination au faciès et de profilage. Cela n'est pas acceptable. Cela *n'est pas acceptable.* »

Il tape du poing sur la table pour mettre l'accent sur ces derniers mots. Le présentateur se tourne vers Salóme, qui sourit, et penche légèrement la tête avant de prendre la parole.

« Merci pour cette intervention, Magnús, dit Salóme. Comme cela a si souvent été le cas auparavant, il semblerait que nous nous appuyions sur des informations différentes pour mener notre lutte. Autant que je sache, notre système économique prospère dans les conditions actuelles. La couronne islandaise n'a jamais été aussi forte. La dette nationale est tombée à un minimum historique. Petit à petit, l'Islande se fait une place sur la scène internationale en termes d'éthique et de commerce vert. D'autre part, un certain transfert de pouvoir est en train de s'opérer pour la première fois dans l'histoire de notre pays. Je comprends bien que vos mécènes, qui ont des intérêts évidents à défendre, soient dans tous leurs états. Nous avons enfin trouvé une méthode fiable pour déterminer à qui nous pouvons confier les finances du pays. Les gens ne veulent plus avoir affaire à une poignée d'individus s'étant rendus coupables coup sur coup de multiples transgressions morales, et ce aux dépens de la nation. Nous ne voulons plus de cela. Nous voulons une société meilleure. Nous méritons une société meilleure. »

Elle marque un courte pause théâtrale, mais garde néanmoins le doigt levé pour conserver la parole.

« Concernant nos populations les plus fragiles, je n'ai qu'une chose à dire : à l'Association des Psychologues Islandais, nous avons travaillé nuit et jour en étroite collaboration avec l'Institut de la santé mentale afin de renforcer les infrastructures de notre système de santé mentale, pour que personne ne soit plus jamais laissé pour compte. Nous avons des centres de réinsertion. Nous avons des traitements individualisés. Nous avons des accompagnateurs et des psychologues, des psychiatres et des neuropsychologues, disponibles pour tout le monde et gratuitement. Il est évident que nous nous trouvons à un tournant de l'histoire de ce pays, et je ne suis malheureusement pas surprise de voir que des individus violents agissent de manière désespérée au sein même de leur propre foyer. Mais imaginez que, d'ici quelques mois, nous puissions savoir où se cachent ces personnes, et leur offrir notre aide. Nous pourrons également contacter leurs colocataires pour les aider eux aussi, provisoirement ou non. Nous pourrons changer le monde et le rendre meilleur. »

À la fin du débat, son père lui téléphone.

« Bordel qu'est-ce qu'elle a été mauvaise, l'autre là, ta boss. C'était pénible à regarder.

— Salóme ? dit Óli. Nous qui étions contents d'elle.

— Est-ce que tu penses vraiment, dit son père, que la classe dominante va renoncer à son pouvoir sans autre forme de procès ? Ils vont se trouver une petite porte de sortie et persister dans leurs habitudes, comme si rien ne s'était passé ! Ils ont de l'argent, de l'influence et de la volonté, et ce n'est pas une foutue estampille à morale qui les empêchera de faire ce qui leur chante. Seul un doux rêveur penserait le contraire. Comme si ça pouvait changer quoi que ce soit.

« Il y aura des répercussions sur les prêts bancaires et sur diverses licences publiques, mais surtout les transactions commerciales. Tant sur les actions que sur les débentures. Et je ne te parle pas des consommateurs.

« Et tu ne vois pas ce qui se passe ? Ceux qui ont raté le test et perdu leurs investissements s'en vont raconter leurs histoires larmoyantes dans les journaux en essayant d'expliquer pourquoi ils sont comme ils sont, tant et si bien qu'une grande partie de la population est prête à continuer de les subventionner parce qu'elle les prend en pitié, et répète à l'envi qu'on ne vit jamais mieux qu'en cherchant à s'améliorer. Ce n'est qu'une putain d'énorme farce.

— Mais au moins nous pouvons les identifier et les éviter, tandis que de leur côté, ils peuvent chercher de l'aide et, avec un peu de chance, il se tiendront à carreau, dit Óli. Nous sommes arrivés à une étape douloureuse du processus. Ce sont des douleurs de croissance. Les changements ne se font pas sans heurts. »

Son père renâcle.

« Imagine-toi le futur, dans cinq ans, dix ans, continue Óli. Nous nous serons habitués à une société où les gens seront comme des voitures. Ils devront passer un contrôle technique une fois par an, pour vérifier qu'ils ne sont pas des dangers pour la circulation. Et au moindre problème détecté, ils seront pris en charge. C'est aussi simple que cela.

— Mais les gens ne sont pas comme des voitures, Óli.

— Nous obéissons tous à des lois. À des mécaniques.

— Écoute, mon fils, fais comme bon te semble. On ne peut pas discuter avec toi, pas plus qu'avec ta sœur. »

Ce mardi est brumeux. Óli oublie de manger. Chaque coup de fil, chaque message, le fait sursauter. Il enregistre un holo pour l'envoyer au jeune homme, mais finit par l'effacer. Il rédige un brouillon de dépêche à transmettre aux médias, dans le cas où le garçon refuserait la psychothérapie le lendemain. Au fur et à mesure que la journée avance, son humeur se dégrade. Il est en colère contre le jeune homme qui lui manque de respect, en colère contre lui-même pour lui avoir permis de contrôler le déroulement des opérations, et en colère contre Sólveig pour l'avoir mis au pied du mur.

« Comment était ta journée ? demande Sólveig avec indifférence lorsqu'il rentre à la maison.

— Le garçon ne me contactera pas, dit-il en faisant des efforts pour rester pondéré. »

Sólveig lève les yeux : « Tu penses encore à ça ?

— Évidemment que j'y pense encore. »

Sólveig s'apprête à dire quelque chose mais Óli l'interrompt : « Tu sais quoi, ne dis rien. Nous ne sommes pas d'accord. »

Il tourne les talons et s'enferme dans la salle de bains avant qu'elle n'ait pu lui répondre, puis ouvre le robinet de la douche. Il augmente la température de l'eau jusqu'à ce qu'elle soit insupportable. Lorsqu'il sort de la salle de bains, Sólveig a éteint toutes les lumières et s'est mise au lit.

Mercredi : quarante-sept pour cent pour, quarante-huit pour cent contre. Óli s'enferme dans un bureau et téléphone au jeune homme. Personne ne répond. Le garçon se cache. Il attend le référendum. Il compte sur la codépendance d'Óli. Au même instant, il aperçoit Salóme passer derrière la baie vitrée.

« Salóme, dit-il en entrebâillant la porte. Je peux te dire un mot ? »

Deux heures plus tard, tout a été publié dans les principaux médias : les photos des pneus crevés, le X rouge sur la porte d'entrée, les captures d'écran des menaces ainsi que des photos que le jeune homme a prises par leur fenêtre. Des journalistes téléphonent. Óli leur dit son empathie pour le garçon. Il dit le comprendre, dans une certaine mesure. Mais comprendre les gens n'est pas les aider. Tout cela ne fait que souligner la nécessité de ce nouvel avenir pour lequel ils se battent. Un avenir où il existe de réelles solutions pour les gens comme Tristan.

Au début, il se sent profondément soulagé. Cette histoire ne fera pas la une des journaux. Ce ne sera qu'une pierre de plus ajoutée à l'édifice. Mais rapidement, elle se glisse dans le top dix des articles les plus lus ; et passe de la neuvième à la huitième place, puis à la septième. Les médias disent ne pas réussir à entrer en contact avec le jeune homme. Óli ne s'attend pas à ce qu'il s'exprime sur cette affaire, pas plus que Magnús Geirsson. Toutefois, il retarde d'une heure son retour à la maison. Aux alentours de vingt-deux heures, Himnar le salue, et Óli se félicite d'avoir récupéré sa propre voiture. Lorsqu'il s'en va passé minuit, son histoire est désormais l'article le plus lu du plus gros site d'informations du pays. Il se met discrètement au lit et se glisse sous la couette. L'épaule de Sólveig se dessine dans la lueur de l'aube. Elle est réveillée.

Un jour, durant un colloque aux États-Unis, il a rencontré un psychanalyste canadien qui lui a dit que, si les parents n'expliquaient pas leurs soucis à leurs enfants, ceux-ci se retrouveraient plus tard dans des situations similaires voire identiques, afin d'essayer de comprendre ce qu'il s'était passé. Ils se tenaient alors autour d'une haute table ronde, avec des verres de vin mousseux, et le psychanalyste lui avait dit cela en plaisantant à moitié, en réponse à quelque chose d'autre. Óli a rigolé comme tout le monde. À ses yeux, la psychanalyse était une sous-discipline de la littérature, et non de la psychologie. Mais à présent, alors qu'il regarde l'épaule de Sólveig, il pourrait tout aussi bien observer celle de sa mère. Dagný se posera-t-elle les mêmes questions qu'Óli plus tard ? Pourquoi sa mère n'a-t-elle pas quitté son père ? Pourquoi s'est-elle infligé cela, jour après jour, décennie après décennie ? Il s'approche d'elle dans la pénombre ; embrasse son épaule, avant de s'allonger sur le dos et de fermer les yeux.

Réveillé par une sonnerie de téléphone, il cherche ses écouteurs à tâtons sur la table de nuit.

« T'as vu ? demande Himnar.

— Quoi donc ?

— Le garçon a fait une overdose. Les médecins n'excluent pas une tentative de suicide.

— Quel garçon ?

— Tristan Máni.

Óli s'assied : « Il est *mort* ?

— Non, il est dans un coma artificiel, sous respirateur.

— Mon Dieu.

— Tu l'as dit. Tu te sens de venir bientôt ? Les médias ne devraient pas tarder à appeler. »

« Maintenant c'en est trop, dit Magnús Geirsson au journal de midi. Il est temps que la population admette que la marque obligatoire n'est qu'une chimère dysfonctionnelle. Nous ne pouvons justifier le sacrifice de vies humaines en échange d'un sentiment de sécurité artificiel. »

« C'est une effroyable tragédie, dit Óli. L'Association des Psychologues Islandais envoie ses vœux de rétablissement les plus sincères à Tristan Máni. »

« Il était juste en colère, dit la mère du garçon. Il n'aurait jamais mis ces menaces à exécution. Lui qui ne supportait pas le conflit. Il se faisait toute une montagne du test et refusait catégoriquement de déménager dans le quartier de Viðey avec moi. Il était déterminé à s'acheter un appartement afin de pouvoir vivre sa vie selon ses propres conditions. »

« Nous voulons mettre en place les infrastructures qui nous permettront de trouver ces garçons, dit Salóme. Pour que ce genre d'incident ne se répète plus. »

Internet s'enflamme. Les partisans de la marque affirment qu'elle aurait empêché ce garçon de connaître un destin aussi tragique. De leur côté, ses opposants blâment Óli et la marque obligatoire, et partagent en masse l'interview de Tristan. Assis dans la salle de réunion, Óli et le comité électoral suivent avec attention le flux de commentaires en constante expansion. Óli reçoit des dizaines de messages en tous genres : de solidarité, d'encouragement, d'accusation et de haine.

À partir de quatorze heures, les médias commencent à faire état d'une foule compacte qui descend en direction de la place Austurvöllur.

« Ils sont des milliers, dit le journaliste. À faire retentir les klaxons de leurs voitures dans les rues alentour. On entend des sirènes dans toutes les directions, des cris et des protestations, certaines personnes utilisent même leurs montres comme des mégaphones. Actuellement, deux personnes ont été interpellées pour avoir essayé d'envoyer des cocktails Molotov sur le Parlement. »

Peu de temps après, on entend un grand boum sur leur fenêtre à Borgartún. Óli a besoin d'un petit moment pour analyser le contenu de la mixture qui dégouline le long du verre : des filaments de jaune d'œuf et des morceaux de coquille. Ils se lèvent et accourent à la fenêtre. Il n'y a pas foule devant leurs locaux, seulement quatre hommes mal fagotés et deux femmes. Lorsque le comité apparaît à la fenêtre, ils se mettent à pousser des cris en brandissant le poing. Cela s'est déjà produit par le passé. Une minuscule portion des manifestants finit toujours devant chez eux, plutôt que de descendre jusqu'à Austurvöllur.

L'un d'eux porte un gigantesque panneau peint à la main. Un autre fait retentir des sirènes. Un homme d'âge moyen lève à nouveau le bras, et balance un autre œuf de toutes ses forces, la bouche déformée par l'effort. Le projectile frappe juste devant le nez de Salóme, qui s'éloigne instinctivement de la fenêtre. Elle téléphone immédiatement à la police avant d'aller prévenir le reste de ses collègues réunis dans le bureau électoral. La police leur recommande de verrouiller toutes les portes et de ne laisser personne entrer ni sortir.

Ils se tassent au fond du bureau et suivent attentivement les informations, tandis que la clameur grandit sur le parvis de Borgartún. Óli téléphone à Sólveig, mais elle ne répond pas. Il lui envoie un holo pour lui expliquer la situation.

« Manifester n'arrangera pas les choses, dit Magnús Geirsson. Il est temps de regagner notre calme et d'exercer notre droit de vote samedi prochain. »

« Toutes les équipes de police et de sécurité disponibles ont été réquisitionnées », annonce le Commissaire national de police.

La foule amassée sur le parvis de Borgartún continue de grossir. Óli compte une trentaine de personnes. Himnar et Salóme prennent le contrôle des opérations. Salóme est en contact direct avec la police, tandis que Himnar se tient près de la fenêtre et décrit l'évolution de la situation. Vers quinze heures, cinq policiers apparaissent à l'extérieur et tentent de dissoudre la racaille, mais celle-ci se contente de s'éloigner légèrement de l'entrée du bâtiment et continue d'éructer des injures et de lancer des œufs. Dans le bureau, on projette deux écrans côte à côte : un site d'information sur l'un et une retransmission en direct de la place Austurvöllur sur l'autre. Óli aperçoit son propre nom et celui du garçon revenir à de multiples reprises dans les analyses et les commentaires des journalistes.

Mais n'est-ce pas *lui* la victime ici ? *Lui* qu'on a menacé ? N'a-t-il pas été obligé de balayer devant sa porte quand le garçon faisait l'innocent ? Comment aurait-il pu prévoir qu'il essaierait de se donner la mort ? La retransmission en direct montre des forces de sécurité blindées monter la garde devant le Parlement. La foule crache, tape du pied. La clameur forme un mur compact de sirènes, de cris et de fracas de verre brisé. Soudain, les manifestants s'empoignent par les bras et essaient de se frayer un passage à travers l'équipe d'intervention, jusqu'au portillon. Les forces de sécurité commencent à ployer, mais parviennent à résister et à repousser la foule grâce à leurs boucliers anti-émeute transparents.

De temps à autre, un nouvel œuf vient frapper contre la vitre du bureau électoral. Les collègues d'Óli le regardent de biais.

On voit alors un homme masqué s'avancer et lancer une bouteille en verre verte à travers la fenêtre de la vieille maison en bois qui jouxte le Parlement. La foule hurle de joie, et un autre homme imite le premier, puis un troisième. Quelques instants plus tard, un panache de fumée noire ondule hors de l'ouverture béante de la maison. L'équipe d'intervention donne la charge. Quelques agents de sécurité foncent sur les pyromanes pour leur rentrer dedans. Éclate alors un combat violent entre les manifestants et les forces de sécurité, qui escalade à chaque seconde. Tout d'un coup, on aperçoit un petit boîtier voler dans les airs, loin des boucliers. Un épais brouillard blanc s'en échappe. La foule recule, les cris et les sirènes retentissent à travers la place, quelqu'un tombe au sol. La maison en bois flambe en arrière-plan.

Tea,

Je n'avais pas l'intention de t'écrire à nouveau. Et comme je sais que tu dois toujours avoir le dernier mot, je ne répondrai pas à ta prochaine lettre. Si jamais tu voulais me voir, n'hésite pas à me téléphoner. Mais ces dernières semaines, je n'ai pas pu penser à toi sans entrer dans une colère noire, au point d'avoir envie de mettre fin à notre amitié et de ne plus jamais te parler. Mon psychologue dit que je devrais couper les ponts avec toi, que notre amitié s'est envenimée. Ainsi vont les choses, parfois. Néanmoins, et malgré ma colère, cette suggestion me serre le cœur. M'imaginer une vie où je n'ai pas accès à toi, ni toi à moi. Cette perspective frappe toutes les cordes lumineuses qui ont résonné entre nous au fil des années : celles de l'affection, du rire, de la chaleur, de la confiance et de la sécurité. J'en oublierais aussitôt le venin et tout ce qu'il enfante : la rivalité, la jalousie et les conflits d'autorité. Et ces phrases. Ces petites phrases désobligeantes dont les entailles se creusent toujours plus profondément au fil des années, des décennies, jusqu'à répandre leur poison toxique dans le sang et asséner le coup de grâce.

Quelle est la valeur de l'amitié ? Et j'ajouterais : quelle est la valeur d'une amitié qui nous pousse à tomber le masque ? Nous avons cessé de nous apprêter l'une pour l'autre. Nous ne portons plus de déguisement. Nous ne nous sourions plus poliment. Nous ne travestissons plus nos émotions. Nous avons franchi une sorte de seuil de familiarité déplacée sans filtre où le simulacre n'existe plus. Ensemble, nous ne formons plus que deux amas de crachats qui, en découvrant leur propre reflet dans les yeux de l'autre, finissent par se convaincre que telle est leur véritable nature – jusqu'à ce que la transformation soit complète. C'est pourquoi nous nous mettons à nous détester nous-mêmes en compagnie de l'autre, car nous ne voulons pas être réduites à l'état de crachat. Résultat, nous finissons par nous détester l'une l'autre pour ce sentiment que nous nous procurons.

Ma mère aussi a perdu des amies. Sa meilleure amie d'enfance a coupé les ponts avec elle au même âge que nous. Lorsqu'elles se sont rencontrées plusieurs années plus tard, par hasard, à l'occasion d'un festival, sous un sombre ciel d'août, son amie lui a foncé dessus et l'a prise dans ses bras. Je t'aime, lui a-t-elle dit. Je t'aime aussi, a dit ma mère. Elles ne se sont rien dit de plus. Elles sont simplement reparties, chacune de leur côté. En me racontant cette histoire, ma mère a pleuré. Elle m'a dit : Elle me connaît mieux que toi, Laíla. J'associe à chaque relation de ma vie un rire qui lui est propre. Mon frère me fait rire d'une certaine manière, tout comme tu me fais rire à ta façon et ton père également ; il en va de même pour mes collègues de travail ou mon groupe de randonnée, et tous ces rires sont aussi différents qu'ils sont nombreux. Mais parfois, j'ai le sentiment d'avoir perdu mon rire le plus sincère le jour où je l'ai perdue elle.

Voilà ce que je ressens, malgré ton comportement autoritaire et la douleur que cela me cause. Comme si j'allais perdre mon rire le plus sincère si je te perdais toi. Mais je me demande alors : Pouvons-nous encore rire ? Pouvons-nous encore faire ressortir le meilleur de nous-mêmes ? Il ne nous reste plus que le doute, le chagrin et le venin. Une part de moi est convaincue que nous avons atteint un point de non-retour. Qu'il sera désormais impossible de nous débarrasser de cette familiarité. Si bien que si nous enfilions nos déguisements à nouveau, nous verrions malgré tout les restes de crachat qui se cachent en dessous. Tu diras quelque chose qui me blessera, et je répondrai quelque chose qui te blessera en retour, alors nous nous mettrons toutes deux sur la défensive, sous le prétexte absurde que nous parlions de la marque obligatoire.

Voici comment je vois les choses : Ce n'est pas une question de politique. Il s'agit de notre relation. De ta façon de me parler, et de la mienne. Je me suis posé les mêmes questions encore et encore. Si et comment nous pourrions réparer notre amitié. Si l'empathie n'en serait pas la clé. J'ai essayé de m'imaginer un futur dans lequel tu utiliserais ce que tu sais de moi pour déterminer si ce que tu t'apprêtes à dire pourrait me blesser ou non. Ou dans lequel tu te demanderais ce que tu ressentirais si je te disais la même chose, pour finalement décider de ne rien dire. En m'imaginant cela, j'ai réalisé avec stupéfaction combien tu pouvais être cruelle et indélicate à de si nombreuses reprises. Et dire tout un tas de choses qui toi aussi te blesseraient.

Et puis j'ai compris. Dans ma dernière lettre, je te demandais de me parler comme tu te parlerais à toi-même. Mais aujourd'hui, je me rends compte que c'est justement là que le bât blesse : Tu me parles comme à toi-même. Tu me sermonnes comme tu te sermonnerais. Avec une cruauté et un autoritarisme sans pitié.

Ma chère Tea. Je ne sais pas ce que le futur nous réserve. Mais je souhaiterais te demander une chose : Parle-moi comme si j'étais moi. En gardant à l'esprit que je mimerai très probablement tes actes. Que je répondrai à la cruauté par la cruauté, à une attaque par une contre-attaque, et à l'affection par l'affection.

Je t'aime,

Laíla

24.

Malgré les rideaux tirés devant la fenêtre de la chambre, elle entend que le ciel est d'un bleu polaire. La bande-son : des avions, des moineaux, et le bourdonnement de la circulation. Elle entend également Óli et Dagný s'affairer dans la cuisine ; une cuillère racle contre un bol, une chaise grince sur le sol. Elle regarde l'heure (huit heures et demie) et relève légèrement la tête au-dessus de son oreiller. Elle projette les informations devant elle : soixante-six personnes ont été interpellées lors des manifestations, quatre sérieusement blessées. Elle change d'avis, éteint son écran et se lève. La salle de bains se trouve de l'autre côté du couloir. Elle patiente un instant dans l'entrebâillement de la porte avant de tenter une traversée rapide et silencieuse.

« Sólveig ? »

Elle se force à le regarder en face. Elle a besoin de toute son énergie pour garder une expression neutre et les yeux vides. Elle sait que si son regard venait à trahir ses émotions, il n'y aurait pas de retour en arrière possible : ses joues imiteraient ses yeux, sa bouche ses joues, et les mots ne tarderaient pas à suivre. Malgré tout, elle doit lui accorder cette journée.

« Je vais démissionner lundi, annonce-t-il. Quel que soit le résultat du vote ce soir. Je vais arrêter. »

Elle l'observe. Il est stressé. Il a le corps tendu, les yeux implorants. Leur fille regarde un programme jeunesse et se balance machinalement sur sa chaise, vêtue d'un simple maillot de corps, le dos cambré.

« Je t'aime », dit-il.

Elle ouvre la porte de la salle de bains et la verrouille derrière elle. Puis s'assied sur les toilettes, et se cache le visage dans les mains. Le désir, pense-t-elle, est la communion de l'envie et de la souffrance.

Il n'était pas son type. D'une façon générale, elle ne s'entichait pas des garçons qui plaisaient aux filles. Toutefois, elle l'observait de loin : cet orateur réservé mais déterminé. Le soir, elle s'imaginait qu'il était allongé près d'elle dans son lit, et qu'il la tenait dans ses bras. Parmi les deux cents étudiants qui constituaient leur promotion, il était évident qu'il irait où bon lui semblerait. Il participait activement à tous les cours (ce qui l'aurait probablement agacée si elle n'avait pas eu un faible pour lui) et ne parlait en soirée, à qui voulait l'entendre, que des possibilités que réservait l'avenir. Au cours de sa troisième année, l'annonce de sa candidature à la présidence de l'association des étudiants en psychologie n'a surpris personne. Pas davantage que son entrée en politique à l'API, à la fin de ses études.

L'écrasante majorité de la clinique étant composée de filles, Sólveig n'était donc pas la seule à s'être toquée de lui. Quelque temps avant qu'il ne lui prête véritablement attention, elle s'était rendue à une fête, durant laquelle une fille de leur promotion lui avait tenu la jambe pendant une heure, dans une chambre à l'écart, pour lui relater en détails sa relation avec Óli ; elle donnait du sens aux choses les plus insignifiantes, affirmant qu'il l'inviterait peut-être un jour à faire un tour en voiture (avec deux autres filles), qu'il avait ri à ses blagues et qu'il l'avait même félicitée pour une idée qu'elle avait eue. Cette fille semblait être à la frontière de l'espoir et du renoncement. Sólveig l'avait écoutée en silence, et avait décidé (ce n'était pas la première fois) d'arrêter de penser à Óli. Le soir même, elle était rentrée chez elle au bras d'un étudiant en médecine, comme pour épancher son désir avec le corps d'un autre.

Aujourd'hui encore, elle soupçonne que rien ne se serait passé entre eux si elle n'avait pas explicitement cessé de le regarder. Elle s'imagine parfois un long couloir donnant sur plusieurs portes ouvertes ; en refermant la sienne, elle avait incité Óli, inconsciemment curieux, à venir y frapper.

Elle sèche ce corps qu'elle n'a toujours pas apprivoisé, malgré les trois ans qui se sont écoulés depuis l'accouchement. En songeant, quelques semaines plus tôt, qu'il lui faudrait (peut-être) l'offrir (dans un futur lointain) au regard d'un nouveau partenaire, sa satisfaction corporelle a fait un bond en arrière de plusieurs milliers de pas.

Lorsqu'elle sort de la salle de bains, père et fille se sont déplacés dans le salon.

« Je reviens prendre le relai vers seize heures, lance-t-elle depuis le vestibule.

— Où vas-tu ?

— Au boulot, j'ai un entretien avec un patient.

— Hein ? Un samedi ?

— Oui.

— Quand est-ce que tu auras fini ? On pourrait passer un peu de temps ensemble, au calme, avant d'aller voter en famille ? » Elle entend à sa voix qu'il essaie d'être joyeux, positif.

« Non, allez-y tous les deux. J'irai voter de mon côté. »

Elle ne s'est pas précipitée. Lorsqu'il l'a invitée à sortir, elle est restée sur la retenue, en prenant soin de ne pas trop lui donner, seulement quelques miettes ici et là. Aussi inquiet qu'attentif, il la questionnait toujours avec tact et intuition, et Sólveig voyait qu'il ferait un bon psychologue. Il l'avait contaminée avec son ambition et sa foi en l'avenir. Lorsqu'il disait vouloir fortifier les maillons les plus faibles de la société, elle était d'accord avec lui. C'était avant qu'elle ne fasse elle-même connaissance avec ces fameux maillons.

Elle a essayé d'employer une technique de gestion des attentes. Il s'était attaché à elle alors qu'elle n'était encore qu'une porte entrouverte ; si elle ne s'imposait pas une certaine discipline, cela ne durerait pas. Elle savait une chose : le désir prospère grâce à la distance. Elle s'assurait de ne jamais (… presque jamais) lui donner rendez-vous deux soirs d'affilée, et de ne le voir qu'à petites doses ; elle ne prévoyait que six (huit) heures à la fois, et ne s'attardait pas chez lui après avoir passé la nuit à ses côtés. Il essayait fréquemment de retarder son départ, en la ramenant au lit. Lorsqu'il l'enlaçait, tout habillée, sous la couette, elle sentait tout son corps se détendre. Elle se permettait de rester allongée quelques minutes supplémentaires, jusqu'à ce qu'Óli soit secoué par les premiers sursauts du demi-sommeil ; c'est le moment qu'elle choisissait pour se glisser hors du lit et s'éclipser hors de la chambre.

Lorsqu'il lui a demandé d'officialiser leur relation, elle a d'abord cru qu'il allait rompre avec elle. Au bout de dix mois, la première proposition de cohabitation arrivait, suivie de la seconde huit mois plus tard. Sólveig s'appliquait dans le choix de ses excuses : elle devait se concentrer sur ses études (ce qui était vrai – l'amour était chronophage), le bail ne prévoyait qu'un locataire, ou elle ne se sentait pas tout à fait prête. Ses parents adoraient la psychanalyser devant Óli, qui faisait enfin office de complice idéal. À chaque fois qu'il était invité à manger, ils expliquaient, en illustrant leur propos par des exemples tirés de son enfance, qu'en tant que Capricorne, il lui fallait toujours un très long temps de réflexion ; puis ils lui demandaient en riant comment lui, Sagittaire, pouvait bien supporter la compagnie d'une personne aussi calme et réfléchie ? Il leur répondait alors par une question : Et si les constellations n'étaient finalement pas des surligneurs – qui n'illumineront jamais qu'une poignée de phrases sur un pavé entier – mais plutôt des cases arbitraires, où l'on enfermerait les esprits les plus complexes et contradictoires ? C'est en rentrant de l'un de ces repas, dans un moment de folie spontanée, qu'elle lui a proposé d'emménager chez elle.

Dès qu'elle entre dans sa voiture, son visage s'assombrit. Elle se regarde dans le miroir : plus qu'aujourd'hui, et ce sera fini. Elle se dirige spontanément en direction de là où elle a dit qu'elle irait, à son travail. Son bureau se trouve sur l'avenue Suðurlandsbraut. Elle n'a aucun rendez-vous de prévu et Óli le sait bien. Elle s'achète un petit déjeuner (un scone à la cannelle peut très bien faire office de petit déjeuner) dans la cafétéria du rez-de-chaussée et l'emporte avec elle à l'étage. Elle se laisse ensuite choir sur le canapé de son bureau, et mange, pensive.

Leur désir s'est dissipé telle une teinture pour cheveux, faisant place à une familiarité routinière. Durant les cinq premières années où Sólveig a travaillé en tant que psychologue, ils jouaient dans la même équipe. Le test d'empathie était un moyen révolutionnaire pour déterminer si un patient était capable d'appréhender les rapports de cause à effet. En plus de mesurer l'empathie et l'immoralité, il permettait de constater si le sujet éprouvait un sentiment de souffrance ou de malaise vis-à-vis de la douleur d'autrui. Il y avait une corrélation évidente entre certains facteurs. Plus le sujet manquait d'empathie, plus il était probable qu'il ait un casier judiciaire. Grâce à une telle méthode avant-gardiste, il était désormais possible d'optimiser les traitements médicamenteux et thérapeutiques proposés aux patients, mais aussi d'évaluer les taux de guérison et de réussite ainsi que leur impact sur les comportements antisociaux. Sólveig aidait Óli à améliorer l'expérience utilisateur en lui offrant un aperçu direct (mais anonyme) de ses patients. Une fois rentrés chez eux, ils discutaient solutions et idées autour du dîner ou d'un verre de vin rouge, parfois rejoints par des amis ou de la famille. Dès que son beau-père commençait à geindre ou à se plaindre, elle venait à la rescousse de son compagnon. Elle aimait faire équipe avec Óli. C'était un tribun hors pair.

À l'émergence du débat sur le marquage obligatoire de tous les députés, elle ne savait pas sur quel pied danser. Sur le fond, l'idée lui semblait raisonnable, et pour cause : quiconque serait évalué en deçà de la norme ne devrait pas disposer d'un tel pouvoir. Mais cette manière qu'avaient les politiques et les populistes de brandir leur test d'empathie dans les médias, comme une attestation de leur propre mérite, la mettait sur les nerfs (indiciblement). Cela ne prouvait rien. Cela ne réfutait rien non plus. Et puis un soir, Óli est rentré du travail et lui a parlé du Registre. Elle était alors enceinte de trente-quatre semaines. Fatiguée et souffrante, elle ne pouvait concevoir qu'il lui restait encore un mois et demi de grossesse. L'idée d'un fichier publique la mettait mal à l'aise, mais elle essayait de se raisonner : ce n'était encore qu'un projet. À son éventuelle réalisation, il ne compterait probablement que quelques milliers d'inscrits. Il serait à la mode pendant quelque temps et ne toucherait en vérité qu'une poignée de gens. Néanmoins, lorsque certains psychologues de l'API ont lancé une pétition d'opposition, elle n'a pas hésité à signer. Óli s'est senti blessé. Mais il respectait sa position (disait-il tout du moins) vis-à-vis du test d'empathie, qu'elle considérait comme un outil imaginé pour aider un groupe social bien précis, et non pour servir de gage de qualité ou de recommandation à la population tout entière.

L'API a finalement ouvert le Registre ; les gens ont alors commencé à se marquer et à marquer leurs locaux, les entreprises ont pris le train en marche tandis que le malaise s'intensifiait de jour en jour. Sólveig voyait certains de ses collègues résilier leur adhésion à l'API et rejoindre les rangs de MÂLARME, pour lutter contre le progrès. Ce n'est que quelques jours avant la publication du premier projet de loi qu'Óli lui a parlé pour la première fois de la marque obligatoire. C'était un acte délibéré. Il savait qu'elle lui mettrait des bâtons dans les roues. Ce qu'elle n'a pas manqué de faire.

« C'est fini », dit-elle à voix haute.

Elle projette sa messagerie devant elle. Elle a un message non lu depuis hier.

Bonjour,

Je suis une amie d'Inga Lára, qui m'a recommandé vos services. Je suis à la recherche d'une psychologue. Prenez-vous de nouveaux patients ?

Eyja E.

En tapant le nom de cette femme, Sólveig découvre que les médias ont récemment révélé sa défaillance en place publique. Ce genre de chose n'est pas rare. Mais l'être humain sait s'adapter au changement. En général, les défaillants publiques qui viennent se faire soigner chez elle ne le font que dans le but de pouvoir *dire* qu'ils travaillent sur eux-mêmes. Il s'agit là d'un canon social séculaire : avouer ses péchés, pour retrouver la grâce. Elle observe le visage de la femme. Ce ne sera probablement qu'une perte de temps, pour l'une comme pour l'autre. Malgré tout, elle lui propose un rendez-vous pour la semaine suivante. Elle éteint ensuite son écran holographique, termine son café et décide de marcher tranquillement en direction du bureau de vote.

Lorsqu'il se rendait en douce au travail, en plein congé paternité, elle ne se plaignait jamais (ou très rarement). Lorsqu'il travaillait à la maison avec Dagný sur ses genoux, elle ne disait rien non plus. Jusqu'à ce qu'un jour, elle sorte de son silence et commence à se plaindre. Au début, ses protestations étaient aussi clairsemées que les quelques fermes qui longent l'autoroute nationale. Puis elles se sont multipliées, comme une zone habitée qui se serait peu à peu densifiée.

Elle ne se contrôlait plus. Elle s'asseyait près de lui et lui disait Tu as un enfant désormais. Tu dois être présent. Je mène cette barque seule, et à chaque fois, il se montrait résolu ; il disait Pardonne-moi mon amour, c'est bientôt terminé, une fois le projet de loi accepté je prendrai un véritable congé de paternité. Les choses s'amélioraient pendant deux, trois semaines. Il éteignait Zoé et accordait davantage d'attention à sa femme et à sa fille, jusqu'à ce que l'opposition fasse une nouvelle contre-proposition ; alors il les oubliait à nouveau, et elles s'effaçaient dans l'arrière-fond brumeux de sa vie.

Ainsi le désir est-il revenu, mais sous une tout autre forme : un mélange de colère, de déception et de contrariété. Il ne téléphonait que pour savoir ce qu'il y aurait à manger, ou pour lui demander si elle ne pouvait pas aller chercher Dagný à l'école à sa place. Et lorsqu'elle lui a ordonné de s'occuper du dîner trois jours par semaine, il a continué de l'appeler sur le chemin de la maison, pour lui demander ce qu'il y avait dans le réfrigérateur, et ce qu'il pourrait cuisiner.

« Tu peux décider par toi-même, disait-elle. Tu es un adulte.

— Mais je ne suis qu'un Sagittaire. Je ne sais rien de rien. C'est toi la Capricorne de la maison », répondait-il alors en essayant de plaisanter.

Des centaines de voitures sont garées sur le bas-côté, malgré l'interdiction de stationnement. La file des véhicules ondule lentement le long des rues, comme un serpent paresseux, tandis qu'un flot constant de gens entre et sort du bureau de vote. Sur le chemin, elle rencontre deux anciennes camarades de classe, et une femme, qu'elle ne parvient pas à reconnaître, la salue. Probablement une maman de l'école maternelle. Ou une patiente qu'elle n'aura reçue qu'une seule fois et qui ne sera jamais revenue.

Elle pénètre dans la gueule obscure du gymnase. Une intelligence artificielle lui désigne les cinq personnes assises à une longue table, et derrière lesquelles se trouvent de petites caméras juchées sur des poteaux. Elle décline son identité et prend son bulletin de vote. Puis on la redirige vers le rang F. Il y a une courte queue devant les isoloirs.

Peut-elle s'imaginer poireauter ainsi pendant encore plusieurs années, à la frontière de l'espoir et du renoncement ? Non. La démission d'Óli lundi prochain y changera-t-elle quelque chose ? Non plus. La marque a dévoilé des facettes d'Óli qu'elle ne peut oublier, qu'importe ses efforts. Le surligneur les a mises en valeur, comme les phrases clés d'un livre long de plusieurs centaines de pages : sa tendance à toujours s'apitoyer sur son sort et à s'autojustifier en permanence, son intolérance vis-à-vis des moindres défauts de ses congénères – pas seulement les schémas comportementaux ou les mauvaises habitudes, mais aussi les petits choses innocentes, telles que les tics, les bruitages ou les manies. La marque obligatoire lui permettrait d'affronter sa propre intolérance. Mais on ne peut pas reprogrammer les gens. On ne peut pas les détricoter comme un vieux pull pour en réutiliser le fil. Elle lui accordera cette dernière soirée, mais dès demain, elle s'en ira chez ses parents avec Dagný.

L'isoloir sent le parfum et le rouge à lèvres. A-t-elle envie que cette loi entre en vigueur ? Non. Elle referme l'enveloppe, s'avance jusqu'à l'urne et dépose son bulletin dans la fente. Elle sort du gymnase avec un sentiment familier, qui depuis toujours l'assaille après avoir voté : l'impression que son choix n'aura aucune importance, et que sa participation n'influencera pas le résultat du scrutin.

25.

Des cris de joie éclatent à l'annonce des premières estimations : cinquante-neuf pour cent pour, trente-sept pour cent contre. Certaines personnes sifflent, d'autres crient, et la salle applaudit. Le soulagement se propage par vagues au sein de l'assemblée, sous la forme de rires nerveux, de gémissements et de soupirs. La différence est plus importante qu'ils n'auraient jamais osé l'espérer. Himnar donne une bourrade dans le dos d'Óli, qui se raccroche à lui pour ne pas tomber. Ses mains tremblent. Ses genoux aussi. Son corps flageole. Salóme s'isole dans un coin pour discuter avec les journalistes. Quelques instants après, son visage apparaît sur l'écran géant et la salle se réjouit en arrière-plan. Óli ouvre sa première bière et l'alcool se répand rapidement dans ses veines. Il entrevoit la pluie tomber dans les gouttières. Il trinque avec le comité, tapote quelques dos et enlace quelques corps, et boit. Il aurait aimé que Sólveig soit à ses côtés. Il voudrait l'appeler, mais son bon sens l'en empêche.

La soirée électorale se tient au rez-de-chaussée de l'immeuble de Borgartún. Les jeunes volontaires ont décoré la salle de guirlandes électriques et de drapeaux dorés. La pièce est remplie de gens bien habillés.

« C'est loin d'être joué, entend-il quelqu'un dire. La situation est encore incertaine. »

À présent, il a faim. Il cherche de quoi se restaurer et aperçoit une table longue au fond de la salle, recouverte de biscuits à grignoter et de divers mets plus consistants. Il se faufile jusqu'à la table, remplit son assiette et part s'asseoir dans un coin où il se bourre de petits fours. Il bâfre comme s'il n'avait pas mangé depuis plusieurs jours.

Une fois repu, il soupire profondément et se sent peu à peu redevenir lui-même. Il téléphone à Sólveig. Elle ne répond pas.

Ce n'est peut-être pas fini, mais il ne peut s'empêcher de se laisser gagner par l'écrasante ivresse de la victoire qui plane au-dessus la salle. Ça y est. Ils sont en train de créer une authentique société providence. Où tout le monde recevra de l'aide. Et personne ne sera oublié. La violence sera étouffée dans l'œuf. Il se serre une deuxième bière et se mêle aux bavardages de la foule. Il passe de groupe en groupe pendant un bon bout de temps. Le présentateur annonce que de nouvelles estimations devraient bientôt tomber ; la salle retient son souffle un court instant avant de se désintéresser progressivement à mesure que les minutes s'écoulent. Il réessaie d'appeler Sólveig, mais le téléphone sonne dans le vide.

Il finit par trouver Himnar qui forme un cercle avec quatre autres personnes.

« Je suis en pleine descente, annonce Óli.

— Moi aussi », lance Himnar, qui ne peut s'empêcher de ricaner. Ils trinquent. Ils bavardent avec les gens qui les entourent et discutent du référendum et de ce qui va suivre.

« C'est les manifestations, dit alors une femme dans le cercle. Qui les ont menés à leur perte.

— Oui, ou plutôt les violences qu'elles ont engendrées, nuance un homme à ses côtés. Les manifestations ne sont pas mauvaises en soi.

— Non, non, acquiesce la femme. Mais tu vois ce que je veux dire.

— Pour ça, je pense qu'on peut te dire merci, Óli, fait l'homme.

— Je ne suis absolument pas d'accord, proteste Himnar. Óli a dû les encaisser, ces violences, tant de la part de Tristan que des manifestants.

— Oui, bien sûr, bien sûr, dit l'homme. Mais au moins, il les a dénoncées. Dieu merci. »

L'homme lève sa bouteille à la santé d'Óli avant de boire.

Óli reste parmi le groupe aussi longtemps que possible. Au bout d'un moment, il s'excuse, puis se dirige à grandes enjambées vers la cage d'escalier, où il s'assied sur une marche. L'instant suivant, la porte s'ouvre à nouveau. C'est Himnar. « Óli, tu n'es pas responsable de tout ça.

— Je le sais bien.

— C'est *ce garçon* qui a été violent envers *toi*.

— Je le sais, Himnar. »

Himnar le regarde.

« J'ai quand même téléphoné à l'hôpital aujourd'hui, explique Óli. Les médecins disent qu'il est impossible d'affirmer si et quand il sera tiré d'affaire. »

Himnar le prend par l'épaule : « Ce n'est pas de ta faute, dit-il en resserrant son étreinte. Tu ne peux rien y faire. Nous aviserons lundi. Peut-être pourrons-nous aider sa famille d'une manière ou d'une autre. Mais ce garçon a délibérément choisi de t'envoyer ces menaces et de se dépeindre sous un si mauvais jour. Nous aurions tous transmis cette histoire aux journaux. Tu n'as rien fait de mal. »

Óli hoche la tête et déglutit. Il s'imagine le visage du jeune homme, son désespoir et les cachets dans la paume de sa main.

« Allons de l'avant », dit Himnar. Avant de répéter : « Tu ne peux rien faire pour le moment. On travaille là-dessus comme des bêtes depuis des années.

— Donne-moi quelques minutes, lui demande Óli. Je vais appeler Sólveig. »

Himnar contracte les lèvres en signe d'acquiescement. Puis il ouvre la porte coupe-feu et rejoint les festivités. Au même moment, une nouvelle vague d'allégresse retentit et résonne dans la cage d'escalier déserte. « Yes ! » s'exclame quelqu'un, juste avant que la porte coupe-feu ne se referme sur les talons de Himnar et n'étouffe les cris, comme si l'on avait appuyé un gigantesque oreiller sur la bouche et le nez des réjouissances.

26.

Tristan est à la piscine. Parfois, il plonge. Ou se la coule douce sur le rebord. C'est alors qu'apparaît une lumière éblouissante. Il entend le thème musical de CityScrapers. Il cherche le maître-nageur. Il a envie de faire une partie. Il entend sa voix au loin.

« Eh ! » appelle-t-il sans qu'aucun son ne sorte.

« EH ! » hurle-t-il sans qu'on n'entende rien.

C'est en discernant une voix familière qu'il comprend enfin ce qu'il se passe. Il est à l'intérieur de sa mère. Il est retourné à l'état de fœtus. Coincé dans son ventre. Il essaie de bouger, mais il est entouré de parois molles et visqueuses et d'organes enflés. En tâtonnant, il met la main sur des saucisses glissantes qui doivent être les boyaux de sa mère. Il tente de les comprimer pour appeler à l'aide. Il serre les saucisses aussi fort que possible et entend sa mère pousser un cri. Il se détend un peu. Elle sait qu'il est là.

En ouvrant les yeux, il voit un tunnel blanc. Ou l'avait-il vu avant d'ouvrir les yeux ? Il referme les paupières. Quel âge a-t-il ? On le lui dit. Il aurait soi-disant cinquante ans.

Merde. Ça fait si longtemps qu'il est là ? Il essaie d'ouvrir les yeux, mais rien ne se passe. Il réessaie encore et encore, mais ces connards refusent de s'ouvrir.

Il est retenu prisonnier dans le camp militaire d'une guerre antique. Il est attaché à une chaise et porte une toge verte. Le général, vêtu lui aussi d'une toge verte, veut se battre avec lui. Il ne le libérera de ses chaînes que si Tristan promet de se battre avec lui.

« C'est promis », dit Tristan.

Il entend des gens de l'autre côté de la clôture. Elle est à peine plus grande que lui. Il saute à plusieurs reprises pour essayer de regarder par-dessus. Et ouvre enfin les yeux.

Quelque chose lui encombre la bouche. Un énorme tuyau. Il tente de déglutir mais le tuyau l'en empêche.

« Zoé, prononce-t-il en n'émettant qu'un son indistinct.

— Tristan ? dit sa mère.

— Déso' pour les saucisses », fait Tristan. Puis il se rendort.

Il a les yeux ouverts. Sa mère et sa sœur sont assises à son chevet. Naómí est en train de parler. Son pull est violet. Ses mots sont comme des bonbons qu'il essaie de gober la bouche ouverte. Mais il ne parvient pas à les avaler. Ils le frappent au visage, et c'est aussi désagréable que putain d'énervant. Il tente d'ouvrir plus grand la bouche, mais les mots continuent de s'échouer sur son visage. Sur ses joues, sur son front et sur ses sourcils.

On lui donne du carton à manger.

« Je ne veux pas de carton », proteste-t-il.

« Non, dit-il en essayant de fermer la bouche. Le carton, ça se mange pas. »

Il se réveille. On lui a enlevé son tuyau. Il a un atroce mal de crâne.

« Coucou, dit sa mère.

— Salut. »

Il plisse les yeux. Elle nage dans tout un tas de bazar. Une couverture et des emballages de nourriture vides.

« Tu n'es pas si vieille.

— Non, répond sa mère en riant. Je n'ai que cinquante et un ans.

— Mais si tu as cinquante et un ans… »

Il ne comprend pas. Comment sa mère peut-elle avoir cinquante et un ans s'il en a cinquante. Elle n'aurait pas pu l'avoir eu à un an ?

« On est à l'hôpital ?

— Oui, mon chéri.

— Pourquoi ?

— À cause du trex, mon chéri.

— J'en ai trop pris ?

— Oui, mon chéri.

— Ça fait combien de temps que je suis là ?

— Six jours, mon chéri. »

Il fouille sa mémoire mais ne trouve rien. La dernière chose dont il se souvient remonte à la fois où il est allé avec Eldór rencontrer… l'autre, là. Magnús. Geirsson.

Dès qu'il se rappelle le nom de Magnús Geirsson, un nouveau souvenir s'entrebâille, celui d'une vidéo de lui-même. Et d'un vieil homme sur la S qui l'a… exhorté dans son action.

« On est quel jour ?

— Le vingt-six mai. »

Il la regarde droit dans les yeux.

« Le référendum… est-ce qu'il est passé ? »

Sa mère fait une moue tristounette et hoche doucement la tête.

« La loi a été approuvée ? »

Sa mère continue de hocher la tête.

« Est-ce que j'ai réussi à acheter un appartement ?

— Non, mon chéri », dit-elle.

Il ferme les yeux. Il aimerait se rendormir.

« Ma vie est foutue, dit-il.

— Non, ne dis pas ça, mon chéri.

— J'aurais préféré mourir.

— Mon chéri, tout va bien se passer. On va trouver une solution. »

Il n'aurait jamais cru qu'une semaine passée allongé puisse le foutre en l'air à ce point. Le simple fait d'aller aux toilettes le laisse à bout de souffle. Il a du mal à lever les bras. Le médecin dit qu'il devra passer une semaine de plus à l'hôpital, mais qu'on le transférera dans un autre service. Il a un ulcère hémorragique à l'estomac. Un psychologue vient lui rendre visite et lui demande s'il a déjà eu des pensées suicidaires.

« Non, répond Tristan. Je n'ai pas le sentiment d'avoir fait ça volontairement. Mais aussi, je ne me souviens pas de ce qui s'est passé. »

On lui donne des cachets qui devraient l'aider à supporter les symptômes du sevrage. Ça fait plusieurs années qu'il n'a pas été privé de trex pendant aussi longtemps. Comme il n'arrive pas à s'endormir le soir, l'infirmière de nuit lui donne des somnifères. Son corps tout entier le démange et il ne peut pas s'arrêter de se gratter.

Les souvenirs lui reviennent par bribes. Dès qu'il se rappelle la moindre petite chose, il se souvient de tout ce qui l'entoure. Ça lui fait penser à autre chose. Comme s'il devait casser des flaques gelées.

Sa mère lui raconte ce qu'il s'est passé le lendemain. Sans aller trop vite, comme s'il n'était qu'une espèce d'abruti. Elle lui dit qu'Ólafur Tandri a publié ses menaces dans les journaux et qu'une énorme manifestation a éclaté lorsque tout le monde a cru qu'il allait mourir. Quand il allume Zoé pour la première fois, des tonnes de messages surgissent de partout, envoyés par tout un tas d'inconnus qui disent penser à lui, prier pour lui ou bien le soutenir. Sunneva dit qu'elle n'y croit pas, qu'elle pense à lui tous les jours et qu'elle tient énormément à lui. Ses vieux amis de Fossvogur écrivent de longs posts sur les réseaux sociaux, dans lesquels ils se remémorent des souvenirs de lui à l'époque où ils étaient petits et racontent quel chouette ami il était, combien il était gentil, drôle et sympathique, mais qu'il devait aussi faire face à ses démons et que le système l'avait laissé tomber et tout le toutim. En lisant ça, il ne peut pas s'arrêter de chialer. Il lit, allongé seul dans sa chambre, il lit et les larmes coulent le long de ses putains de joues. Rúrik poste des nouvelles de lui et dit que Tristan a été le meilleur ami qu'il ait jamais eu, qu'il a toujours essayé de tout faire pour lui, même quand Rúrik se comportait comme un putain d'imbécile, mais que c'est une bonne chose qu'il se soit réveillé, c'est qu'il l'aime le frérot, putain, c'est le meilleur du monde.

Lorsqu'il n'a plus la force de pleurer, il éteint Zoé et reste allongé à renifler. Puis il téléphone à Rúrik.

Viktor lui envoie un holo pour lui dire qu'il a dû le remplacer par un nouveau gars. Tristan regarde l'holo une seconde fois, puis une troisième, il est tellement heureux, bordel, tellement putain de soulagé ; dès qu'il se sent capable de garder la face, il enregistre un holo à son tour pour dire qu'il comprend et qu'il n'est pas vexé.

Le lendemain, sa mère frappe à sa porte. Elle est en grande forme, et sourit de toutes ses dents.

« J'ai des nouvelles, annonce-t-elle.

— D'acc', dit Tristan.

— Donc, poursuit-elle. J'ai parlé avec la prof de Naómí ce matin. C'est une jeune femme qui va quitter son poste à l'école du quartier. En fait, elle voulait me présenter ses excuses pour une broutille qui a eu lieu plus tôt dans le mois, mais c'est une autre histoire. Je lui ai demandé pourquoi elle s'en allait, et elle m'a dit qu'elle comptait se concentrer à nouveau sur ses études, que l'enseignement lui avait soi-disant servi de voie adjacente pendant un petit moment, puis elle a ajouté qu'elle comptait aussi vendre son appartement, pour déménager dans un autre quartier, mais qu'elle ne savait pas encore où. Il paraît que c'est un petit appartement pour une personne ou pour un couple, situé au premier étage, et que son prix ne devrait pas être trop élevé puisque la cage d'escalier n'est pas marquée, d'autant qu'il y a un homme, au troisième étage, qui n'autorisera pas le marquage tant qu'il habitera dans l'immeuble, il dit même qu'il compte y mourir. Du coup, je lui ai parlé de toi, et il se trouve qu'elle avait vu les informations et la vidéo, alors je lui ai demandé si elle pouvait envisager de te montrer son appartement, et tu sais quoi ? »

Le sourire de sa mère ne pourrait s'élargir davantage.

« Elle a dit oui. On peut venir le visiter dans la semaine si on veut. Et on sera prioritaires. Du coup, j'ai téléphoné à la banque pour me renseigner sur les facilités de crédit, et il se trouve que, si on fait comme si j'achetais la moitié de l'appartement avec toi, je pourrai obtenir un prêt un peu plus élevé que toi, étant donné que je suis marquée. Tu pourrais me rembourser la moitié de l'emprunt, et plus tard, après deux, voire trois ans, on pourrait transférer la totalité de la propriété à ton nom et il ne te resterait plus qu'à refinancer ton crédit. »

Sa mère le regarde avec un sourire enthousiaste, les sourcils hauts sur son front.

« Oui…, répond-il. Quoi qu'il en soit, je dois aller passer ce test. »

Sa mère l'observe.

« Je crois que je vais y aller de suite et je verrai si je réussis, déclare-t-il. Si j'y arrive pas, on pourra peut-être essayer ça. Si je réussis, je me demandais si je pourrais pas emménager chez toi, dans cette chambre dont tu me parlais. Comme ça, j'aurai pas à bosser en plus de l'école et tout. »

Sa mère se met à pleurer et Tristan se laisse enlacer.

Les couloirs sont blancs et le sol bleu clair. Il règne une odeur de caoutchouc et de gel hydroalcoolique. Une infirmière ouvre la marche pour leur montrer le chemin à travers l'hôpital. Ses chaussures grincent à chacun de ses pas. Sa mère marche à ses côtés. Ils tournent, tournent, et progressent le long d'un long couloir jusqu'à arriver dans une salle d'attente toute blanche.

« Bonjour, dit une intelligence artificielle en guise d'accueil. Veuillez vous asseoir, s'il vous plaît. Le docteur arrivera dans un instant. »

Ils s'asseyent, puis l'infirmière qui leur a montré le chemin se tourne vers eux.

« Tout va bien se passer », dit-elle à Tristan.

Tristan hoche la tête et l'infirmière les abandonne. Il pensait qu'il serait putain de stressé, mais il est à plat. Le psychologue a dit que c'était les effets des nouveaux médicaments du sevrage, mais qu'ils n'auraient aucune influence sur les résultats du test. Sa mère et lui patientent un petit moment dans la salle d'attente, puis un autre mec de l'âge de Tristan arrive et s'assied en face d'eux. Enfin, une porte s'ouvre et un type en blouse blanche passe la tête par l'entrebâillement.

« Tristan ?

— Tout va bien se passer », le rassure sa mère. Tristan hoche la tête et se lève.

« Après vous », dit le type en blouse blanche en lui tenant la porte.

Après avoir traversé une pièce minuscule, ils entrent dans une seconde pièce située juste derrière la première. Dedans se trouvent une chaise, un casque plutôt imposant et des sangles. Tristan s'assied sur la chaise, puis le type lui attache les sangles aux poignets et lui asperge les cheveux avec un genre de spray, avant de lui mettre le casque sur la tête. Tristan pense tout à coup à Sunneva. Elle aussi devra aller passer ce test. Peut-être qu'une fois tout ça fini, il pourra lui répondre et lui proposer un vrai rencard. Peut-être qu'ils se mettront en couple. Qui sait.

« As-tu déjà passé le test, Tristan ? demande le type.

— Non.

— Nous allons te montrer quelques vidéos et tu n'auras rien à faire d'autre que de les suivre attentivement. Voici un bouton à presser au cas où tu te sentirais claustrophobe ou aurais besoin de prendre une pause.

— D'acc'.

— Parfait, dit le type en lui souriant. Tout va bien se passer. »

Ce livre existe grâce au travail de toute une équipe.

Communication : Caroline Babulle, Sandrine Perrier-Replein, Typhaine Maison, Inès Paulin, Adélaïde Yvert.

Coordination administrative : Martine Rivierre.

Studio : Pascaline Bressan, Barbara Cassouto-Lhenry, Joël Renaudat.

Fabrication : Muriel Le Ménez, Céline Ducournau, Bernadette Cristini, Sophia Paroussoglou, Isabelle Goulhot.

Commercial, relation libraires et marketing : Laetitia Beauvillain, Perrine Therond, Ombeline Ermeneux, Élise Iwasinta, Morgane Rissel, Arthur Rossi, Aurélie Scart.

Cessions de droits : Isabelle Votier, Benita Edzard, Lucile Besse, Sonia Guerreiro, Costanza Corri.

Gestion : Sophie Veisseyre, Chloé Hocquet, Isabelle Déxès, Camille Douin.

Services auteurs : Viviane Ouadenni, Jean-François Rechtman, Catherine Reimbold.

Ressources humaines : Mylène Bourreau.

Juridique : Laëtitia Doré, Anaïs Rebouh, Valérie Robe, Lucie Bergeras, Julia Crosnier.

Avec le soutien des équipes d'Interforum et d'Editis qui participent à la création, la diffusion et la distribution de ce livre.

Canoros Vehit Canentes

Composition et mise en pages
par Facompo Lisieux

#lisez! engagé
www.lisez.com
Pour plus d'information :
Imprimé sur du papier issu de forêts gérées durablement.

CET OUVRAGE
A ÉTÉ ACHEVÉ D'IMPRIMER
SUR ROTO-PAGE
PAR L'IMPRIMERIE FLOCH
À MAYENNE EN AVRIL 2023

N° d'édition : 65114/01- N° d'impression : 102325
Imprimé en France